燕赵文艺名家丛书·文学

谈 歌 著

贺梁红梅
谈歌小说选

河北出版传媒集团
河北教育出版社

图书在版编目（CIP）数据

贺梁红梅：谈歌小说选 / 谈歌著. -- 石家庄：河北教育出版社，2025.3. --（燕赵文艺名家丛书：文学）.
ISBN 978-7-5545-9094-2

Ⅰ．I247.7

中国国家版本馆 CIP 数据核字第 2025JJ5443 号

燕赵文艺名家丛书·文学

贺梁红梅——谈歌小说选
HE-LIANG HONGMEI——TANGE XIAOSHUOXUAN

作　者	谈　歌
出版人	董素山
选题策划	汪雅瑛
责任编辑	温彦敏　张玉娟
特约编辑	赵鑫雅
装帧设计	郝　旭
出版发行	河北出版传媒集团
	河北教育出版社 http://www.hbep.com
	（石家庄市联盟路 705 号，050061）
印　制	石家庄名伦印刷有限公司
开　本	787 mm×1092 mm　1/16
印　张	16.25
字　数	216 千字
版　次	2025 年 3 月第 1 版
印　次	2025 年 3 月第 1 次印刷
书　号	ISBN 978-7-5545-9094-2
定　价	88.00 元

版权所有，翻印必究

序言

文化兴则国家兴，文化强则民族强。燕赵文化源远流长、博大精深，形成了慷慨悲歌的燕赵精神，孕育了灿若星河的文艺名家。他们立时代之潮头、发时代之先声，传承着河北文艺的优良传统，书写和记录着人民的伟大实践，为河北文化事业的繁荣发展做出了巨大贡献。

星河灿烂，艺道日新。为了继承和发扬老一辈文艺名家的宝贵精神，发挥好他们在文艺创作道路上的"传帮带"作用，推动文艺繁荣发展，河北省坚持以习近平文化思想为指导，组织实施了文艺名家推出工程、中青年文艺人才"秀林计划"、文艺后备人才"春苗行动"、文艺名家情系河北"故乡创作计划"，通过每年为文艺名家出版专著、召开研讨会、成立工作室等方式，支持名家开展创作、发展事业，鼓励名家收徒传艺、扶携后辈，勉励新一代文艺工作者见贤思齐、接续奋斗，努力形成河北文艺事业长江后浪推前浪的生动局面，构建"老中青梯次衔接、省内外交相辉映"的人才格局。

作为文艺名家推出工程的重要内容，省委宣传部会同省文联、省作协开展了"燕赵文艺名家丛书"的编辑出版工作，按照"一人一书"的原则，为我省文艺名家出版作品集或个人专著，集中展示文艺名家的创作历程、奋斗精神和创作成果，强化文艺名家的行业引领效应，带领人才成长、带动文艺事业发展。首批文艺名家包括张峻、尧山壁、封秋昌、蔡子谔、刘小放、边国政、梅洁、刘家科、何玉茹、傅剑仁、谈歌等11位著名作家，以及边发吉、旭宇、郑一民、铁扬、孙德民、曹贤邦、刘瑞新等7位著名艺术家。

择一事，终一生。这18位著名作家、艺术家，是河北文艺发展的实践者和见证人，代表着一个时代的文艺水平和精神。他们用一生的文艺实践，走出了一条扎根时代、扎根人民的创作之路；他们用无愧时代的精品，绘就了欣欣向荣的文艺画卷；他们用发自内心的真诚和热爱，传递了生生不息的文艺薪火。全省广大文艺工作者要以名家为榜样，不忘初心、牢记使命、不负时代、不负人民，创作更多思想精深、艺术精湛、制作精良的优秀作品，热忱描绘新时代新征程的恢宏气象，书写生生不息的人民史诗，奋力攀登新时代文艺新高峰！

编委会
2024年9月

目 录

大厂	/1
年底	/47
黑子和石头	/98
老张	/112
苏子玉	/121
穆桂英挂帅	/139
绝渡	/158
绝印	/168
绝瞽	/180
贺梁红梅	/187
海口	/199
张子和	/208
天香酱菜	/231

大　厂

　　早上一上班,厂长吕建国就觉得机关这帮人都跟得了鸡瘟似的,这年过得好像还没缓过劲来呢。他恨恨地想,今年一定要精简机关。在走廊里,工会主席王超见面就跟吕建国诉苦,说:"厂里好几个重病号都住不了院怎么办?吕厂长您得想法弄点儿钱啊。"吕建国含含糊糊地乱点着头说行行,就往办公室走,心里直抱怨:我去哪儿偷钱啊?

　　进了办公室,吕建国发现窗子没关,早春的寒风呼呼往屋里灌着,窗台上的那两盆月季花都打蔫儿了。吕建国忙着关上窗子,才发现窗子的插销坏了,就又忙着找铁丝想把窗子拧上。厂里越来越不景气,日子长长短短地瞎过着,已经两个月没开支了。前任许厂长让戴大盖帽的带走了,据说是弄走了厂里好几十万块钱,工人们恨得牙疼。吕建国上台一年多了,也没闹出什么起色来,春节前倒闹出来两件大事。

　　一件是厂办公室主任老郭陪着河南大客户郑主任嫖妓,让公安局抓了。今年郑主任要跟吕建国订一千多万的合同呢,所以吕建国叮嘱老郭:"姓郑的要干什么,你就陪着他干什么,只要哄得王八蛋高兴,订了合同就行。"郑主任是个酒色之徒,那天喝多了,非要玩玩。老郭就傻乎乎地去找了两个,也闹不清是正嫖着还是刚刚嫖完,公安的就踹开门进来了。要是乖乖地让人家逮走,关上几天,再罚点儿钱,也就没什么事了,偏偏那天老郭和姓郑的都喝多了,跟公安局的动手打起来了。那个郑主任可能是练过几下子,把两个警察给打坏了,一个给打成了乌鱼眼,一个给打得下巴脱了钩,他还一个劲儿地瞎嚷嚷哪里有压迫哪里就有反抗。问题就严重了,人到现在还没放出来呢。郭主任的老婆又哭又叫,天天到厂里来，要求厂里快快把老郭保出来，老郭是为厂里工作去陪客的，是为厂里被捕的。吕建国被闹得乱藏乱躲，像个地下党。

第二件是厂里唯一的一辆高级轿车丢了。前任许厂长买了不少高级轿车，吕建国一上台都卖了，就留下一辆车为了跑业务，怕被客户们瞧不起。春节前，市里管计划生育的钟科长的儿子结婚，说要用用车。厂里管计划生育的老吴不敢得罪钟科长，就死乞白赖地跟吕建国求情，把车借出去了。谁知道开车的小梁那天接了亲就没回来，被人家留下喝酒，等喝完了酒，晕晕乎乎地出来，车就没了。

不光这两件窝心的事，还有那一大帮要账的，住在厂招待所里不走，嚷着要在沙家浜扎下去了。这帮人吃饱了喝足了睡醒了打够了麻将，就到厂里乱喊乱叫，各办公室乱串着找吕建国要钱，有几个还在吕建国家门口盯梢，跟特务似的。吕建国实在藏不住了，就和党委书记贺玉梅在饭店请这帮爷吃了一顿。这帮爷一边吃一边骂，说欠账不还是什么玩意儿啊？贺玉梅赔着笑说："我们已经撒出去大队人马要账了，一回来钱，马上还大家。"吕建国也满脸堆着笑说："我姓吕的也是要脸的人，也不愿跟各位要滚刀肉啊，实在是没钱啊。不瞒各位，我刚刚回来点儿钱，也得给工人们发工资啊。就快过节了，我要是一分钱不给职工发，我这个厂长还是人吗？求各位替我想想，我给各位磕头了。"说着就四下作揖，揖着揖着就泪流满面了，弄得这帮人也说不出什么来了。山东的老刘苦笑道："吕厂长把话说到这个份儿上了，那就算了，我们先回去过年吧。"于是，这帮爷们儿就忙着回家了。吕建国算是松了口气，也忙着没头没脑地过年。

吕建国年也没过好。大年初一，郭主任的老婆又找上门，进了门就号，吕建国急不得恼不得，连蒙带劝把她哄走了。大年初二，厂里的总工袁家杰来拜年，又说起他想调走的事情。袁家杰是吕建国的同学，现在是技术上的台柱子。吕建国好话说了一火车，袁家杰阴着一张脸也没说不走的话。吕建国心里起火，就一下子病了好几天，发高烧。厂卫生所还没药，说现在除了量量体温血压什么的，别的都不行。吕建国的老婆刘虹在电厂上班，忙着把电厂的医生请来，给吕建国打了几天针，才算好些了，可嗓子眼儿还是肿肿的。

好容易过了年，吕建国一上班，就把丢车的事交给秘书方大众办去了。方大众有个同学在派出所，想求那个同学卖卖力气，快点儿把车找回来。吕建国则去公安局说好话，先得把那位郑大爷弄出来再说啊。本想拉着贺玉梅一块儿去，可是贺玉梅回老家看老娘了，吕建国只好自己去，可是去了几趟都让公安局的呛回来了，公安局的说："你还是厂长呢，这是什么性质的事情啊？你还有脸找？嫖娼不说，还敢打我们，不好好治治要造反了哩。"吕建国没办法，就又到处找关系。昨天晚上，吕建国跑了好几家，可找谁谁都龇牙花子，都说不好办：吃了什么了？撑得敢打公安局的？弄得吕建国灰溜溜的。昨天贺玉梅上班了，吕建国就让贺玉梅去找梁局长，请梁局长找人把那两个浑蛋弄出来。吕建国最近跟梁局长关系挺紧张，有一次开厂党委会，吕建国说局里就知道天天开会，不干正事。不知道这话让谁捅给了梁局长，还给歪曲了，说吕厂长说梁局长不干正事，梁局长见了吕建国就直翻白眼。局里有跟吕建国不错的就告诉了吕建国，吕建国气得牙疼了好几天，可又不能跟梁局长解释，这种事越描越黑。贺玉梅跟梁局长关系挺好。贺玉梅是工农兵大学生，毕业后跟着当时还是科长的梁局长当科员。后来梁局长当了局长，就把贺玉梅提拔起来当局团委书记，去年厂里换班子，她就来当了党委书记。

吕建国找了根铁丝，把窗子拧上。屁股还没坐稳，财务科长冯志文就苦着一张刀条脸进来了，朝吕建国嚷嚷着："我这个科长不当了，厂长您另派别人吧。"

吕建国笑道："你是不是过年吃多了，还没消化呢，乱叫唤什么？"

冯科长骂道："赵明不肯交钱，说要钱没有要命一条，我去找他，他还想动手打人呢。我这个财务科长成什么了？我不当了。"

吕建国脸上就硬了："他不是说过了年就交钱的吗？说话是放屁呢？这事你别管了，我去找他。"

冯科长苦笑："您去？怕是您也要不回来，他就听齐书记一人的。"

吕建国说："我就不相信他赵明没钱。对了，现在有回款的没有？"

冯科长摇头叹气："也就是回来仨瓜俩枣，现在谁还钱啊？节前撒出去十几个人，要回万把块钱来，还不够差旅费的呢。这月的工资也还没影呢。"

吕建国想了想："催催市里的几家，四海商行该咱们六十多万呢，弄回来够开工资的了。"

冯科长摇头笑道："四海商行的赵志高是个地痞，怕是更不好要了。我去了好几趟，连人影也见不到。"说完冯科长起身走了。

吕建国就给方大众打电话，想问问那车找得有没有眉目了，方大众不在。吕建国想了想就给袁家杰拨电话，想找袁家杰谈谈。他不想让袁家杰走，现在厂里的技术还真得靠老袁呢。袁家杰办公室也没人，吕建国骂了一句就放了电话。门一推，党委书记贺玉梅进来了，脸上血拉拉的，好几道子。吕建国吓了一跳："怎么，又干仗了？"

贺玉梅叹口气，眼睛就红了："这日子没法过了。"说完就坐下闷闷地叹气。

贺玉梅两口子最近总干架。爱人谢跃进原来在局里当办公室主任，前几年下海开了个公司，听说挺挣钱的。谢跃进有了钱就不安分，贺玉梅管不了，两个人总打架。她是个挺要强的人，好几回想离婚算了，可又下不了狠心。吕建国也做过工作，说："你刚刚当了书记就闹离婚就不怕别人说你什么吗？"贺玉梅活得真是挺难的。

吕建国叹口气，想不出怎么劝贺玉梅。班子里，他跟贺玉梅挺团结，纪委书记齐志远和赵副厂长几个都跟他尿不到一个壶里。老齐和老赵原来都憋着要当书记当厂长，恨吕建国抢了饭碗，总跟他弯弯绕。贺玉梅又是这样一个情况，天天脑袋耷拉着，心不在焉。吕建国就觉得自己挺孤立，后悔当这个厂长。

吕建国就问："你去找梁局长了吗？他怎么说？能保出来吗？"

贺玉梅苦笑："我昨天晚上找他了，他说给试试。看样子他不想给使劲，谁让你说他坏话来着。"

吕建国骂："就是老齐那家伙乱造谣，我什么时候说过那种话？"

贺玉梅笑道："反正你是洗不清了。你这两天找公安局怎么样？"

吕建国叹道："一下半下不好说，那两个公安局的躺在医院不出来，医院的偷偷告诉我，两个人都不在医院睡觉，早就好了，每天到医院去一趟就是乱开药，什么鳖精啊太阳神啊，乱开一气。昨天又交给我两千多块的药条子，让报销呢。"

贺玉梅恨道："真黑啊。"

吕建国皱眉道："先不说这个了。老袁找你了吗？他坚持要走，咱得想办法留下他啊。"

贺玉梅苦笑："你留不下他。换我也走，我听说那家乡镇企业一个月给他两千块，还不算奖金。现在咱们厂都快开不出支了，有点儿本事的都想往外蹦呢，袁家杰这算是开了个头啊。"

吕建国叹了口气："我想再找他谈谈。"

贺玉梅摇头说："谈也没用，别看你俩是老同学，关系又铁，现在这社会都认钱了。"

两个人就闷闷的，觉得没什么话说了，都感到挺压抑。

贺玉梅站起身："我去车间看看。三车间那点儿活儿挺吃紧呢，别误了工期啊！"

吕建国想起赵明的事，就说："刚刚老冯来了，说赵明欠承包款不给，还骂人，这事真是难办了。我想终止这小子的合同，你看呢？"

贺玉梅想了想："还是跟他谈谈，咱们得看他姐夫的面子啊，总是用人家，慎重点儿好。"

吕建国皱眉道："可这小子也太蹬鼻子上脸了。我去找他谈谈，他要是硬不交钱，就停了他算了，有的是人想承包呢。不然工人们还觉得咱们吃了他多少黑心钱呢。"

贺玉梅笑笑："那你可得注点儿意，那小子是个二百五。"说完就走了。

吕建国心说你贺玉梅是不是激我啊，你以为我怕他赵明啊。我偏找他试试。他抬起屁股就要去找赵明，桌上的电话急急地响起来了。

电话是妻子刘虹打来的。刘虹说："咱们村的志河来了，想弄点儿废钢材，你就给他弄点儿吧，也算咱们老三届支援贫困地区了。"

吕建国苦笑道："你说得容易！我倒是有啊？"志河是当年吕建国和妻子下乡那个村的团支部书记，这几年在村里开工厂，闹腾得挺欢实。每年都给吕建国送土特产，什么地瓜干儿啦玉米糁儿啦小米啦绿豆啦，吕建国就有点儿烦了，集贸市场有的是，还送这干什么啊，还得知他们的人情，这老乡们是越来越精了。

刘虹不高兴道："我就不相信你办不了这事！"刘虹要面子，当年的老乡们一找她，她就帮人家。

吕建国想了想说："他要多少？我这儿可也不好过呢，还到处找米下锅呢。"

刘虹笑道："他要不多，看把你吓的。你回来一下吧，跟志河坐坐。咱们找个饭馆吃点儿得了。"

吕建国为难地说："我真是脱不开身啊，正忙着找人往回弄车呢。"

刘虹笑道："找回来也没有你一个车轱辘啊，志河可是等着你呢。"

吕建国恨不得给妻子磕头了："你就替我解释解释吧，我真是脱不开身啊。"

刘虹无奈地说："那我先陪志河喝着吧，你要是有空就回来一趟。"

说完就放了电话。吕建国就拔脚去找赵明了。

  这几年厂里效益不好,在厂门口盖了一个饭馆。原想着来了业务在那儿招待,方便,也比在街上吃便宜。盖好了就让销售科承包了。谁知道,饭馆弄得不像样子,价钱还挺宰人。厂里再来了客人,还是得到市里的饭店去吃,饭馆就冷清了。前年,销售科就又把饭馆转包给了赵明。赵明是个滚刀肉,厂里没人敢惹他。前年的承包费就没交,说是赔了。前任许厂长屁也没敢放一个,就算拉倒了,去年吕厂长上台,就重新找人承包,可是赵明把价钱抬得高高的,几个想承包的都被吓跑了,于是还是给赵明承包了,讲好每年向厂里交十万块钱。春节前,赵明赖着说没钱,过了年一定给,这又不给了。吕建国心里蹿火,就准备亲自去找赵明谈谈。

  吕建国走到厂门口,突然又停下了,他想自己去找赵明要是谈崩了怎么办,那小子仗着他姐夫是市委常委,谁的账也不买。这年头反正有点儿背景的,都态度很强硬。吕建国就多了个心眼儿,在门卫给保卫科打电话,保卫科有人接了电话,听出是吕建国,就忙说:"我给您找徐科长啊。"吕建国听见电话里边吵吵嚷嚷的,心里就烦。这些日子厂里总丢东西,年前四车间还丢了一台电机,保卫科长老徐从各车间抽调上来十几个人,夜里乱转,徐科长的两眼熬成了猴屁股,也没逮住谁,可东西还总是丢。

  等了一会儿,徐科长接了电话。吕建国说:"你来一趟。"又低声说了去赵明饭馆的事情。老徐笑道:"行,我就来,这小子欠钱不给,还挺牛的。厂长,这事你是该出马了。"

  贺玉梅进了三车间,见工人们正在扎堆说什么呢,就笑道:"上班扎堆聊天,小心我扣你们的工资啊。"工人们就哄地笑起来,有人说:"贺书记,您扣什么啊?都两个月不开支了。"说着就散了。

  车间主任乔亮说:"贺书记啊,您来得正好,您看这事怎么办啊?章荣师傅病了,他儿子刚刚找来了,跟我大吵了一通,说厂里卸磨杀驴,他爸爸干不动了，也没人管了。他还骂骂咧咧的，讲了些不三不四的话。要不是看在章师傅面子上，我真想揍他。"

贺玉梅问："章师傅怎么了？"

乔亮苦笑道："还是他那老病。去年老汉有两千多块钱的药条子没报销，不是厂里没钱嘛！这回老汉说什么也不去住院了。"

贺玉梅就心里乱乱的。章荣是厂里的老劳模，还出席过全国的劳模大会，也是市里的知名人物了，现在弄得连药费都报不了。这事传出去，让人家怎么看啊！贺玉梅硬硬地说了一句："你到章师傅家把那药条子要来，我去找吕厂长签字，报销。"

乔亮苦笑："厂里不是没钱吗？"

贺玉梅说："有钱没钱也得给章师傅治病。他那些年没日没夜地干，累了一身的病，老了老了，连病也看不了，日后谁还干活儿啊！我听说财务刚刚进了一万多块钱的回款。"

乔亮看看贺玉梅，眼睛就潮了："贺书记，我不是当面奉承您，您这话叫话。现在真是没人好好干活儿。您知道，现在连工人阶级都不叫了，叫什么？叫工薪阶层。厂长不叫厂长，叫老板。真是的，都成了打工的跟资本家的关系了，还有什么主人翁责任感？工人们都骂，说办公室老郭带人去卡拉OK，还嫖，给抓起来了。厂里用的这叫什么人？"

贺玉梅不耐烦道："行了行了，别乱说了，你那嘴整天没个准头。那个姓郑的想嫖，老郭不带着去行吗？咱们指着人家的合同呢。这个月的活儿能按时完成吗？"

乔亮苦笑道："看看吧，我也吃不准，现在大家都憋着要工资呢，没钱大家不愿干。这半年多，我可是让人骂着过来的啊。"

贺玉梅笑道："少哭穷，你上个月卖废铁的钱都哪儿去了？听说你卖了好几千呢。"

乔亮吓了一跳，心说这车间里有汉奸呢，嘴上就叫："冤死了，好几千？我偷去啊？"

贺玉梅笑道："你急什么？我又没说没收你的。反正你能让工人干活儿，我就不管你。"

乔亮笑道："您真是个开明的领导，不像吕厂长天天黑着个脸。"

贺玉梅笑说："你小子当着我骂吕厂长，当着吕厂长骂我。迟早我和吕厂长得当面对质。你忙不忙？要是不忙，跟我去看看章师傅。"

两个人就骑着自行车出了厂，到了街上，进了一家食品店，买了几听罐头、两袋奶粉出来。刚刚上了车，贺玉梅就听到有个女的喊她，回头一看就跳下车来，笑了："袁雪雪，你打扮得这么漂亮干什么啊？"

袁雪雪穿得挺洋气，骑着一辆大摩托车，赶过来就停住，笑道："老远看着就像你们。"袁雪雪是袁家杰的妹妹，原来是厂里的车工，嫌累，前几年辞了职，跟男人去开饭馆了。听人说她钱都挣海了，还花了几十万买了一套商品房呢，有人去过，说里边装修得跟宫殿似的。

袁雪雪看看乔亮手里提的东西，问："你们这是去哪儿破坏党风啊？"

乔亮笑说："章荣师傅病了，我们去看看他。"

袁雪雪皱眉道："我听说他病得挺厉害的？"就掏出一百块钱说，"你替我给章师傅吧。"

贺玉梅忙说："我可不给你带这个，要去你自己去吧。"

袁雪雪就笑："怎么，还怕我脏了谁啊？"就骑上摩托嘟嘟地跑了。

贺玉梅看着袁雪雪的背影，苦笑道："袁总一肚子学问也赶不上他这个小学没毕业的妹妹啊。"

乔亮笑道："现在谁出去干都比在厂里傻干强，要不袁总也要走呢。"

贺玉梅看看乔亮："你也听说袁总要走的事情了？"

乔亮笑道："这种事还能瞒住谁啊？厂里都嚷嚷开了。"

吕建国和徐科长去了赵明的饭馆。进了门，没几个人吃饭，可能是刚刚过了年的原因。两个打扮得跟花大姐似的服务员正跟一个大胡子男人乱逗呢。那个大胡子吕建国认识，是赵明的一个哥们儿，姓蔡，是市委秘书长的外甥。

蔡大胡子起身笑道："吕厂长啊，哟，徐科长也来了。有饭局？"

吕建国问："赵明呢？"

蔡大胡子笑道："赵老板两天没来了，有事跟我说一声吧。"

吕建国说："他去年的承包费还没交呢。什么时候交啊？"

蔡大胡子笑道："这事啊，不瞒您说，现在真是没钱。"

吕建国冷笑一声："没钱？鬼才相信。你告诉赵明，不交钱，厂里就把这饭馆封了。"

蔡大胡子脸上就硬了，恶笑道："吕厂长，你也太凶了点儿吧。"

吕建国火往上撞："凶？我今天就是要凶一凶了。我要是让你们坑厂里，我这个厂长就不是厂长了。老徐，把门给他们封了。"

雅间的门开了，赵明走出来笑道："吕厂长，有话慢慢讲嘛。"

吕建国看了他一眼："你好容易露头了。什么时候交钱啊？"

赵明嘿嘿笑道："烦不烦啊？不就是那点儿破钱嘛，都催了几回了？我不是不想交，可眼下真是没钱。这事我已经跟齐书记讲过了，齐书记也答应了。"

吕建国一愣，没想到赵明把球踢到齐志远那里去了。

赵明一脸不耐烦："吕厂长，都是公家的事，您这是何必呢？"

吕建国道："那好，我跟齐书记核实一下再找你。老徐，咱们走。"就转身出来了。

走出好远，老徐苦笑道："厂长，就这么算了？"

吕建国把眼一瞪："算了？我先看看老齐是怎么乱答应的！"就大步走了。

吕建国去了齐志远的办公室，人不在，他在走廊里迎面碰到了袁家杰。

吕建国笑道:"我一上班就找你,去哪儿了?"

袁家杰皱眉说:"我去四车间了,我想走之前把这批活儿弄完。"

吕建国笑道:"谁说同意你走了,真事似的。"

袁家杰不笑:"厂里真要是不同意,那我就辞职。"

吕建国怔住,呆了呆,就问道:"你真是铁心了?"

袁家杰看吕建国一脸凄楚,就叹了口气,动情地说:"建国,你跟我一块儿走吧。这个破厂有什么待头儿啊?你这个破官有什么当头儿啊?"

吕建国摇摇头,空空地一笑:"家杰,我可真不是舍不得这个破官。说实话,自上台那天起,我就后悔得肠子都疼了。我是没脸走,厂里现在这种样子,两千多工人还指着咱们这几块破云彩下雨呢。我现在走了,算怎么回事啊?就算是今后发了大财,我也没脸见大伙儿了。"

袁家杰一愣,冷笑一声:"你是说我吧?"就生气地转身走了。

吕建国愣愣地看着袁家杰的背影,一时想不出自己哪句话说错了,苦苦一笑,转身回到自己的办公室。

刚坐下,门一开,齐志远笑嘻嘻地进来了。吕建国忙说:"我正找你呢。"

齐志远一屁股坐在沙发上,笑道:"找赵明了吧。我刚听老徐说了。"

吕建国看了齐志远一眼:"我正要问你呢,你答应赵明不交钱了?"

齐志远笑道:"我是他什么人啊?我替他担保啊。没有的事。"

吕建国说:"那我今天就停了这小子,把门给他关了。"

齐志远忙说:"厂长,咱们不能跟他来硬的啊,他姐夫是市委常委,咱们惹不起啊。"

吕建国看看齐志远:"老齐,咱们都穷成这样了,还怕什么常委不常委的?这十万块钱,够全厂发奖金的了。我去告诉赵明,他要是两天之内不把钱交来,就叫他滚蛋。"

齐书记脸一红:"你别火,我去跟他说说,也许这小子手里是没钱。"

吕建国说:"他爱有钱没钱,没钱就去给我借,反正得交。"

从章师傅家里出来,已经快中午了。贺玉梅和乔亮半道上分了手,在小饭馆吃了饭,就去了谢跃进的公司。这几天谢跃进真是蹬鼻子上脸,有时半夜也有女人往家里打电话,弄得贺玉梅心里起火。昨天晚上两个人吵起来,还动了手。她知道谢跃进的公司里有一个叫方晶的女孩,最近跟谢跃进打得火热,整天黏黏糊糊的。贺玉梅决定去公司看看,顺便问问妹妹。

贺玉梅想来个突然袭击,轻手轻脚地进了谢跃进的办公室,谢跃进正躺在沙发上打呼噜,嘴角还淌着口水,挺难看的睡相。脑门儿上两道子伤痕,那是昨天晚上让贺玉梅抓的。贺玉梅正要悄悄出去,就听到有人在她背后笑道:"姐,你来了。"

贺玉梅回头一看,是妹妹贺芳。贺芳手里拿着一张电报,看看躺在沙发上的谢跃进,就把电报放在了谢跃进的办公桌上,回头低声对贺玉梅说:"有事啊?"

贺玉梅转身走出去,姐妹俩进了贺芳的办公室。贺芳前几年在农村干得不耐烦,就进城投奔姐姐,贺玉梅给她找了份临时工,又让她上夜大读书。她读完了夜大,就来姐夫这里当了公关部主任,天天打扮得跟花大姐似的,跟刚进城那会儿判若两人。贺玉梅常常感慨这城市真是把贺芳同化了。

贺芳给贺玉梅冲了一杯热奶。贺玉梅笑道:"我喝不了这东西,你还是给我冲杯茶吧。"

贺芳笑道:"你总是赶不上潮流,这东西美容。"

贺玉梅接过贺芳递过的茶,呷了一口,笑道:"你上次见的那个怎么样啊?也不给个信儿,人家都等不及了啊。"

贺芳笑道:"我早就把他忘了。他长得什么样来着?我现在已经回忆不起来了。"说着就咯咯地笑起来。

贺玉梅不大高兴，认为贺芳都二十八岁了，见过的男人快一个排了，没有一个看上眼的，也不知道她心里憋着嫁给谁呢？她好像也不着急，真让人摸不透。刚刚进城几年，就比城里人还城里人啊。为这事贺玉梅跟谢跃进说过好几回了，让他帮着贺芳找一个。谢跃进答应得挺好，可就是没动静，对这个小姨子的终身大事似乎没放在心上。

贺芳问："你找谢总有什么事？"

贺玉梅笑道："什么谢总谢总的，他是我男人。"

贺芳脸一红，也笑了："我几乎都记不得你们是两口子了。"

贺玉梅想问问谢跃进最近的情况，可是张不开口，这种事不好跟妹妹讲。可要是不问问，心里又放不下，她就说："小芳，你姐夫是不是跟你们公司一个叫方晶的挺那个的啊？"

贺芳一愣，就笑："挺哪个的啊？你说什么呢？"

贺玉梅就皱眉道："你姐夫那人爱花花，你可替我盯着点儿啊。"

贺芳脸一红，说："姐，让我说你什么好啊。姐夫干的是生意，生意场上的事离得开吃喝玩乐吗？你真是的，那个方晶是什么层次啊，亏得你还能想到她身上去，真是抬举她了。"

贺玉梅就笑："嘀，嘀，我才说他几句，你这个当小姨子的就吃劲了。不说了。"就站起身说，"我今天是有事找他，明明的学习成绩最近下降得厉害，学校找了我好几回了。我想让他去学校一趟，跟老师说点儿好听的，哄哄人家。"

贺芳就笑道："姐夫天天忙得恨不得长出四只手来，这事你还烦他啊！你自己去办办不就行了嘛。"

贺芳送贺玉梅下了楼就回去了。贺玉梅拐弯去了百货公司，想去给自己买一件风衣，上次她看中了一件，浅绿色的，一千三百块钱。她想买，又怕穿出去让厂里人说闲话。最近她咬咬牙，还是想买下来。谢跃进开的这个公司，也没见他怎么费劲，可钱就挣得跟导流水似的了。贺玉梅知道，实际上是市委的头头儿在后边撑着腰呢。贺玉梅恨得不行，厂里的工人们拼死拼活地干，也挣不来多少，钱就都让谢跃进这些人挣去了，这世道可真是有点儿不讲理了啊。谢跃进月月提回好些钱来，开始贺玉梅还挺高兴，后来就害怕了，她担心迟早谢跃进得让抓进去。

贺玉梅到了百货公司二楼，售货员说那种风衣早卖完了。贺玉梅心想这年头有钱的还真是不少呢，就怏怏地出来。走到存车的地方，刚刚把车子推出来，她就听到有人喊她的名字，她回头一看就笑了。

吕建国中午在厂食堂吃了点儿，躲过了饭口。他怕跟志河喝酒，那家伙太能喝，每次都得把吕建国灌醉。吕建国不喝，志河就跟在自己家里一样理直气壮地不高兴，还使性子。儿子吕强背后就骂，说农民都这样，你越对他客气，他就越上脸，就敢在你家地毯上大模大样地吐痰。开始吕建国不爱听，可渐渐地也特别烦村里那帮乡亲，尤其烦志河。进了家，浑身酒气的志河正躺在吕强的床上，四仰八叉地呼呼大睡，大脚丫子朝着门，袜子也扒了，一股汗臭味在屋里弥散。吕强没在家，一定是躲出去了，大概又跟女朋友跳舞去了。吕强大学没考上，小小年纪开始乱搞对象了，气得吕建国没话说。刘虹还挺惯着吕强，两个人就这么一个儿子。

桌上留着刘虹写的一张条子，说她有事到厂里去了。吕建国看了就轻手轻脚地躺到沙发上，闭着眼想厂里的乱事。想着想着，脑袋就沉了起来，刚要睡着，就有人敲门。他迷迷糊糊地应了一声，方大众就满头大汗地跑进来，笑道："厂长，车找到了。"

吕建国马上精神了，压着嗓子问："真的？你这个同学还真办事。"

方大众朝吕建国伸手："厂长，来根烟抽，我的烟扔在派出所了。"

吕建国忙打开抽屉，掏出一包红塔山，扔给方大众："奖给你了，快说说。"

方大众低声说："就是结婚时来的那帮人中一个小子偷的，把车卖给下洼村了。真胆大，把牌子换了就开出来了。也该着，派出所的去调查的时候，那辆车就在村边停着呢。"

吕建国说："现在怎么着呢？"

方大众说："派出所让去看车呢。"

吕建国急道："那你就去一趟吧！"

方大众笑："那我就去一趟。不过得请派出所的吃一顿吧，人家挺辛苦的。"

吕建国说："行。你就看着办，也别太那个了，咱们是穷厂，工人们挣点儿血汗钱，不容易。财务上也就一万多块钱，还是刚刚追回来的呢。"

早春的太阳明晃晃的，可风还是挺寒的。吕建国一路上打了好几个喷嚏，就觉着今天又不顺。他这些日子挺迷信的，总觉得要出点儿什么倒霉的事。他昨天晚上在家里跟志河喝了一场，又差点儿被灌趴下。志河一身高档服装，要不是那口土话，真像个城里的大款。志河一个劲儿夸吕建国，说当年村里那些知青，就数吕建国有出息。吕建国听得挺受用，就迷迷糊糊地喝多了。志河提出要十吨钢材，吕建国就醒了些，说这种事他一个说了不算，得跟书记商量商量。志河就有点儿不高兴："你当厂长还说了不算啊。"刘虹也在一旁说："建国你就给办办嘛！"吕建国不好当着志河的面顶刘虹，就说："过两天我给你话吧。现在厂里有几件烂事，等我处理出个眉眼来。"志河取出一个大信封，厚厚的，往吕建国怀里塞，说是让吕建国买几包烟抽。吕建国的酒就全醒了，忙说："咱们不闹这个，还不定办成办不成呢，要是来这个就成经济的事了。"志河尴尬地看刘虹，刘虹笑道："志河啊，建国可不是当年在乡下偷鸡的时候了，现在看不上这几个钱了。"吕建国嘻嘻笑，没说话，心里骂刘虹爱小便宜，自己干这个要是传扬出去，在厂里就没法待了。

吕建国早上起来，已经把志河的事扔到脖子后头了，上班的路上就想着今天要拉上贺玉梅去找梁局长。梁局长总不能不给贺玉梅点儿面子吧。局里的人都知道贺玉梅跟梁局长好得不行，闲话委实不少。梁局长的爱人跑到局里闹过好几回了，为这事，贺玉梅才被放下来当书记。可跟贺玉梅相处了这一阵子，吕建国又觉得这个人挺正经的，不像传说的那样啊？

一进贺玉梅的办公室，就看到贺玉梅和工会主席王超正在说什么呢，吕建国笑道："说我坏话呢？"

贺玉梅抬头看看吕建国，说："正好，要找你呢。五车间一个工人的女儿病了，想借点儿钱呢。"

吕建国连连摇头："不借不借。不是规定了嘛，私人一律不借款。"

贺玉梅道："这次特殊。老王，你跟厂长说。"

王超就说五车间小魏的女儿得了白血病，要做手术，得好几万块钱。小魏女人的厂子没效益，小半年不开支了。小魏还是车间的生产骨干呢。吕建国听完就闷住了，呆呆地抽烟。

贺玉梅想了想说："老王，工会能不能救济救济啊，你们不是还有工会经费呢吗？"

王超苦笑道："那才几个钱啊。下个月就是三八妇女节了，我正在发愁给女工们发点儿什么呢，还想让厂长赞助我点儿钱呢。"

吕建国摇头叹道："厂里真是没钱啊！这可怎么办啊？"

三个人谁也不说话了，空气中有一种让人压抑的味道在弥散着。吕建国看着窗台上，那几盆花实在是该浇水了，叶子都蔫蔫的，好像要枯萎了。

王超想了想说："算了，我跟医院说说，先让孩子住院吧。现在医院没押金不收。我小姨子的婆婆在医院当副院长呢，我先找找她吧。"

贺玉梅笑道："太好了，有这个关系你怎么早不说啊。你快去吧。"

王超走了。贺玉梅叹了口气："厂长，你看这事该怎么办啊？"

吕建国痛苦地摇摇头："玉梅，我最近好像傻乎乎的，什么事都没主意。眼瞅着……算了，先不说这事了。先说怎么把那姓郑的小子弄出来吧，我都愁死了。"

贺玉梅苦笑道："你在这儿发愁有什么用嘛。"

吕建国也笑了："我是急得不知道怎么好了。咱俩去找找梁局长吧，真得让他说话了。他认识的人多，找找人把那浑蛋放出来，哪怕破费点儿呢。我得罪了他，我去跟他说好话。"

贺玉梅道："就怕梁局长不管这事。梁局长滑着呢，这种破事他躲还躲不及呢，他肯往泥里踩啊？"

吕建国一瞪眼："他是主管领导，不管怕是说不过去吧。"

贺玉梅摇头叹道："厂长，你真是实在。行，咱们去一趟。现在就去？"

刚刚出门，徐科长急步走来了，喊着："吕厂长，贺书记。"

贺玉梅问："什么事？"

徐科长说："昨天晚上抓住了四车间的六个工人，年前那台电机也是他们偷的。"

吕建国大怒："人呢？"

徐科长骂："几个王八蛋都让我关在保卫科了。我让人接着审呢。"

贺玉梅忙说："老徐，你可不能打人啊！把事情弄清楚再说。"

徐科长说："厂长，您是不是去看看啊。开除他们算了。"

贺玉梅说："开除不开除，你说了不算。老徐，你接着问。我得跟吕厂长去找梁局长，有事呢。"

梁局长正在开会，吕建国和贺玉梅就在办公室等着。等了一会儿，吕建国不耐烦，就溜到会议室去扒着门缝听，就听到里边正嘻嘻哈哈地说笑话呢。梁局长有声有色地说他们家楼上的市委宣传部部长老孙，天天给老婆按摩，按摩得他老婆性起就乱叫，就跟老孙复习夫妻功课，复习得老孙面黄肌瘦，天天跟犯了大烟瘾似的。众人乱笑。吕建国听了半天，没一句正经的，就气嘟嘟地回来了，见贺玉梅正看报纸，也拿起一张报纸看，也不知道看的是什么。

过了一会儿，走廊里乱响。吕建国知道散会了，忙站起来。梁局长端着个大茶杯走进来，朝两人笑笑："这会开的，学《邓小平文选》，学着学着就扯开了不正之风。乱七八糟的，也没学多少。你们喝水不？"

贺玉梅忙笑道："不喝，您快坐吧。我们就是那点儿事，请您去帮着跑跑。您答应了我们马上就走。"

梁局长苦笑道："这事情你让我怎么跟人家张嘴啊？"

吕建国赔笑道："不管您怎么去讲，反正您得赶快帮我们把人弄出来，那小子手里有咱们一千多万合同呢，不能为这事泡了汤啊。"

贺玉梅也说："是啊，局长，厂里今年还指望这一千多万活命呢。"

梁局长皱眉道："嫖妓这事就够浑蛋的了，还打警察。你们怎么让老郭干这种事啊，找个理由推了就得了嘛，打打麻将、跳跳舞什么的，再不行去洗洗桑拿浴，也挺过瘾的嘛！"说着，就嘿嘿地笑。

吕建国红着脸说："您现在说什么不是也晚了嘛。"

梁局长叹道："你们总是找麻烦。我去试试，可不一定行，你们也别抱太大希望。对了，那车有信儿了吗？"

吕建国答道："派出所说有点儿眉目了，看看怎么办吧。"就说了方大众的消息。

梁局长道："找到了就好，不过，这年头我有个经验，凡事太顺了，就不是什么好事了。不定还出什么妖事呢，你们也别高兴太早了。"

吕建国笑道："局长说得是。"心里骂，你盼着我们出事才高兴呢。

梁局长看看表，就站起身："就这样吧，我抽时间去公安局找找。你们也别太指着我这块云彩下雨啊，这年头的事情真是不好办呢。再说企业早就转换经营机制了，什么事局里都不管了，你们今后别再给局里找麻烦了。"边说边送贺玉梅和吕建国出来。吕建国走在前边，眼角的余光看到梁局长好像在贺玉梅的腰上拧了一把，贺玉梅脸上笑着没吭气。吕建国就想，传说梁局长和贺玉梅有那种事一定是真的了。

从梁局长那里回来，一路上贺玉梅皱眉想着，突然说："老吕，我想起来了，找老齐啊，公安局陈副局长是他党校的同学呢。我这脑子，真是乱了。"

吕建国苦笑道："我早就知道，可是找老齐不如不找，他恨不得咱们出点儿事才好呢。有些人你就别指着他给成事，他不给你坏事你就算是念佛了。"

贺玉梅笑道："你这人就是太倔，把人想得太绝对。我去跟他说。"

吕建国笑道："你就去试试。"

保卫科关着那六个偷铁的，吕建国老远就听见徐科长沙哑着嗓子乱吼乱喊："谁带的头，说！"

六个人低着头，谁也不吭气。

"说话啊！"徐科长又炸雷似的吼了一声。一个小个子站起来，沮丧地说："徐科长，反正事情犯了，您就看着处理吧，该怎么着就怎么着。"

徐科长一把揪住小个子的脖领子，狠狠打了一个耳光："你还嘴硬。"

小个子栽倒在墙角，血就流了下来。老徐怒气不息地冲过去，还要打。这时，吕建国进来了，伸手挡住老徐。

小个子就吼起来："姓徐的，老子犯了法有国家处理，也轮不着挨你小子的黑打。吕厂长，你都看到了吧。"

吕建国骂道："怎么，你们不该打是怎么着？厂子穷兮兮的，你们还偷，偷谁啊？打你们都算轻的！"

有人就低低地说："现在干活儿也没钱，总不能让人饿死吧。"

吕建国冷笑："就你们怕饿死啊？全厂两千多人都不怕啊？你们看看自己那样子，送进公安局判个几年也不冤。"

几个人就胆小了，领头的问："厂长，还真送啊，我们退赔还不行啊？"

吕建国黑下脸来:"先把东西弄回来再说。你们……"

话没说完,门就开了,方大众探进头来,朝吕建国说:"吕厂长,您出来一下。"

吕建国吩咐徐科长:"让他们每人都写交代材料,等候处理。"转身就出来了,徐科长忙跟出来:"厂长,怎么处理啊?开除吗?"吕建国恨道:"往哪儿开?都开到社会上去?他们找谁吃饭啊?吓唬吓唬算了。"徐科长笑笑,就进去了。

方大众正在门口等他,吕建国笑问:"弄回来了吗?"

方大众气呼呼地说道:"真不像话,车是找到了,可是开不回来。"

吕建国纳闷儿道:"你没带司机去啊?"

方大众说:"司机也没去,老百姓把车轱辘都卸了,还差点儿把咱们的人给打了。人家说得也有道理,这车是他们花钱买的,他们不知道是偷来的啊。"

吕建国皱眉道:"派出所的怎么说?"

方大众说:"派出所也没办法,李所长跟我说,不行厂里就掏点儿钱,赎回来算了。"

吕建国火了:"赎?我丢了东西还没理了?不赎,就跟公安局要,我就不相信,东西找着了还弄不回来了。跟派出所的去找他们县长。"

正说得热闹,宣传部的叶莉一脸惊慌地跑来:"厂长,您快去看看吧,四车间的一帮人在财务科乱砸呢。"

吕建国急了:"怎么回事?"

叶莉皱眉道:"听说是为小魏借款的事,冯科长说没钱,就吵了起来。四车间来了一帮人,说为什么有钱让姓郑的去嫖娼,工人的孩子有了病倒没钱了,还动起手来,把财务科砸了。"

吕建国骂道:"反了他们的了,我看看去。"撒腿就跑。方大众忙跟上去。

财务科真是乱套了。几个工人把冯科长推搡到墙角，冯科长挨了几下子，头碰到桌子角上，血都冒出来。工人们开始乱砸，冯科长头上淌着血，嚷着："别乱来，别乱来啊。"没人听他的，一会儿工夫，财务科已经一片狼藉。

吕建国赶到的时候，楼道里塞满了人，都是看热闹的。有人还起哄喊着："打啊。"吕建国气得心里直哆嗦，眼睛红红地吼了一声："都干活儿去！有什么好看的！"

众人忙让开一条道，吕建国进了财务科，就听到有人喊："厂长来了。"

吕建国先把倒在墙角的冯科长拉起来，火冒冒地吼道："你们要造反啊？"又对身后的方大众说："你先把老冯送卫生所去包一包。"方大众就架着冯科长去了。

工人们都不吭气了，有人悄悄地从地上拣起账本放到桌上。

吕建国红着眼睛喊道："咱们都穷成这样了，你们还折腾？能折腾出钱来也行，我跟大家一块儿折腾！有事说事，这是干什么？谁带的头？站出来，有汉子做就有汉子当。"

没有人吭气。

吕建国冷笑道："刚才的勇气都哪儿去了？砸了就是砸了，怕什么，站出来！"

车间主任于志强红着脸走出来："厂长，是我带的头，你别骂了。该怎么办就怎么办吧，我就是恨有些当官的不能一视同仁。"

吕建国看着于志强就愣了，于志强平常给他的印象挺不错的，小伙子干活儿肯卖力气，刚刚提了车间副主任。

吕建国黑了脸："于志强，你知道这是什么性质的问题吗？"

于志强闷在那里。有人嚷嚷起来："这事不能怪于志强，是我们一块儿来的。"

吕建国看着于志强："你要是相信厂里有钱，你要是相信我姓吕的看着小魏的孩子住院不肯掏钱，你就当着众人打我吕建国的耳光！"

于志强被吕建国说愣了，呆住了。

吕建国看看大家，难受地说："我这个厂长没本事，你们打我就打，想骂就骂，可别砸东西啊。咱们厂经不起折腾了。小魏的女儿得了白血病，你们以为我心里好受啊？我……可是……"

吕建国声音就涩住了，他顿了顿："我说句没出息的话吧，现在大家指望不上厂里，咱们自己帮帮自己吧。于志强，你负责给小魏募点儿钱。"说着，就从兜里乱七八糟地掏出一把钱来，几个钢镚儿蹦蹦跳跳地跑到桌子下面，吕建国弯腰捡起来，又把手表摘了，放到于志强手里，颤声说："志强，我就这些，算是带个头，大家也捐一点儿，就算厂里动员大家了。"说着就弯下腰去，深深给大家鞠了个躬。

屋里一片死静。吕建国转身出来，他听到有人哭了，呜呜的。

起风了，这个季节是个刮风的季节。浑浑黄黄的大风生猛地扬起来，烈烈地扑打着窗子。太阳软软的，像一个破了口的西红柿，鲜血般的汁液把天空弄得一片狼狈，一片零零乱乱的红。

贺玉梅今天决定继续跟踪谢跃进，看看他到底去哪儿？

那天她在百货公司门口碰到了贾小芹。贾小芹原来是局团委的干事，跟贺玉梅一起干了好几年，前年放下去当了副厂长。可那破厂子不行，一年多不开支了，厂子就放了长假，贾小芹找贺玉梅说了说，就去谢跃进的公司打工了。贾小芹告诉贺玉梅，公司现在有好几个女人整天缠着谢跃进，让贺玉梅小心些，现在这些女的可是不像她们做姑娘的时候了，疯着呢。贺玉梅听了心里就更乱了。

谢跃进今天出门时说："我中午不回家吃饭了，有客人。"贺玉梅道："你最好天天有客人，我可省饭钱了。"谢跃进苦笑道："我现在都吃怕了，真想天天回家吃点儿素的。"贺玉梅心里好笑，就说："我们厂办主任老郭就跟你一样，天天陪客吃白食，还卖乖。什么吃得太痛苦了，好像让你们去受刑似的。"谢跃进笑笑，提着包就下楼了，贺玉梅感觉谢跃进已经出了楼门，就给吕建国打了个电话，说家里有事晚去厂里一会儿，说完放下电话，就跟了出来。

太阳亮亮的，街上没有风，真是一个好天气，街道两边的柳树都悄悄地抽条了。贺玉梅远远尾随着谢跃进，拉开一百多步的距离，就看到谢跃进在路边招手喊住一辆出租车，她也忙喊住一辆。上了车，司机是个大胡子，问道："小姐去哪儿？"贺玉梅说："跟着前边那辆黄车。"大胡子看看贺玉梅，笑笑，就尾随着那辆黄车跑起来。

谢跃进进了一家酒店，贺玉梅急忙下车跟进去。大胡子在后边喊她，她才记起没付钱呢，忙掏出一张五十元的票子让大胡子找。大胡子磨磨蹭蹭地找钱，贺玉梅急道："快点儿啊师傅。"等大胡子找完了钱，贺玉梅已经看不到谢跃进的影子了，就在酒店里乱转着，转得眼花缭乱，觉得酒店就像一个装满了各种杂物的衣兜，谢跃进被装进去，就很难一把再掏出来。一个服务小姐走过来，朝贺玉梅笑道："您好，找人吗？"

贺玉梅忙笑道："请问东方公司的谢跃进经理在哪儿？"

服务小姐笑笑："请跟我来。"款款地走进了一个雅间。贺玉梅跟进去一看，一个二十多岁的女人正搂着谢跃进的脖子喝交杯酒呢。贺玉梅气得声音都颤了，怒喝一声："谢跃进！"

谢跃进猛地回过头来，惊讶地张大了嘴："你怎么来了？"

贺玉梅嘿嘿冷笑道："我怎么就不能来啊。"说完就看看那个女人，那女人嘴唇抹得刺眼红，满不在乎地看着贺玉梅。一桌人也都呆呆地看着贺玉梅。

贺玉梅恶笑道："谢跃进，我搅了你的兴致了吧。你跟这种臭女人在一起也不怕染上点儿什么病啊？"

那位小姐拉下脸问谢跃进："谢总，这人是干什么的？"

贺玉梅骂道:"滚一边去,你算干什么的?"

谢跃进气得浑身哆嗦,他吼道:"贺玉梅,你还像个有知识的人吗?我这里谈业务呢,你……"

贺玉梅嘿嘿笑道:"谈业务?我今天就让你业务业务。"一伸手,把桌子掀了,响起一片瓶子、盘子的碎裂声。满桌子的人都慌得四下散开,谢跃进气急败坏地过来跟贺玉梅抓挠在了一起。人们都傻傻地看着两个人打,这时慌慌地进来一个白胖白胖的男人,使劲把贺玉梅拉开了。贺玉梅认识这个白胖子,这人是这家酒店的老板,姓马,去过贺玉梅家。马老板气喘喘地赔着笑:"贺小姐,贺小姐,消消气啊。"

贺玉梅冷冷地看了一眼马老板:"你刚刚叫我什么,小姐?这年头婊子才叫小姐呢。"转身就走。

下午一上班,吕建国先去了贺玉梅的办公室,进门就说:"玉梅啊,你昨天不是说老齐在公安局有熟人吗?咱们去求求他吧。"他突然发现贺玉梅脸黄黄的,惊问道:"你脸色怎么这么难看啊?病了?"

贺玉梅强笑道:"没事。"

吕建国问:"是不是又跟老谢生气了?"

贺玉梅笑道:"像你这样天天咒我,没事也让你咒出事来。"

吕建国笑了:"没事就好。怎么样?咱们是不是去求求老齐啊?"

贺玉梅说:"就怕他不办事,还看热闹。"

吕建国叹道:"试试吧。"

贺玉梅站起身,突然又想起什么,就开了抽屉,拿出一个纸包递给吕建国。吕建国问:"什么啊?"

贺玉梅说:"这是一万块钱,我放着也没用,谢跃进能挣,就捐给小魏的孩子看病吧。你别说是我捐的,省得工人们说闲话。"

吕建国呆了呆,忙说:"这不行,太多了,老谢挣钱也不容易的。"

贺玉梅苦笑道:"屁,他们挣钱跟玩似的。算了,不说这个了,越说越上火,你只当是打土豪了。"

吕建国看看贺玉梅,一时不知道说什么好,就拿着那钱苦笑道:"那我就处理了!"他转身去办公室把钱锁了,然后两个人就去了齐志远的办公室。一进门,齐志远正在给宣传部的叶莉看手相呢。

叶莉这女人长得太妖,总让男人色眯眯的,又特别爱跟男人调笑,有事没事总往齐志远的办公室跑。她原是车工,上了两年文科函大,毕业后就想进机关,前任许厂长看中了她,调她到宣传部搞党员教育,机关里关于她和许厂长的闲话特别多。许厂长下台后,她又搭上了纪委书记齐志远,两人混得挺热乎。去年宣传部部长老李退休了,齐志远就提议让叶莉上,贺书记没同意。吕建国还想着今年机关精简把她减下去呢。

齐志远抬头见厂长、书记两个人进来,有点儿不好意思地笑道:"我最近正在研究《周易》,拿小叶练练技术。你们二位不算算?"

叶莉忙站起身:"齐书记算得真准哟。"

贺玉梅笑道:"小叶,你就让齐书记骗你吧。全是胡说八道,没一句是真的。"

叶莉笑道:"是说得准呢。"又对吕建国笑道:"厂长,刚刚市委宣传部打电话来,说省报明天有两个记者要来采访,关于国有企业如何走出困境的话题。你见不见啊?"

吕建国苦笑道:"我现在就困境着呢。你就说我不在。"

贺玉梅说:"不见。不怕人家笑话,现在咱们真是饭都管不起了。"

叶莉笑道:"那就算了。"转身走了。吕建国就坐在齐志远对面:"老齐,我听说公安局陈局长是你的党校同学。你是不是求求他,把那个姓郑的王八蛋弄出来。"

贺玉梅笑道:"老齐你真得出山了啊。"

齐志远笑道:"厂长,姓郑的这种人就该被抓进去,蹲上几年。咱们还给他跑这事啊？算了吧。"

吕建国苦笑说："老齐，不是我这人犯贱，他手里不是有咱们一千多万的合同吗？"

贺玉梅也赔笑："就是，老齐，就找找你的那个老同学吧。"

齐志远摇头道："真是，我不想为这件破事去求人，不够丢人的呢。"

吕建国看着齐志远一脸不肯通融的样子，就说："那就算了。"转身出去了。贺玉梅走在后面，突然又回过身来，问："老齐，说实话，你是想看老吕的笑话吧。"

齐志远窘住了："贺书记，别瞎说啊。"

贺玉梅笑道："别不说实话，你和老赵都想让老吕早点儿滚下台呢。其实，老吕也是瞎操心，要是换上我，就不为这么个半死不活的破厂操心，谁们家的啊，还让别人暗着解气。"说完，掉身就走。

齐志远脸就红了，笑骂道："贺书记，你怎么跟吕厂长学坏了，嘴里也吐不出好话来了啊。"

晚上临下班的时候，吕建国给四海商行打电话要钱，一个劲儿地在电话里说好听的，最后泄气地把电话放了，骂了几句。

齐志远、贺玉梅一前一后进了吕建国的办公室。

吕建国淡淡地看了齐志远一眼，问道："有事？"

齐志远笑道："老吕，我跟我那个同学说了，今天晚上在鸿宾楼谈谈放人的事。"

吕建国一怔，喜道："老齐，真是得谢谢你。这事还得你出马。"

齐志远笑道："怎么说也是咱们厂的事情。我要是不办，大家都得骂我。再说真要是发不出工资来，也有我的份儿啊。"

吕建国没想到齐志远一下子变成这样，竟怔住了。

齐志远笑道："厂长，你是不是信不过我啊？"

吕建国忙笑:"看你说的。"

贺玉梅苦笑道:"老齐,这一桌子得多少钱?咱们厂可是真没钱了。你这个同学好不好打发啊?"

齐志远想了想:"我去组织部借点儿党费吧,财务是没钱了。"说完就出门走了。

吕建国苦笑:"党员们要是知道咱们拿着党费去吃喝,而且还是给嫖娼的去走后门说情,不定骂咱们什么呢。"

鸿宾楼是市里一家很有名的餐馆,据说请的是京城的名厨,价钱也很厉害,但是每天仍然食客如云。齐志远带着吕建国、贺玉梅到了鸿宾楼。贺玉梅说:"老齐,你来过不少回了吧。"

齐志远笑道:"反正只要有人请,我就吃。"齐志远在市委党校进修过,同学大都是一些头脑,平常总爱搞个小聚会,到处乱吃,乱找地方乱报销。进了餐厅,服务小姐好像跟齐志远很熟悉,微微笑着把他们三人领进了一个雅间。

陈局长还没来,三个人就坐着喝茶。吕建国笑道:"老齐,这地方来一次得多少钱啊?"

贺玉梅笑道:"厂长你别害怕,钱不够,就把老齐押在这儿。"

吕建国看墙上挂着的一张画,是一个外国女人,全身光光的,用挺招人的眼神看着他们三个人。吕建国就笑道:"好像是干那个的吧。"

齐志远就笑:"厂长,您这叫什么眼神啊?这可是艺术品啊。"

正要再说笑,就听到外边有人说话。齐志远忙站起身:"来了。"就迎出门去,引陈局长进来。

吕建国和贺玉梅忙站起来跟陈局长握手。

陈局长看看表,笑道:"真是紧赶慢赶,还晚了十分钟。东城下午杀了一个出租车司机。"

贺玉梅惊讶道:"又杀人了?"

陈局长说道:"这两年事出得太多,头春节到现在,我几乎就没睡过一个安生觉。"

齐志远笑道:"我也没见你瘦了。"

一个亭亭玉立的服务小姐进来,微微一笑:"几位点菜吗?"贺玉梅笑道:"点。"就把桌上菜谱递给陈局长:"陈局长,您点。"吕建国也忙说:"陈局长,点吧。"

陈局长笑道:"随便吧。不好让你们破费了,听老齐说,你们厂也太穷了。"

吕建国就笑:"再穷也不能穷了嘴,再苦也不能苦了胃,点。陈局长,咱们是头一回,一定得好好喝喝。"

齐志远笑道:"厂长,算了吧,你这话要是让工人听了,非得挨揍不可。老陈总在外面吃,今天就是坐着说说话,我来点。"说着拿过菜谱点了起来。

贺玉梅笑道:"老齐你真是的,让陈局长点几个嘛,你知道他爱吃什么啊?"

齐志远笑说:"今天听我的。"就点了几道便宜的菜,又要了两瓶古井贡,然后对服务小姐说:"先吃着,不够再说。"

贺玉梅给陈局长倒了杯茶,四个人闲扯社会治安。吕建国就想着怎么开口讲放人的事。菜上来了,齐志远起身忙着开酒瓶子。贺玉梅说不能喝,想喝饮料。陈局长笑道:"不喝饮料,坐在一起就都喝一样的,现在女同志更能喝,都是改革改的。"大家就笑。贺玉梅笑道:"那我今天就舍命陪陈局长了。"

四人连着干了三杯,吕建国就说了求陈局长放人的事。桌上的气氛有些紧张,齐志远看着陈局长:"老陈,帮个忙吧。"

贺玉梅叹道:"真是没办法,我们还指着那小子吃饭呢。"

陈局长对吕建国说:"这人我们真是不好放,放了他,就等于给社会上的一些王八蛋长了志气，以后我手下的还不得让人随便打啦。换了你，你肯干吗？"

吕建国苦笑道："陈局长，我也知道不该来找您，可是我实在没办法。刚刚贺书记也说了，我们厂两千多职工还指着那个王八蛋一千多万的合同过日子呢。现在外面欠我们好几百万，也弄不回来，工人们等着吃饭啊。那天几个工人找到我问：'厂长，我们要是没干活儿也行，可是我们辛辛苦苦干了，还是一分钱也拿不到，这叫什么事啊？'"吕建国眼圈红了，说不下去，猛地喝了一杯酒。

齐志远赔笑道："老陈，你就给我一点儿面子吧。我们真是不容易啊。现在都说当企业家的能捞，你是没到吕厂长家去看过，穷兮兮的。他这个破厂长当的，别提多窝囊了。"

吕建国心里一热，没想到齐志远能说出这样几句话来，他感激地看了齐志远一眼，接过话头："真是像齐书记说的，陈局长，要说我心里话，我恨不得你们枪毙了那个王八蛋。可我得为厂里两千多张嘴发愁啊，这……"说着泪就淌下来。吕建国抬手去擦，可流得更猛了。吕建国就转过脸去，贺玉梅的眼睛也红了。

陈局长目光就软下来，叹口气："老吕，我看你这人也是个实在人，不像是那种不管工人死活的东西。你别急了，人，我想办法给你弄出来。"掏出无线电话，拨通了，就说："刑警队吗？我是陈志雄，找杜洪。杜洪啊，那天打咱们人的那几个怎么处理的？什么？这么快？嗯，行，我下来再找你吧。"陈局长脸灰灰地放了电话。

齐志远忙问："怎么回事？"

陈局长叹道："不好说了，案子报到省里去了，怕是……"

吕建国怔了怔，苦笑道："陈局长，您尽了心了。您的人情我领了。"

陈局长想了想："我再想想办法。吕厂长、贺书记，你们别着急。这事也就是晚了一天，我一准给你们办了。"说完就仰脖干了一杯酒。

齐志远苦笑道:"老陈,你这酒可不能白喝啊!你还得再想办法啊。"

吕建国看着齐志远,心里热了一下,觉得老齐这人还是挺好的,自己不该跟他闹不团结。

回到家里,刘虹刚刚吃过,见吕建国进了门,就说:"志河走了,人家可是放下话了,过两天就来车提货呢。到底有戏没戏啊?"

吕建国不耐烦地说:"行了行了,快别烦我了。"

刘虹不高兴道:"全世界就好像你一个人忙似的,不就当了个破厂长吗?"

家里的气氛一下子就沉下来,三口人呆呆地吃饭。吃完了,刘虹就进屋了,吕建国就去洗碗。吕强忙过来说:"爸,您歇会儿吧,我来干。"吕建国一愣,看了吕强一眼,吕强朝他笑着。吕建国心里一动,感觉儿子长大了,懂事了,就笑笑:"好,好。"说完就退出来,坐在沙发上看《新闻联播》。还没看出中央领导跟哪国的贵宾亲切友好地谈话呢,桌上的电话就响了。

是方大众从派出所打来的。方大众气呼呼地说:"我们刚刚从县里回来,那辆车的事还是挺不好办,跟农民讲不出理来。那个县的县长就向着他们,说是要保护农民利益。那个乡长更不讲理。厂长您说这事还怎么办啊?"

吕建国恨道:"你就别急了,明天我去看看吧。"把电话放了,他又给厂汽车队打了个电话,明天一早要去县里,先找他们的乡长。

一路上风景真是不错。田野里的麦子都探头探脑地钻出来了,绿绿的让人爽眼。吕建国想起当年下乡帮老百姓拔麦子的情景,就骂出声来:"怎么这年头老百姓也都学坏了啊。"

方大众笑道:"您骂谁啊?老百姓还骂呢。这年头好像谁都不高兴,真是邪了。"

吕建国想起来："你带上钱了吗？弄不好咱们得请兔崽子们一顿呢。"

方大众苦笑："人家吃不吃您的请还是回事呢！"

三十多里路一个多小时就到了。车子拐进了韩庄乡政府，就见一群农民正在乡政府门口吵吵什么呢，一群鸭子呱呱乱叫着，在院子里乱跑。

方大众把吕建国领到乡长办公室，门虚掩着，方大众敲敲门，里边传出一个细细的嗓音："敲什么啊？"

门开了，一个白胖子一脸不高兴地走出来，见到方大众，就说："你又来了？"

方大众忙说："谭乡长，这是我们吕厂长。"

吕建国忙上前跟谭乡长握手。谭乡长笑笑："屋里坐吧。"

吕建国走进屋里，闻到满屋子酒气，就看到了办公桌下边一堆酒瓶子。屋里挺乱的，墙上挂着几面奖旗，什么先进之类的。

吕建国坐在靠墙的沙发上，笑道："谭乡长，我是来讨我们厂那辆车的，还请您多多帮忙啊。"

谭乡长笑道："昨天方主任和两个公安的同志来过了，真是不好办啊。我们那家企业也是受了骗啊。"

吕建国说："谭乡长，这车我们是一定要带回去的，我们是个穷厂，还指着这辆车干活儿呢。现在国有企业也真是不容易啊。"

门被轻轻推开了一个缝，一个妇女探进头："乡长，还开会不了？"

谭乡长嘻嘻笑道："开你娘那脚，等着去吧！"那妇女就笑着跑了。

谭乡长说："吕厂长，您不容易，这我知道。可是老百姓也不容易啊，好容易攒俩钱买辆车，您说是赃物，就弄走，真要是死两口人咋办啊？您也替我想想，换换个儿，您能不管不顾去把车弄出来就让人家带走吗？"

吕建国看着这个白白净净的乡长，总觉得他像某部电视剧里的太监，直想骂，可是脸上还得赔着笑："谭乡长，真得请您帮帮我们，我们厂真是太穷了。"

谭乡长扑哧笑了："不能吧？穷厂还能买这种高级车啊？"

吕建国叹口气："这不是图个脸面嘛。人是衣裳马是鞍嘛，不买车，人家看不起你，谁还跟你谈生意啊？"

谭乡长看看表，起身说："吕厂长啊，您看这事是不是下来再商量，我还有个会，真是不好意思了。"说完就坐到办公桌前，拉开抽屉乱找，也不知道找什么，嘴里还一个劲儿骂着脏话。

吕建国勉强笑道："好的，下来再说，您忙吧。"就退出来。

上了车，方大众问："咱们去哪儿？"

吕建国说："上县委，找那个县长去。"

贺玉梅听吕建国说了去要车的经过，就笑："你真是行，没让人家打一顿就算是便宜了。"

吕建国骂："打人？我还想打人呢。那个姓门的县长简直就是个浑蛋，你跟他说东他说西，最后还发脾气，说他不管这些破事，说完就躲了。"

正说着，王超进来了，笑道："两位领导都在，市总工会知道了章荣的病，体谅咱厂的困难，拨下来三千块钱，让给章荣看病。"

吕建国高兴道："真是不错。给章荣送去了吗？"

王超苦笑道："章师傅不收啊，让把这钱交到卫生所，给卫生所进药。可人家市总工会说，这是特批款，专款专用的。"

吕建国说："那当然，章师傅是省管劳模。走，咱们一起去看看他。"

章荣住的还是厂里的旧宿舍，本来早想把这破楼拆了重盖，可总是没钱。楼道里的墙皮都已经剥落了，露出灰灰的水泥，还用粉笔写着某某小王八大王八之类的骂人话。吕建国记得，章荣早就应该搬进厂里的新宿舍，可是章荣让了几回，就一直没有搬成。吕建国心里酸酸的，现在像章荣这样的老工人真是不多了啊。

进了章荣的家，一股呛人的中药味扑得吕建国要呕。

章荣的儿子章小龙迎出来，懒懒地点头道："领导们来了，屋里坐吧。"

屋里光线挺暗，窗帘拉着。章荣正躺着，就睁开眼问："谁来了？"章小龙忙说："厂领导来看您了。"说着过去把窗帘拉开，太阳光软软地漫进来。吕建国看到玻璃坏了两块，用纤维板钉着呢。灰灰的墙上贴着好些奖状，纸都泛着黄，有些已经看不出日期了，吕建国感觉那好像是上一个世纪的故事了。

章荣撑起身子，笑道："快坐啊，小龙，给领导们拿椅子，沏点儿水来。"章小龙就出去了。王超追出去："小章，别忙了，我们不喝。"

吕建国凑到床前，笑道："好些了吗？整天瞎忙，也没顾上来看您。"

章荣笑道："没事的，让领导操心了。老了，不中用了。想起咱们搞大会战的时候，就跟昨天似的。"

吕建国笑道："可不是嘛！一眨眼，我都快五十岁了。"

章荣笑笑："您那次为了赶活儿，出了废品还不想返工，我扣你的红旗分，你还哭鼻子哩……"说着，章荣剧烈地咳嗽起来，脸立刻涨得通红。

章小龙忙过来给他捶背。吕建国摸摸章荣的额头，吓了一跳："章师傅，您发烧呢。"

章荣笑笑："没事，一会儿泡点儿姜汤就行了。"

贺玉梅说："章师傅，还是去住院吧。厂里都联系好了啊。"

章荣说："我这病住院也不行了，就在家待着吧，我是真怕死在医院里。"说着又咳嗽起来。

王超急道："章师傅，市总工会拨给您的特款，是让您住院的，您还是去吧。这不，厂长、书记都来劝您了。"

章荣摇摇头："不去了。我都这样了，干啥还糟蹋那钱啊。"

吕建国看看章荣，眼睛就红了，叹道："章师傅，说什么还是要住院的，您是咱厂的老模范了，您不去，工人们是要骂我们的。"

章荣叹道："算了，厂长，是我自己不去的，谁骂你们啊。厂里对我挺好的，我满意着呢。现在厂里这么紧张，我这破病还治个什么劲啊？不给厂里添乱了。"

吕建国说："您看病这点儿钱还是能挤出来的，再说市里也给了些钱专门给您看病。"

章荣还是摇头："不行，我知道厂里那点儿钱，都是工人们一分一分挣来的，我不能全扔在医院的病床上。市里要是真给点儿钱，就给咱厂的卫生所进点儿药吧。我听说现在卫生所连感冒药也没了，这怎么行啊？……"

章荣说着又剧烈地咳嗽起来。

吕建国再也忍不住了，泪流了满脸，说了声："章师傅，您歇着吧。"就起身告辞。

章荣突然喊住吕建国："厂长，你站下，我、我有话说。"

吕建国一脸泪水地转过身："章师傅，您说。"

章荣看看吕建国和贺玉梅："我老了，有今天没明天的，肚子里有句话，你们当领导的比我想得长远，我说得对不对的，就……"

贺玉梅忙扶住章荣："您慢慢说，有什么困难就提。"

章荣吃力地摆摆手："我没困难。我是说厂、厂里现在挺难的，你们千万顶住这一段困难，什么事情也有个潮起潮落，别觉得天都要塌了，我说得不好，毛主席怎么说来着……"

吕建国心头一阵痛热，他一下子抓住章荣的手，颤声道："章师傅，您说得对。您……"吕建国的泪流下来。

从章荣家回来，几个厂领导闷闷地坐在办公室，吕建国突然抓起电话，让徐科长来一下。不一会儿，徐科长就颠颠地跑来，一进门看出气氛不对，小心地问吕建国："厂长，有事？"

吕建国恶恶地说："老徐，你明天就把赵明的饭馆给封了。告诉他，三天之内把十万块钱交来。"

徐科长看看齐志远。齐志远望着窗外,不说话。窗外灰灰的,天渐渐阴死了,太阳胆怯地躲进了云层。

徐科长问:"他要是真不交呢?"

吕建国恶笑一声:"你就让他滚蛋。你告诉他,就说这话是我姓吕的讲的。"

徐科长答应一声就出去了。贺玉梅想了想:"厂长,四海商行的钱也该再去要要了。"

吕建国想了想说:"我去一趟四海商行,找找那个姓赵的浑蛋。这六十几万不是个小数目啊。"

贺玉梅叹道:"怕是不好要啊!"

吕建国说:"不行就跟他打官司吧。"

齐志远苦笑:"赵志高那小子是个人精。他现在有好几个企业,跟咱们有关系的那个四海商行早就是个虚名了,法院就是查封,也掏不出几个子儿来,他盼着跟咱们打官司呢。再者,我听说他表姐夫就是法院院长。"

吕建国说:"这叫什么事啊?"

一上班,贺玉梅就进了吕建国的办公室,进门就笑:"厂长,你猜我找到谁了,这回准能治了那个姓谭的。"

吕建国笑道:"除非你找到了他爹,不过他听不听他爹的,也难说哩。"

贺玉梅笑道:"他不听他爹的,他得听县太爷的。"

吕建国摇头苦笑:"算了,那个县长我上次就碰过了,也是个浑蛋,根本不讲理。他能向着咱们说话?"

贺玉梅坐下喝了口水,笑道:"三车间乔亮告诉我,他们车间岳秀秀是那个姓门的县长的亲外甥女,我见岳秀秀了,岳秀秀说没问题,她姨父肯定给办。她刚刚给姓门的打了电话。"

吕建国一下来了精神:"真这么简单啊。"

贺玉梅说:"一把钥匙开一把锁,说简单就真简单。"

吕建国说:"那你去一趟吧,上次我跟姓门的差点儿吵起来。我一去,别再把事情办砸了。"

贺玉梅到县里的时候,正是中午。贺玉梅想,正好把门县长请出来吃顿饭。到了门县长的办公室,门县长正跟几个人说话呢,见到岳秀秀就忙让那几个人走了,跟岳秀秀嘻嘻哈哈笑着,聊着家长里短。岳秀秀说了要车的事,门县长笑道:"你怎么管这事啊?"岳秀秀说:"我在厂里负责呢,我不管谁管啊?"门县长笑道:"真的啊,早知道是这样一个关系,我早就让他们把车放了。"说着,才看到贺玉梅。岳秀秀介绍了贺玉梅,贺玉梅笑着说:"真是不好意思,我们办不了,只好麻烦您了。"顺便说了谭乡长的态度。

门县长说道:"还挺牛的哩。放心,这事我给你们办了。对了,你们还没吃饭吧,咱们先吃饭去。"说着就喊来一个瘦男人,门县长说:"李秘书,你去打电话把老谭给我喊来。"李秘书转身走了。贺玉梅笑道:"不忙,咱们先吃饭吧。"

门县长说:"不是我着急,我上次开会听他们念叨了几句这件事,你们厂一个姓方的和一个姓吕的也来找过我。要是不赶紧找老谭,他们就敢再给你卖了。到时上哪儿找啊?"

贺玉梅心里一紧张,脸上笑道:"那真得快点儿,这年月什么都讲改革速度,真要是卖了,我们可就惨了。"

门县长就带着岳秀秀、贺玉梅去了县委门口的饭店。进了门,老板慌慌地迎上来:"县长,您吃饭啊?"门县长笑道:"临时来了几个亲戚,在你这儿闹一顿吧。"老板忙笑道:"平常请也请不到您呢,我说昨天晚上做梦听到喜鹊叫呢,敢情今天有贵客来啊。"门县长哈哈笑:"你可真会说好话。"几个人就进了雅间。门县长也不看菜谱,乱点了一气,老板就让人把菜端上来,又端上两瓶五粮液和两盒红塔山,客气了几句,就退出去了。贺玉梅心里害怕,怕一会儿结账钱带得不够。小岳撒娇说:"姨父,这事您可真是给办了啊,要不厂长可得扣我的工资啊。"

门县长笑道:"外甥女的事,我还能不管啊。来,贺书记,喝酒喝酒。我这个外甥女你可得照顾着点儿啊。"贺玉梅忙笑道:"您放心好了。"

吃过饭,贺玉梅忙去结账。门县长拦住她,笑道:"贺书记,到我这地面上还用你结账啊。"就对老板说:"先记在农业局吧。"老板笑道:"您甭管了。"就忙着送他们几个出来。

贺玉梅觉得喝得有点儿多了,头晕晕的,就笑着说:"看起来,真是当个县长好,一方土地,说了算啊。"

门县长笑笑:"您是没见我受制的时候呢。"

回到县委,刚在门县长屋里坐了一会儿,李秘书就进来说:"县长,谭乡长来了。"门县长点点头:"让他进来。"

李秘书出去没一会儿,谭乡长就进来了,进门就笑:"县长,您真是改变作风啊,连饭也不让我吃好啊,今天您得请我。"又朝贺玉梅、小岳笑笑。

门县长哈哈笑了:"你小子还用我管饭啊。坐吧,这两位找你有事呢。这是贺书记。"说着就掏出烟来扔给谭乡长一支。

谭乡长点着烟,傻怔怔地笑问:"县长,什么事啊?"

门县长瞪眼道:"什么事?你还好意思说,偷了人家的车,还不给人家。咱们县的脸快让你们丢光了。"

谭乡长笑道:"刚刚李秘书跟我讲了,县长,不大好办啊。谁知道是贼车啊,要知道是贼车,白给也不敢要啊。现在也不能说拿走就拿走啊,吴大水那个愣头青还不得跟我玩命啊?"

门县长笑道:"谁敢跟你玩命啊,说得吓人呼啦的。"

谭乡长说:"门县长,这事真是不好办。那车是吴大水花三十万买来的,手续都全,硬给他拿走,他真怕是接受不了。"

门县长哈哈笑了:"屁话。三十万?哄鬼呀?吴大水那个鬼精,我还怀疑他给没给钱呢！别废话了，这事你去办吧。这是我外甥女的车，你去告诉吴大水，他要是不放车，就是不给我老门面子，我还真就不要了。"

谭乡长尴尬地站起身，朝贺玉梅笑道："上次您厂里的那位吕厂长找过我的，您能不能出几万？五万行不行？"

贺玉梅心想这个姓谭的真够难缠的，笑了笑，刚想说几句没钱的话。门县长就火了："贺书记，你别理他，这小子见谁都想割一刀。"

谭乡长哈哈笑了："县长，我真是斗不过您。好吧，既然县长发话了，我料定吴大水屁都不敢高声放一个。我明天把车给您开到县委来。"就朝贺玉梅笑笑，出门走了。贺玉梅有点儿愣，没想到这事就这样有一句没一句地开着玩笑就办了。

门县长朝贺玉梅笑道："那您就住一夜吧。明天一早他就送车来。"

贺玉梅笑道："还是您面子大。"

门县长说："大个屁，我要不是县长，他们才不理我呢。"

岳秀秀笑问："姨父，他们明天要是不来呢？"

门县长眼睛一瞪："敢？过了明天中午我饶不了他们。"

吕建国正在给那几个要账回来的人开会呢，贺玉梅在门口探头。吕建国忙起身出来，贺玉梅笑道："车开回来了。"就把事情跟吕建国说了个大概。

吕建国高兴道："行，真是有你的。你先回去歇歇吧，我看你累得也够呛。"

贺玉梅笑说："我真得歇歇了，那个姓门的可真是个酒桶，昨天真把我灌坏了。"

贺玉梅进了家，就想躺下睡一觉。躺在床上，又给妹妹打了个电话，问问谢跃进这两天的行踪，自上次在酒店闹了那一回，谢跃进就没回家。

贺芳不在公司，是一个女的接的电话，说贺芳住院了，两天了。贺玉梅吓了一跳，忙问贺芳怎么了。那女的说："我知道怎么了？我又不是她妈。你愿意去就去看吧，妇产医院。"

贺玉梅更是吓坏了，就问："妇产医院，她住妇产医院干什么？"

那女的好像跟贺芳有深仇大恨似的，干硬硬地冷笑道："你这人好烦啊，你去看看不就明白了。"

贺玉梅一点儿睡意也没有了，慌慌地跑到街上叫住一辆出租就朝妇产医院去。一路上没头没脑地乱想，越想越怕，直到进了病房，看到谢跃进正坐在贺芳床前，她仍是没有反应过来，脑袋木木的。贺玉梅急急地问贺芳："怎么回事？你怎么住这儿了？"

贺芳脸色苍白，朝贺玉梅笑笑："我没事。你怎么知道的？"

贺玉梅喘着气说："我出差刚回来，打电话说你住院了。"又看看一旁的谢跃进，贺玉梅心里突然咯噔了一下，似乎明白了些什么。看看贺芳，再看看谢跃进，贺芳头歪向一边，流下泪来。贺玉梅猛地搞清楚什么了。

谢跃进尴尬地站起身，笑笑："玉梅，你待一会儿吧。我还有点儿事，先走了。"

病房里只剩下了姐妹两个了，空气有点儿发紧。贺玉梅低低地叫了声："小芳。"贺芳回过头来，两人呆呆地互相望着。

贺玉梅叹口气："芳芳，你都让我糊涂了。你和谢跃进到底怎么回事？"

贺芳突然不哭了，冷笑一声："姐姐，你既然全知道了，还说什么蒙在鼓里。你让我说什么？我喜欢他，但我并不想在你们中间惹是生非，否则，我决不会打掉这个孩子。"

贺玉梅叫起来："什么？你真的有了孩子？"

贺芳淡淡地说："你放心，我不会让他跟你离婚。"

贺玉梅只觉得头疼得厉害，全身颤抖。她怒吼起来："你不该这样啊！你知道谢跃进在外面搞着多少女人吗？"

贺芳冷冷地说："你别乱吵乱嚷。他没有欺骗我，是我情愿的。你别恨他，是我自己对不住你。"

贺玉梅静下来看看贺芳："好吧，你先住院吧。"说着就往外走，走到门口又回过头来，"小芳，也许他在你眼里是个什么了不起的人。但在我眼里他很不值钱，你愿意跟他，我拱手让给你。"说完就摔门出去了。听到病房里传出贺芳的哭声，贺玉梅脚步迟疑了一下，还是大步走了。

到了医院门口，谢跃进正在那里推着摩托车抽烟呢，似乎是在等她。贺玉梅没理他，取出自行车就要走。谢跃进跟上来："玉梅，你听我说。"

贺玉梅哽咽道："你还想跟我说什么？"

谢跃进苦笑道："事情闹到这一步，我还能说什么？"

贺玉梅冷笑："你到底跟芳芳什么时候有的这种关系？"

谢跃进道："一年前，你就看着办吧。"

贺玉梅冷笑一声："我看着办？你把芳芳毁了，还问我怎么办？"说罢，扬手给了谢跃进一个耳光，掉头就走。

就听到谢跃进在她身后冷笑道："别把自己装成修女的样子，你跟姓梁的事谁不知道啊？"

贺玉梅身子一颤，她回过头来，盯着谢跃进，突然笑了："你也相信这事。谢跃进，我真是白白跟你过了这些年了！"

谢跃进骑着摩托车走了，就剩下贺玉梅呆呆地站在那里。阴阴的天空落下了几丝雨，夹着软软塌塌的雪花，冰冰的。贺玉梅仰起头，看着散散的雨夹雪，记起上大学时一位老师讲过，这种东西叫作霰。

王超来找吕建国，说小魏的女儿明天要开刀了，问吕厂长是不是去看看？

吕建国说："去，厂领导们都去看看。"

王超发愁说："职工们给小魏捐了五万多块钱，可还不够。医院要十万押金啊。怎么办啊？"

吕建国叹道："下来再说吧，咱们先去看看。"

两人起身出来，就听到楼道里一阵乱吵，赵明骂骂咧咧地走过来。

赵明喝得醉醺醺的，身后跟着蔡大胡子。方大众跟在他身后赔着笑："老赵，有意见慢慢讲嘛。"赵明一把推开了方大众："滚一边去。你就会拍马屁，我找姓吕的说话。"

吕建国黑着脸站在走廊里，冷冷地问："赵明，你来交钱了？"

赵明抬头看到吕建国，就恶笑道："吕厂长，你凭什么封我的门？"

吕建国不想跟他在走廊里吵，就转身进了办公室，赵明跟了进来。吕建国说："我正要找你，正好你来了。我就要你一句话，你到底交不交承包费？"

赵明点一支烟，吐了个烟圈："我不是告诉你了嘛，现在没钱，先记着，年底一块儿算，少不了厂里一分钱。"说完就往沙发上一躺，把脚蹬在了沙发扶手上。

吕建国摇头："那我跟你就没什么好说的了，厂里决定，你的承包合同就此终止。"

赵明把烟在手里拧死了，狠狠摔在地上，跳起来："你姓吕的两片嘴唇一碰就完了？你不让我干，要包赔我的损失！"

吕建国愤怒地站起来："赵明，你别在这里胡搅蛮缠。"

赵明眼睛冒出火来，向前一步，一拳打在吕建国的脸上，吕建国鼻子立马就冒出血来。

王超和方大众呆住了，扑过去抱住赵明，赵明跳脚骂道："姓吕的，老子今天非打残了你不可。"门外冲进来几个人，赶忙去扶吕建国。

吕建国摆摆手，对众人说："放开他，让他过来，我不相信他敢打死我姓吕的。"

赵明愣住了，他不明白吕建国为什么不跟他急眼。

吕建国擦擦脸上的血，淡淡道："赵明，你小子用良心想想，如果你真是没钱,就算我姓吕的错了。现在厂里穷得锅都揭不开了,好几个病号都……小魏的女儿白血病就在医院躺着,等着钱用。还有章荣,不说了,这你都知道。你该着厂里的钱不给,你要是有一点儿人情味,你都不能这么干。我怎么也想不透,你也算是在厂里干了二十多年了。你……我告诉你,你今天不就是想惹急了我,让我也动手,你就可以赖账了吗?我是当着这个厂长就算了,不然我真是连宰你的心都有了!"说完,转身就走,走到门外,又转过身来,恶恶地骂一句:"赵明,你是个王八蛋!"啪的一声把门摔上,门又弹开了,走廊里渐渐远去了吕建国生硬的脚步声。

一阵风生猛地刮进来,凉凉的寒风中,已经没有了严冬里那种尖厉的寒气。这是冻人不冻冰的季节了。

众人都愣在那里,呆呆地听着风呼呼地刮着,十分单调。

赵明呆呆的,蔡大胡子在一旁低声问道:"赵哥,咱们……"赵明低声吼道:"明天把钱交给姓吕的!"一跺脚转身走了。

吕建国到医院的时候,毛毛刚刚醒过来。厂里好多人都呆呆闷闷地坐在走廊里,吕建国看到袁家杰也来了。

吕建国进了病房,毛毛艰难地睁开了眼睛,看看吕建国他们,笑了:"谢谢叔叔们。"

吕建国笑道:"毛毛,就会好的,就会好的。"

毛毛额头上淌着细细的汗珠,她艰难地说:"还是让我出院吧。别再让厂里的叔叔阿姨们给我花钱了,治不好了,我知道的。谢谢叔叔阿姨们关心我。我现在一点儿都不疼了。"

吕建国眼睛潮了,他努力克制着自己,不让眼泪掉下来,转身走出了病房。

病房外面,一帮人正在劝慰小魏。小魏两口子呆呆地坐着,像傻了一样。吕建国走过来:"小魏,先给孩子看病,有什么困难下来再说。"

小魏哭着说:"吕厂长,说什么也不看了,我不能拿着大家伙儿的钱往坑里扔啊。我……"

于志强火冒三丈地说:"混账话。你怎么就知道治不好呢?"

小魏泪流满面:"我什么都明白。大家的心意我领了。真的,厂长,您就别让我难受了。"

吕建国拍拍小魏的肩,叹道:"别这样,治一定要治。只要咱厂子不垮,毛毛的病就得看。别说十万,就是二十万,厂里也会想办法。"

小魏拼命地摇头:"厂长,厂长。不能这样,真的不能这样。"

齐志远眼泪落下来:"小魏啊,你就别再乱说了啊。"

小魏和他爱人扑通跪下了。

吕建国心里一酸,怒声吼道:"你这是干什么,你给我起来!起来!"一把扯起小魏。吕建国的声音颤抖:"要骂,就该骂我,打我,我这个厂长无能啊。"

走廊里哭声大作。

吕建国中午饭也没吃好,跟刘虹吵了几句就出来了。刘虹一个劲儿追问他志河的事办得怎么样了。吕建国恨不得狠狠骂妻子几句,他感到这帮人十分可恨,在自己倒霉的时候,连句安慰的话也没有,还一个劲儿地找事。他突然觉得自己挺没劲的,来到办公室,就坐在沙发上闷头闷脑地抽烟。

袁家杰走进来,看看吕建国,就重重地坐在沙发上,不说话。

吕建国笑道:"怎么了?看你样子怪怪的。"掏出一支烟扔给袁家杰。

袁家杰接过吸了,吐出一团雾,叹道:"我知道你挺恨我的。"

吕建国抬起头:"你说什么呢?我凭什么要恨你啊?"

袁家杰苦笑笑,没说话,呆呆地抽烟。抽完了,他又伸手朝吕建国要了一支。

吕建国叹道:"我想通了,你还是走吧。在哪儿干好了都是国家的。"

袁家杰一怔，迷茫地看着吕建国。吕建国也苦脸看着他。

两人一时没话可说了。风从窗子缝中溜进来，发出滋滋的响声。袁家杰呆呆地说："我不走了。今天把我那个专利卖了。"

吕建国一怔："卖了？卖给谁了？"

袁家杰苦笑道："卖给那个乡镇企业了，一百三十万。我跟他们要的现金，我怕钱汇过来让银行给截住抵了利息。"

吕建国心慌地问："那你……"吕建国知道，袁家杰这个项目搞了好几年了，本来厂里想上这个项目，可是前任许厂长跟袁家杰闹不来，就耽误了。吕建国上台后想搞，可是厂里又没钱，银行一个子儿也不给贷了。

袁家杰脸色苍白地站起身："他们这两天就来谈，你接待一下吧。"

吕建国站起身，声音有些发涩："家杰，这事你是不是再想想？这可是你十几年的心血啊！"

袁家杰苦笑道："还想什么啊？厂里都到了这份儿上了，唉！"转身就走。

吕建国猛地喊了一声："家杰……"声音就哽住了。

袁家杰回过头来，也呆呆地看着吕建国。一时屋里静得能听到两个人的心跳声。

太阳明晃晃地照进来，吕建国脸上滑下几滴泪，在阳光中跳跃着。

袁家杰涩涩地笑笑："建国……"就再无话了。

两个人都呆呆地盯着窗台上那盆月季，浇过水的月季，叶子已经悄悄舒展了。

有人把门撞开了，吕建国一惊，就见章小龙脸色灰灰地跑进来，进门就哭："厂长，我爸过去了。"

吕建国一惊，袁家杰颤声道："昨天不是还挺能吃的吗？怎么这么快啊？"

吕建国难过地对袁家杰说："咱们去送送章师傅吧。"

章荣真的死了。等吕建国几个人赶到医院的时候,章荣已经被推进太平间了。章荣静静地躺着,眉头却紧紧皱着,似乎有无限的心事还没有放下。吕建国心头一阵凄楚,泪涌下来,就闷着头出来了。走廊里已经站了一大片厂里的工人。十几个过去给章荣当过徒弟的,呜呜地哭着,哭声在医院里传远了。

门外,春雨下得正紧,啪啪砸在台阶上,让人感觉心里冰冷。吕建国抬头看看,天空白茫茫的,院中的几棵杨树绽出星星点点的绿,就要抽出新条了。

下午快下班的时候,吕建国接到了陈局长的电话。

陈局长在电话里笑道:"老吕,人今天就放,你们派人来接一下吧,写个保证,罚五千块钱,不能再少了。"

吕建国高兴道:"谢谢陈局长了。我什么时候请您喝酒啊?"

陈局长哈哈笑道:"行了行了,你那个破厂能给工人开支就算念佛了,别把工人们逼得上了街就算照顾我了。最近怎么样啊?"

吕建国苦笑道:"挣扎吧。"

又说了几句,陈局长放了电话。吕建国就打电话喊方大众来。方大众进来问:"厂长,有事?"

吕建国骂道:"你一会儿去把姓郑的那个王八蛋接回来,刚刚陈局长打了电话,说今天放人,你去财务拿上五千块钱的罚款。"

方大众笑道:"厂长,还是您亲自去一下吧,显得重视啊。"

吕建国恼了:"你让我重视什么?我坐车去接那个流氓?我没心思。"

方大众笑道:"算了算了,看您这么多话,我去吧。在哪儿给他们接风啊?"

吕建国想了想:"你随便找个地方吧,就说我不在家。"

方大众笑了:"那好,反正明天您得见人家啊。"说完转身走了。

吕建国去告诉贺玉梅,进了贺玉梅办公室,就看出不对劲了,贺玉梅眼睛红肿着，好像是刚刚哭过。

吕建国就问："又打架了？"

贺玉梅恨恨地说："厂长，你别劝我了。我要跟谢跃进离婚。"

吕建国惊讶道："你怎么说风就是雨啊？到底怎么了？"

贺玉梅叹口气，摆摆手："不提了，我不想说。"

吕建国就暗暗想：这个女人挺不容易的啊。就不再问，闷闷地坐着。

吕建国突然又想起志河的那件事来，就对贺玉梅说："有件事我一直忘了跟你说了，我下乡插队的那个村来人找我要几吨废钢材，我不好推出去，先给你打个招呼，日后我老婆要是来问你，你就说党委不同意。"

贺玉梅苦笑道："你要是推不开就给人家几吨吧，好歹你在人家那里下过乡呢。"

吕建国说："我那天喝酒喝多了，就随口乱答应了。不说了，今后你要是不愿办的事，就往我这儿推，我要是不想办的事，就往你那儿推。"

贺玉梅笑道："行啊，互相背黑锅吧。"

吕建国看看表："下班了，走吧。"

贺玉梅说："你先走吧，我想一个人再待会儿。"

吕建国苦笑道："别有什么想不开的吧？"

贺玉梅突然问："厂长，都传说我跟梁局长有事，你相信吗？"

吕建国一怔，哈哈笑了："你说什么啊？我怎么一点儿都没听说啊，别瞎想了。"就出来了。走出几步，听到贺玉梅在办公室呜呜地哭了，吕建国心里一酸，仰天长叹了一声，大步走出楼去。

吕建国站在厂门口，突然发现厂门口的树一夜之间已经绿了，恼人的春寒大概就要过去了。

原载《人民文学》1996 年第 1 期

年　底

西北风越刮越硬，眼瞅着就到年底了。

厂里今年的日子实在是不好过，各车间都重新承包了，可也没见承包出个模样来，有几个车间已经好几个月没发工资了。厂里欠别人的钱，不给；别人欠厂里的钱，也不还。这几天来厂里催账的已经十几拨儿了。厂里撒出去要账的也有好几拨儿，可是眼下一个子儿还没要回来呢。工人们都没心思干活儿，这些日子厂里打架的偷东西的出了好几起了。保卫科长老朱眼睛熬得像个猴屁股。

刘厂长去宾馆开订货会，本来让周书记也去，可是周书记不去，说见着那帮家伙就心烦，于是就留在厂里管着干活儿。今天下午一上班，周书记就接到刘厂长的电话，说是客户们可能要到厂里来转转看看，让周书记安排一下全厂打扫卫生，弄得体面一点儿。

周书记就找赵副厂长、林副厂长和田副书记来开会，说了这事。赵副厂长说他马上就得到市里开会，学习关于现代企业制度的文件。林副厂长说他要到宾馆去见见几家客户，有些质量问题要当面谈谈。田副书记坐立不安地说他得到学校一趟，他那宝贝儿子又让老师给轰回家来了，说是为搞对象的事。赵副厂长笑道："这不错嘛，省得日后你给他费心了。"田副书记骂道："现在这叫什么事啊，高中的学生就敢搞对象。我今天非得打断小王八蛋的腿。"就骂骂叽叽地走了。

周书记心里挺别扭的。这几个副手都跟老刘闹不来，拧成一股劲儿跟老刘叫阵，老刘也不跟他们谈谈。老刘是想干两年就走的，可这样下去也不是事啊。

周书记叹了口气，就出了办公室。

周书记指挥着全厂打扫卫生。于是，各车间除了不能停下来的工序，其他都停下来了。擦玻璃的、洗车床的、扫地的，全厂一片乌烟瘴气。周书记先是到各车间看过，又到机关各科室检查，扯着嗓子满楼道乱吼乱喊。办公室的秘书小邢一个劲儿嘟囔："周书记找不到对象跟大伙儿撒气呢。"周书记的爱人死了好几年，他总想找个续补的，可总也找不到可心的，不是他不愿意，就是人家看不上他。

周书记路过组织部的时候，想起了方瑜。他知道方瑜最近血压低，不想让她擦玻璃，想让她跟自己到下面转转看看。推推方瑜的门，方瑜不在。周书记就快快地下了楼，看到宣传部的小刘正在厂门口换宣传栏，花花绿绿的，挺热闹。小刘跟周书记关系好，经常一起打麻将。爱人死了之后，周书记就好上了打麻将。先是玩贴纸条、戴帽子，玩着玩着就觉得不过瘾，于是就玩挂彩的，也不多，每次也就是三块两块的，以玩为主，以赢为辅。只要有小刘在场，周书记准赢，小刘总给周书记点炮。去年厂宣传部部长刚刚退休，部长的职务暂时空缺，人们就传小刘瞄上了部长的位置。

小刘就笑："周书记，您怎么没去宾馆啊？"

周书记说："我嫌乱，不去。那帮王八蛋，没什么好东西。"就看小刘布置的宣传栏，这期宣传栏是表扬这个月厂里的生产标兵的，都是彩色照片，照得挺好，是宣传部大高照的。大高照相有两下子，他是省摄影协会会员，挺牛的，不管穿什么衣服，都把协会的会徽别在胸前，神气得很。大高不买别人的账，只跟刘厂长好，有人说刘厂长家里挂着他爱人的彩色照片比活人还大，就是大高照的。周书记很不喜欢大高这个人，总在会上讲大高除了会照相，别的什么都不行，宣传部应该是多面手。可是刘厂长总是笑嘻嘻地说："不要求全责备嘛。"周书记见到这些照片，就说："小刘啊，你该学学照相啊。宣传工作多会一样是一样嘛。"

小刘苦笑:"我学什么学,部里就一台照相机,大高看得比看他老婆都紧,恨不得天天搂在怀里睡觉,不许别人染指。"

周书记皱眉道:"这个人。"

办公楼的一个窗子打开了,办公室秘书小邢探出头来喊:"周书记,刘厂长的电话。"

周书记听到喊声就回过头来,答应一声,跑着去接电话。

电话是刘厂长从宾馆打来的。刘厂长声音慌慌地说:"周书记,你去交通队一趟,小孙跟人家撞车了。"

周书记脑袋嗡的一声就大了:"你说什么,撞车了?怎么撞的?人怎么样了?"

刘厂长急着说:"估计人问题不大,小孙在会上喝了点儿酒,去给客户送东西时出的事。你去看看吧,现在小孙给扣在了交通队。你的一个战友不是在交通队嘛,你赶快去找找吧。我现在脱不开身。"

周书记放下电话就跟小邢说:"给我派个车,我去交通队。"

小邢为难地说:"小车没有了,都在会上呢。"

周书记急道:"别管什么车了,让汽车队赶快弄一辆来就是。"

小邢就拨电话,让汽车队派一辆客货两用车来,直接开到办公楼门口。周书记没等小邢放下电话,就跑下楼来。司机小孙是周书记姐姐的孩子,去年刚刚转业回来,姐姐就让周书记把他弄到厂里来了。周书记从小没了妈,是姐姐把他拉扯大的,所以很敬重姐姐。本来周书记不想让小孙开车,可是架不住小孙软缠硬磨,就让他到了汽车队开小车。小孙爱喝酒,一喝就多,多了就爱出事,上次已经撞了一回了,吓得周书记不轻,这次又惹事了。

周书记刚刚出了办公楼,迎面就碰上了三车间主任老吕。老吕满脸通红地说:"周书记,我正找你呢。"

周书记说:"我忙着出去,回来再说。"就拔脚走。

老吕一把拉住他："就两句话。我这个主任不干了，厂里另找能人吧。"

周书记发急道："你说不干就不干了，你以为这是小孩子过家家呢！你不干也得等着承包到期啊。"

老吕也火了："你让我怎么干？小崔和大张正忙着，就被刘厂长弄去陪酒了。现在车间都是一个萝卜一个坑，他俩一走，车间就没人替他俩顶。现在生产任务又急，误了工算谁的啊？"

周书记心里就生刘厂长的气，老吕讲得在理。现在车间都搞了优化组合，没有闲人。你陪酒找谁不行啊，偏偏从车间里挖人。周书记想了想，就对老吕说："你去找刘厂长，就说是我说的，一定让你那俩人回来，陪什么酒嘛，扯淡。"

周书记边说边走就出门去了。

老吕在后边嚷："我可是去了，就说你说的。"

周书记头也不回："就说是我说的。"

厂里在明星宾馆包了一层楼，开订货会。明星宾馆是本市最大的宾馆。开始厂里不想在这儿开会，费用太高，可是研究来研究去，还是选中了这儿。因为明星宾馆的经理是副市长的一个亲戚，副市长打来电话，让刘厂长照顾一下，就只好来这儿开会了。

今年的订货会开得挺大，全国各地来了二十多家大客户。厂子这几年效益滑坡，局里总点名批评。前年把第四副局长老刘弄来当厂长扭亏，扭到今年，还没扭出个样子来呢。今年新上任的李局长就找刘厂长谈话，要他今年一定扭出个样子来。刘厂长说："哪儿有那么好扭啊，您以为是扭秧歌那么容易啊？"顶得李局长直翻白眼。

老吕找到宾馆，一进门正碰到厂办公室搞服务的小李和大高送两个客人出来，看样子要到哪儿去玩。大高一身西装革履，脖子上挂着一台照相机，神神气气地正要往车里钻呢。老吕就忙喊住他们，问刘厂长在哪儿。

小李穿着一件大花的呢子裙,脸上一片桃花灿烂,走路摇摇晃晃的,老吕就看出她喝多了。小李醉眼蒙眬地看看老吕,抬起手指指楼上,说刘厂长在二楼202房间,就钻进汽车。小汽车就一溜烟地跑了。

老吕去了二楼。202房间的门虚掩着,老吕也不敲门,就推门进去了,见刘厂长正坐在沙发上,一双小眼睛红得像冒血,是喝多了。销售科长魏东久坐在刘厂长身旁咕咕地喝茶。刘厂长红着眼睛跟办公室主任老梁嚷:"你就是不能喝也得喝,你以为我让你们来解馋啊?你就是喝吐了血,也得哄着这帮人高兴!"

老梁像个没完成作业的小学生,站在那里挨刘厂长的训。老梁本来不想来,可是办公室操办这事是在劫难逃。刚刚吃饭的时候,老梁喝了两杯,就被一个客户拉住,死乞白赖地要跟老梁干杯。老梁没喝,直说胃疼,弄得那个客户不高兴,说他看不起人,就摔了杯子。桌上的气氛弄得挺尴尬,后来还是刘厂长代老梁喝了两杯才算了事了。

浑身酒气的魏东久在一旁加火:"老梁,这事真是你的不对。你说咱们谁能喝,不就得往上冲嘛。这跟打仗一样,谁也熊不得啊。你们办公室的小李,一个女同志,今天表现多好,你这当主任的,怎么也不能往后躲啊。你看咱们刘厂长,都喝成什么样子了。他身体不好,这你也知道,可是厂长……"

刘厂长摆摆手:"算了,算了。"就看看走进门来的老吕:"有事?"

老吕就说了让小崔和大张回车间干活儿的事。

刘厂长看看魏东久:"你不是说老吕同意了吗?"

老吕没好气地看魏东久:"我什么时候同意了?你怎么能跟厂长说瞎话啊。"老吕看不上魏东久,这家伙是个小人。前任郑厂长让他拍得晕了,把他提了科长,可郑厂长刚刚下台,他就跟郑厂长面对面吵架,跟疯狗似的,气得郑厂长直翻白眼。这些年魏东久搞供销,可是真肥了,听说家里布置得跟宫殿差不多。他老婆一天三换衣,前几天刚刚买了一件水獭皮大衣，花了三千多块，在厂里到处显摆，气得工人们骂，说魏东久贪污老鼻子了。最近厂里风传，说刘厂长想提名让魏东久当副厂长，主管经营。老吕更是一肚子气，这样的人能用？

魏东久脸就一红："小崔和大张说你知道啊。"

老吕骂起来："我知道个屁！他俩拍拍腚眼子就来这儿大吃二喝来了，车间的活儿让狗干啊。"

魏东久一下子抓住了理："老吕，你这话说得就不对了，什么叫大吃二喝啊，这也是工作嘛。你以为我愿意吃啊。这罪受得，喊冤都找不到地方。厂长你说说……"

刘厂长忙说："算了，算了。老吕，你能不能让别人先替他俩干干。这里确实也需要人手。咱们厂的酒鬼就他俩算是数得上的了，别人还真不行。要不你再给我推荐两个来，总要哄得客人们高兴啊。"

老吕倔倔地说："我找不出人来，反正我跟周书记说了，他俩不回去，我也不干了。"就赌气地一屁股坐在了沙发上。

魏东久来了火："你不干就不干，吓谁呢？"

老吕不买魏东久的账，恶笑道："魏科长，我不吓谁，我吓我自己还不行嘛。咱厂就你一个能人，你都能尿到天上去了，有本事你去替我老吕啊，我现在就谢谢你了。"一边说着，一边理直气壮地抓起茶几上的茶杯就咕咕地喝。

魏东久气得脸紫了，就看刘厂长："厂长，你说吧。反正咱们这里也要人手。"

刘厂长忙说："就让他俩回去吧。老吕你还真不能松劲，这批活儿要是定了，就绝不敢误期。老梁你去喊小崔、大张跟老吕回去吧。"

老梁点头说："我去喊。厂长，是不是我也先回去啊，办公室的事这几天也不少呢，眼看着就年底了，市里要的好几个材料我还没定稿呢。"

魏东久一肚子火撒到了老梁身上，瞪眼说："老梁，你可不能开小差啊。"刘厂长不耐烦地说:"算了算了,让他也回去吧。"

老梁大赦似的跟老吕出来了,到了外面,老梁苦笑道:"老吕,你算是救了我了。魏东久这个王八蛋,恨不得把我灌死。他明明知道我不能喝嘛。"

老吕恨恨地说:"不喝就不喝,他还能掐住脖子灌你啊?"

老梁骂道:"这个王八蛋算是把刘厂长哄得团团转了,又借着陪酒的名义找来他的一些小哥们儿来吃白食,上下都讨好。你们车间的小崔和大张就是帮他干过私活儿,他才喊这俩人来的呢。"

老吕冷笑:"我早就知道,上个月车间里丢了十几斤铜,我就怀疑是这俩小子干的,只是我没抓住。这一回,我就让这俩小子回去干活儿,想喝酒,没门儿!"

老梁叹口气:"我这个主任也当不长了,办公室小李那个娘们儿挤我,再加上魏东久这个孙子在领导那里天天给我使坏,我快了。"说着就一脸凄凉之色。

老吕骂:"那个臭娘们儿不就是会跟魏东久睡觉嘛。你也是软,要我早就开了她了。"

老梁摇头苦笑:"你以为我不想开她啊,开得动吗?刘厂长现在把她当成宝贝了,就要提她当副科长了。"

老吕火火地说:"我也听说了。现在是人不是人的就当官,这厂里还能好了?"

两人就骂骂叽叽地正走着,老梁突然变了脸色,弯下腰干呕起来。

老吕惊问:"你怎么了?"就慌忙帮老梁捶背。

老梁脸白白的,无力地摆摆手:"没事,这几天总这样,也许是喝酒喝的。"

老梁又呕出一些红红的东西来。老吕吓坏了:"不行啊,老梁,你赶快上医院去看看吧。"

老梁说:"你去喊小崔和大张吧,我待一会儿就能好点儿。"

老吕说:"我先送你去医院吧,看你吐得真吓人啊。"

老梁说:"我自己去就是了,你快走吧。"

魏东久气得够呛,就恨恨地嚷:"周书记不像话嘛,这么大的事,他硬是连面也不露一个,这不是拆台嘛。这又捅着老吕来找人,这……"

刘厂长眯着眼睛,听魏东久乱嚷着。他只觉得脑袋一蹦一蹦地疼,端起桌上的茶杯,猛喝了几口:"魏科长,你就别发牢骚了。这几天你辛苦,我心里有数。至于周书记嘛,他最烦这种场合,他要是真来了,我还真捏着一把汗,不定哪句话讲得人家不爱听了。这当兵出身的人啊,太正经了些……"

魏东久不高兴地说:"就他正经,我们都不正经。当过兵的更不在乎喝酒了。"

刘厂长笑笑:"算了算了,你就别在我这儿说三道四了。周书记是厂领导,总归是我们俩的事。你们不用管,你的一片苦心我都心领了。你也累得够呛了,也去睡一会儿吧,晚上还不知道喝成什么样子呢。你也注意些身体啊。"

魏东久一脸郑重之色:"只要厂长理解我,我就知足了,总算我没跟错人。"就抬起屁股要走。

刘厂长又喊住他:"对了,你再到厂里找两个能喝的来,咱们几个都不行,我最怕山东那个冯科长了,真受不了。你晚上可得帮我挡一挡,中午没让他把我弄到桌子底下去就算便宜了。"

魏东久笑道:"厂长你就别管了,我找几个好汉来跟老冯干。对了,晚上的舞会怎么办?得找几个舞伴来啊。"

刘厂长皱眉道:"这事不用问我,你看着办就是,不过价钱不能太高。

可是有一条,跳完就走,别再有其他节目了,现在扫黄扫得厉害。"

魏东久笑道:"怕是南方那几位要提这方面的要求,咱们……"

刘厂长说:"你就装傻,问急眼你就说这几天风头太紧,正抓呢。"

魏东久想了想:"今天晚上可以先凑合了,明天怎么办?老梁订的直友歌厅,那里就是干跳,没什么劲,白花钱咱们还落个小家子气。要我说明天上东方大世界吧。"

刘厂长皱眉道:"我听人讲那鬼地方挺贵,逮住了就往死里宰,换个便宜些的怎么样啊。"

魏东久笑道:"厂长,咱们大钱都花了,就不在乎这几个了。"

刘厂长也笑:"是啊,要不我这个人发不了大财呢。不过能省就省吧,咱们厂现在都穷成这个样子了,真已经是硬着头皮充硬汉了。"

魏东久皱眉道:"我也心疼呢。行了行了,您赶快躺一会儿吧。"就出去了。

刘厂长其实也特烦魏东久这个人。可是魏东久手里有许多业务关系,不能不用他。周书记看不上魏东久,几次党委会上都提出撤了他。两个副厂长也跟着周书记吵吵,要撤了魏东久。可是刘厂长知道,如果撤了魏东久,厂里的销售量就会直线掉下来。他甚至想过,到自己离开的那一天,先把魏东久开了,再交接工作。自己跟魏东久保持两条原则,一不跟他有物质上的来往;二是好言好语,哄着王八蛋干活儿。

刘厂长心里烦透了这个厂子。他在局里当过技术处长,后来就当了第四副局长,前年局里把他放下来搞扭亏。临来之前,市委组织部的老费跟他透了个底,市委的意思是让他在这个厂搞出点儿成绩来,要提拔他。所以,刘厂长就格外卖力气。两个副厂长都不配合他的工作,他干脆不用他们,就拉住周书记一块儿干了。

周书记这个人很好处。周书记是个炮筒子,一天到晚在厂里乱嚷乱吼,抓住迟到早退的、上班干私活儿的,他黑着脸猛罚。工人们怕他,背地里叫他"二百五"。刘厂长面上总是让着周书记，可厂里的事都是刘厂长说了算。周书记是个转业干部，到企业时间不长，外行得很，就会训人。所以得罪人的事，刘厂长大都让周书记去做。有时，刘厂长觉得自己是在拿周书记当傻子耍，有点儿对不住他。可是刘厂长觉得这个炮筒子不用也是白不用，好赖凑合两年，把生产搞上去了，自己拍屁股走人。

刘厂长刚刚躺下，就有人敲门。刘厂长怕是客户，忙坐起来，穿好衣服去开门。一开门，先是一股浓浓的化妆品的味道扑进来，办公室的干事小李进来了。

小李就笑："哟，厂长这就睡觉啊。"就一屁股坐在了沙发上。嘴里就发牢骚："刚刚陪东北的陈主任去逛了逛商店，这家伙真是抠门儿，一分钱也不带，还买这买那的，就让咱们掏钱。我装醉了，就跑回来了。大高傻了吧唧的，还要给人家照相呢。"

刘厂长坐起来伸长胳膊打了个哈欠："真把我困坏了，两天没合眼了。这几天你也累坏了吧。"他暗示小李快点儿走。

他很讨厌小李这个女人。小李原来是车间里的一个统计员，上了几年电大，本来说厂里要用她，可是她就闹着跟男人离婚，说嫌她男人是个酒鬼，后来才知道她在上电大的时候跟一个同班同学好上了。小李那个醉鬼男人找到厂里，当众暴打了小李一顿，就跟小李离了。可是小李那个同学没离成，跟老婆闹腾了几回就又握手言和了。小李在车间里就名声臭得不行，后来小李又跟前任郑厂长好上了，渐渐地就好得说不清楚了，就被厂长调进机关当干事。其实小李就不是当干事的材料，先不用说她屁股跟扎刺似的根本坐不住，光是她天天张嘴闭嘴的脏话，也够人听一阵子的了。现在又跟魏东久打得火热，机关里的闲话可是太多了，她却是一点儿也不在乎。最近魏东久又跟厂里建议，要提小李当销售科副科长。

小李笑道："厂长，你也真是，现在哪个厂长不能喝几下子啊。您还真不如我这一个女流呢。"说着就起身给刘厂长倒了一杯水，端过来。

刘厂长忙接过来，笑道："我喝酒是真不行，真赶不上你呢。"心里却骂：你算个什么东西啊。

正说着就有人敲门，小李站起身去开门，走进来一男一女，男的是华东的霍科长，女的是湖北的廖主任。两个人进来就朝刘厂长哈哈笑。廖主任说："刘厂长，推两圈去啊，都说你是麻坛老将了。"

霍科长就一屁股坐在了小李身边："走啊，李小姐不是说要赢光我腰里的钱嘛。"说着，手就往小李腿上摸。

小李也不躲，还直往霍科长身上靠，笑道："我可是没带多少钱，输光了可是你掏。"

霍科长一拍胸脯："没问题，咱们俩谁跟谁啊。"

小李大概是被霍科长抠疼了，嗷的一声，跳起来笑道："霍科长，您轻点儿啊。"

霍科长忙笑道："小李，别一惊一乍的，好像我怎么着你了。"

廖主任笑道："霍科长真是喜新厌旧啊，刚刚还跟我甜哥蜜姐呢，这会儿又跟李小姐黏上了。"

霍科长笑道："我哪儿敢跟您闹啊，您可是刘厂长的心上人啊。"

刘厂长哈哈笑道："我可不敢夺霍科长之美啊。"

正说笑着，电话响起来，刘厂长接了，一脸严肃道："好好，我就来。见面再说吧。"三个人就看刘厂长。小李忙问："厂长，出什么事了？"

刘厂长在屋里搓着两手："真是，我们家老太太又晕过去了，我真得回去一趟。"

霍科长忙说："那您先回去吧。"

廖主任也说："需要我们帮忙的，您只管说。"

刘厂长忙说："不用，不用。那我就先回去看看，这里的事就先交给魏科长和小李两人了。下午可能周书记来陪陪大家。失陪了，真是不好意思。"就出去了。

其实刘厂长家里没有什么事，刚刚的电话是老婆许春丽打来的，说表弟春生来了，问刘厂长有空的话就回来一下。刘厂长借机跑出来了，他实在不愿意陪着这帮人打麻将。不是怕输，这次开会，厂里研究决定给刘厂长两千块钱赌资，专门陪着客户们打麻将。刘厂长是怕廖主任。这个女人打扮得跟妖精似的，上次来报岁数是四十五岁，今年还是四十五岁，还带着一个二十多岁的小伙子，跟面首似的，而且还包了一个房间。刘厂长跟她坐在一起时，她总是往刘厂长身上挤，刘厂长怀疑她是个性欲狂。听魏东久说过廖主任家里也挺不幸的，家里有一个二十几岁的傻儿子，廖主任都要愁死了，也真够难为她了。廖主任是个大客户，她跟上海一家厂子一年就是一千多万的合同，让同行们看得眼热心跳。她跟魏东久每年也就是订几十万的合同，小菜一碟。这次，刘厂长已经偷偷跟魏东久说了，一定要让这个老妖精吃好玩好，争取从她身上多弄出几十万来。

刘厂长下楼时又到魏东久的房间去了一下，按了半天门铃，魏东久才开开门，见是刘厂长，脸上就有些不好意思，也没让刘厂长进门。刘厂长也没进去的意思，就站在门口说了家里有事，让魏东久在这儿照看一下，他晚上吃过饭再过来。魏东久忙说："您去吧，您去吧。要不用车送您回去？"刘厂长说："不用，你晚上把陈主任、廖主任几个照顾好就是了。"魏东久笑道："这您就放心吧。"刘厂长就忙下楼去了，下楼时想，魏东久不定又从哪儿弄来了女的，在屋里乱搞呢。

刘厂长骑着自行车，驶出宾馆的大门，用力呼吸了几口气，才觉得心里好受些了。

周书记到了交通队，就见到厂里那辆桑塔纳已经被拖车拖到了交通队的门口。车已经被撞得不成样子了，周书记顾不上看车，就径直奔交通队的办公室。办公室主任老齐是周书记的一个战友。

进了门，老齐正跟几个人吵吵什么呢。老齐好像正在发火，好几个人好像也是有事求老齐，一个劲儿给老齐赔笑脸。老齐看到周书记进来了，就点头笑笑："你先坐。"就转过脸不耐烦地对那几个人说："快走，快走，有事下午来，我有客人。"

这几个人看看周书记，就转身出来了，有一个大个子走到门口，又不甘心地回头再说一句："齐主任，这事可都靠你了。"

老齐连声说："下午再说，下午再说。"把那人推出去后，回过头就笑："我就知道你得来，你们厂的车撞了。"就抓起桌上的烟，扔给周书记。

周书记说："不光是我们厂的车，还是我外甥开的车。人怎样了？"

老齐笑道："我看着就像他，他还一个劲儿跟我套近乎呢，我没理他。"

周书记问："人怎么样啊？"

老齐笑道："人没事，车怕是不行了。你进门的时候看到了吗？"

周书记松了口气："人没事就行啊，我姐姐就这么一个儿子，要是出了事，还不得要我的命啊。在哪儿呢？我能见见不？"

老齐说："怎么不能见啊，跟他们说说，你先把他领回去，挨撞的那家是个个体户，我跟他们交涉交涉。"

周书记跟老齐进了另一间屋子，见小孙正在垂头丧气地坐在那儿，满地的烟头儿。老齐喊一声："孙爱民，你们领导来看你了。"

孙爱民一抬头，见是周书记，就眉头舒展了，笑道："舅，你可来了。"

周书记看看孙爱民没事，就放了心，狠狠瞪了孙爱民一眼："我来了管什么用。你撞了人家，怎么办吧？"

孙爱民苦着脸说："怎么办？算我倒霉。"

周书记怒道："你倒霉？厂里更倒霉，一辆车十几万。"

老齐对小孙说："你先回去吧，明天再来解决问题。"

小孙就忙站起身出去了。

周书记跟老齐走出来。

老齐笑道:"问题不大,那家个体户不在理,是无照驾驶。就是小孙喝了,到时候别让他承认就是了。"

周书记想了想说:"你得给我吓吓他,这小子像个没把儿的流星。那我先走了。"

老齐忙说:"你别着急走呢。我还有个事求你呢,我小姨子的小叔子想调到你们厂,你给办一办吧,找我好几回了。"

周书记苦笑道:"你有病啊?现在我们厂连工资都发不下来了,你还往里钻啊。"

老齐诧异道:"不对吧,前些日子我还听说你们厂的效益不错呢。"

周书记笑道:"你那是多少年的皇历了。现在是一会儿河东一会儿河西,上午河东下午河西。我们厂的工人都放羊似的往外调呢。"

老齐叹道:"他们两口子都在一个厂,都开不出支来。这日子怎么过啊。"

周书记想了想:"你在交通队认识的人多,不能想个办法啊。"

老齐摇头苦笑:"认识的人多管屁用啊,这年头办个事哪儿那么容易啊。"

周书记突然笑了:"你去找过罗振明没有,这家伙这几年可是发了。他包了一个厂子,效益真是不错。前些日子还给我打电话说他要做东让战友们聚聚呢。"

老齐摇头道:"他那个厂子不是个集体厂吗?我小姨子的小叔子还不想去呢。"

周书记说:"都什么年代了,还分什么集体不集体啊,挣钱就行啊。说这话真是有病。"

老齐想了想,就笑:"可也是,你把他的电话号码给我,我好久没跟他联系了哩。"

周书记就掏出一个小本本,找出罗振明的电话号码抄给了老齐,就走了。

刘厂长进了家，见老婆许春丽正在跟她的表弟春生说话。见刘厂长进来，春生就站起来，叫了一声姐夫。刘厂长笑道："春生来了啊，快坐吧。"

春生笑道："姐夫开会呢。"

刘厂长笑道："没忙死。抽烟啊。"就拿起桌上的烟，又放下，掏出兜里的红塔山给春生抽。

春生笑："好烟啊，姐夫也抽烟了。"

刘厂长笑道："从会上拿的。我不抽烟，装着给别人抽的。"

许春丽笑着对丈夫说："你也把你们厂里的业务烟弄几盒回来，来个人咱家都没烟给人家抽。"

春生深深吸了口烟，就笑道："我这次来想跟姐姐、姐夫说件事。"

刘厂长笑道："说吧，反正你现在比我好过，我可没钱借给你。"春生那些年家里的日子不好过，常常来表姐这儿要点儿东西。这几年春生弄了一个包工队，每年都弄十几万，气粗得不行。

许春丽笑道："春生想让你帮他找点儿活儿。"

春生忙笑道："今年冬天没活儿了，想让姐夫帮着找点儿。"

刘厂长苦笑道："我们厂现在都快穷得不开支了，还有啥活儿啊。"

春生笑道："我听说供电局要盖楼，就包给我吧。我听说姐夫跟供电局杨副局长认识啊。"

刘厂长看了许春丽一眼，就知道这是她告诉春生的。刘厂长跟供电局的杨副局长是大学同学，他也知道今年供电局又要盖家属楼。可是老杨是个副局长，说话不顶事。就是顶事，刘厂长也不想给春生帮这个忙。春生这些年学得挺黑，再说他那个包工队能干什么嘛，盖鸡窝也许还差不多。

刘厂长笑道："老杨不一定管事。"

许春丽嘲笑道："反正什么事情到你这里就复杂了。"

春生笑道："您就介绍我认识一下就行。"就从提包里掏出一个厚厚的信封，放到桌上，说，"这是一万块酒水钱，姐夫您就看着办，不够用，我再拿。"

许春丽不高兴地说："老刘，你就帮春生张罗张罗吧，跟老杨说说。"

刘厂长苦笑道："不是我不肯帮春生，这事情怕真是不好办。"

春生笑道："姐姐别逼姐夫了，姐夫会办成这事的。"眼睛就盯着刘厂长。许春丽看了一眼那桌上的信封，就对丈夫说："老刘你看着办吧，春生怎么说也是咱们的亲戚呢。"就悻悻地扭身回里屋了。

刘厂长就说："春生你也别抱什么太大的希望，我先打个电话问问老杨。"就抓起桌上的电话。

从交通队出来，周书记就去了姐姐家。

姐姐正在包饺子，小孙没回来。周书记就跟姐姐说了小孙撞车的事。姐姐吓得黄了脸，饺子也不包了，慌慌地问："这可怎么好？"

周书记埋怨着："人家还不饶爱民呢。我早就不想让他开车，您还不高兴。上次已经出了一次事了，我就没敢跟您说。"周书记就想着吓吓姐姐，就此不让外甥开车。

姐姐恨恨地说："那就别让他开车了，你给他换换工作。"

周书记点头说："行，不过您别让他缠得松了口又来找我。"

姐姐忙说："不会不会，再让他开车我也得跟着吓死。"

周书记就起身告辞。姐姐说："你就在这儿吃吧，包饺子哩。"周书记摇头说："不行，小曼还等着我做饭呢。"

姐姐看了弟弟一眼，发现弟弟头上的白发越来越多了，不禁心疼地说："你也该注意点儿身体了，都快五十岁的人了，不年轻了。"

周书记心头一酸，眼睛就有点儿发潮。他爱人死了好几年了，家里就显得特乱，他心里也特烦，有些什么事，就爱跟姐姐商量。有时一些事跟姐姐也不好说，自己就心里麻烦着，就去打麻将。

周书记脸上笑笑："没事，我能吃能睡的。"

姐姐又说："上次给你说的那个人怎么样啊，人家等着回话呢。"上个月姐姐托人给周书记介绍了一个对象，是毛纺厂的，刚刚死了丈夫，带着一个小男孩，比周书记小十几岁。

周书记脸一红："我还没想好呢，岁数差得也太多了点儿。"

姐姐想了想就说："那就算了，就说你不同意。"

周书记笑道："这样说太愣了，您委婉些才好。"

周书记回到家时，天已经黑透了，进门就见女儿小曼正在做饭。周小曼刚刚高中毕业，没考上大学，就在市里的职工大学念自费。小曼一边上课，一边给一家合资企业打工，天天忙得跟什么似的。周书记进门就笑："今天怎么回来早了？"就进厨房要帮厨。小曼笑道："您等着去吧。"

小曼把饭端上桌，也就坐下了，笑道："爸，你们厂不是开订货会吗，您干吗不去吃啊？把我也带去吃得了，省得咱俩弄这点儿破饭了。"

周书记苦笑："那是一帮什么人啊，一帮流氓。"就从酒柜里取出酒来倒了一杯。

小曼笑："您管他们是什么啊，反正您吃您的不就得了。您真是事多。"

吃过饭，周书记和小曼看《新闻联播》。看完了，周书记就说："我去睡觉了，不管谁来电话，都说我不在家。"

小曼看看表就笑："爸，这才几点啊，您就钻被窝啊。"

周书记也笑："我这几天太累了，想早点儿躺下。"就进洗手间洗了洗，然后就进了自己的卧室，看了会儿书，就闭了灯，黑黑暗暗地想了会儿方瑜，就睡着了。

早上周书记起来，小曼早已经起了。他进洗手间洗脸，就想着昨天晚上那个梦,梦见方瑜跟自己哭,哭完了好像还干什么来着,一时想不起来了。这时就有人来敲门,周书记满嘴白沫地开门一看,是办公室秘书小邢。小邢一脸惊慌地说:"周书记,老梁住院了,怕是癌症。"

周书记一惊,一口白沫差点儿喷到小邢身上:"他昨天还好好的呢。"

小邢说:"昨天他去医院查了查,大夫就没让他回来,直接住院了,还让他打电话把家里人也叫去了。他说已经做了B超了,又查了血,确诊了。"

周书记听得心跳,就胡乱擦了把脸,饭也没顾得吃,就忙和小邢出了门。路上周书记就对小邢说:"你去通知赵副厂长、林副厂长,还有田副书记,要个车,一块儿去医院看看老梁。"

到了厂门口,小邢又为难地说:"还买点儿东西不?咱们总不能空着手去啊。"

周书记说:"买吧。"说完就突然想起,厂里刚刚做出了职工住院不满五天的,厂里领导探视不再买礼品的规定,因为现在厂里真是没有钱了。他就说:"小邢,我记得你们办公室还有卖旧报纸的钱啊,先拿出来花花嘛。"

小邢说:"行,不过这钱我没管着,都在梁主任那儿呢。"

周书记皱眉道:"你先去找赵厂长他们吧,我想想办法。"

小邢就去了。

周书记想了想就去了组织部,组织部就方瑜一个人在。方瑜站起来:"周书记,有事?"

周书记道:"小方,你把党费先借给我点儿,过些日子我再还你。"

方瑜笑道:"您干什么用啊?"方瑜这人挺正经,办事总是一板一眼。

周书记就说了去看老梁的事。方瑜呆住了,难过地说:"老梁怎么得了这个病啊。"就开了保险柜,回头问周书记拿多少。

周书记说:"你先给我二百吧。"就在桌上撕了张纸,写了张欠条。

方瑜去年刚刚提为组织部副部长。她爱人原来是市委宣传部的,前几年下了海,到南方做生意,听说赚了不少钱,还在广州开了一家公司,就要把方瑜也调过去。今年方瑜忙着办户口,可后来就没了信儿。方瑜去了一趟广州,回来眼泪汪汪的,也不提去广州的事了。后来人们才知道,她爱人又找了一个靓妹,要跟她离婚,但她不想离。

周书记暗自喜欢方瑜,他总觉得方瑜身上有一种说不清楚的味道吸引着他。听到方瑜离婚的事,周书记心中涌起一种莫名的希望。有一回刘厂长私下跟周书记开玩笑:"周书记,我看等方瑜离婚了,我给你当个红娘吧。这女人挺好的,模样漂亮,心眼儿也好。"周书记脸红红地说:"别乱讲,别乱讲。方瑜在我手下干事呢,传出去成什么话了。再说,我们年岁相差十几岁呢。"刘厂长哈哈笑:"你呀,都什么年代了,现在都讲究老夫少妻嘛,打麻将都带老少配呢。"

周书记看着方瑜,就笑道:"什么时间买了一件红毛衣啊,挺好看的。"

方瑜笑道:"早就买了,您还注意这个啊。"

周书记一时没话了,觉得挺尴尬的,就说:"我去医院了。"就走出来。

方瑜追出来:"我也去看看老梁。"

周书记说:"一块儿去吧。"

两人下了楼,小邢和赵副厂长正在楼下等着呢,还有一辆面包车。小邢说林副厂长和田副书记都不在。周书记心里就骂:这两个家伙这几天都不好好上班,总到市委去告刘厂长的状。但他嘴上说:"算了,咱们几个去吧。"四个人就上了车。

赵副厂长一路上对老梁的病大发感慨,感叹人生无常。周书记一句话也不说,闭着眼,方瑜靠着他坐着,方瑜身上有一股挺好闻的味,弄得他心里乱乱的。半道上,小邢下了车,去买了一兜子罐头,还开了一张发票。赵副厂长跟了下去,让售货员多写了十块钱,说一会儿在医院门口买把香蕉,开不了票。小邢笑道:"还是当领导的心细如发。"

到了医院门口，就看到了水果摊儿，橘子、香蕉什么的一大片。赵副书记和小邢下车去买了一大把香蕉，四个人进了医院。小邢在前边引路，就找到了老梁住的病房。

老梁正躺着，亲友们来了好几个，在床边说着话。见周书记来了，老梁就要挣扎着坐起来。周书记忙说："你快躺着。"就发现老梁才一天时间竟憔悴了很多，心里想：人是不扛病啊。

老梁苦笑着对周书记说："我到底是不是那个病啊？大家都瞒着我，如果是，就告诉我，别让我心里总提着桶。"

老梁的妻子就在一旁笑道："看你，你们领导都来了，我还能撒谎啊，就是胃炎嘛。"就偷偷给周书记使了个眼色。

周书记就明白了，老梁还不知道自己是那个病呢。

赵副厂长就笑道："老梁啊，你真是个小心眼儿，没事就没事嘛。"

小邢和方瑜也笑道："真是没事呢。"

老梁就叹口气："其实我什么也清楚。"就不再说话，闭上眼睛。

周书记就和赵副厂长走出来，老梁的妻子也跟出来。到了门外，老梁的妻子再也忍不住了，眼泪就流了下来。

周书记心里酸酸的，忙劝道："别哭了，事到如今，你哭也没有用。"

老梁的妻子哽咽道："他刚刚五十出头啊。两个孩子都还没工作呢。他要是走了，我这一家的日子该怎么过啊？"

赵副厂长叹口气："刚刚周书记说了，你哭也没有用，想尽一切办法治疗吧。"

小邢和方瑜也走出来了。方瑜说："不行就看看中医，有时中医比西医有效果。"

老梁的妻子叹道："现在医院要押金呢，这还是靠个熟人才住进来的呢。过两天再不交押金，医院就往外轰了。正好你们厂领导都在，是不是厂里先出点儿钱啊？"

周书记就呆住了,他知道厂里现在没有钱,就皱眉来回转圈子。

小邢问:"要多少钱?"

老梁的妻子说:"规定先交两万,找了找熟人,说可以先交一万。我们家里的情况你们当领导的都知道,我一下子哪儿掏得出这么多钱啊!"

赵副厂长看看周书记:"现在厂里的钱都是刘厂长一支笔批。你周书记批了管不管事啊?再说,你就是批了管事,也怕是厂里没钱啊。"

几个人就都看着周书记。

周书记看看老梁的妻子,咬牙道:"你们先别着急,更别在老梁面前显露出来,他心眼儿小,知道了对病情反而更不好。我今天就去宾馆找刘厂长,跟他商量一下,无论如何也要让老梁住院。"

老梁的妻子感动地说:"那就多谢周书记了。"

周书记摆手:"别谢我了。你这几天就辛苦。我们先走了,如果有什么事,就给厂里打电话,找我或找赵副厂长都行,都找不到,告诉小邢一下就是了。厂里这几天开订货会,忙着呢。就这样吧,咱们再看看老梁就回去吧。小邢、小方你们俩就别进去了,你们眼睛红红的,别让老梁看到了瞎想。"

从医院回来的路上,小邢就发牢骚,说:"卫生所看人下菜碟,一车间的田涛不好好干活儿,在家泡工伤,每个月都报销一千多块医药费。胡所长签字唰唰的,痛快着呢。工人们意见大了,也不知道厂里到底是有钱没钱。"

周书记皱眉道:"有这事?我怎么不知道啊?"

赵副厂长冷笑道:"你周书记知道了也是管不了的,那田涛的姨父是刘厂长的同学。"

周书记到了厂卫生所,卫生所冷冷清清的,没几个人看病。卫生所吵吵嚷嚷好几年了要改革,可也没想出个办法来。前年刘厂长一上台,就逼着卫生所去外地学习改革经验。胡所长带着几个人出去转了几个月,回来搞了一个办法，就是每月发给职工三十块钱。你要是不看病了，这三十块钱就归你个人了；你要是超过了这个数，单位就给报销一半。还规定，职工都必须到卫生所看病，外出看病一定要经过卫生所的批准。可是两年多了，职工们都不到卫生所看病，都嫌卫生所的药贵，医生们也睁一只眼闭一只眼，谁想到外面看病就给谁开条子。今年厂里效益不好，职工们手里都攒着一大把药条子报销不了。

周书记进了卫生所，胡所长正在给两个大夫用扑克牌算命呢。见周书记进来，胡所长忙把牌收起来，笑道："周书记，您没去开订货会啊？"两个医生都悄悄溜走了。

周书记看看胡所长，心里就有气。这个胡所长，原来是部队的一个卫生员，复员到厂里，先是当了两年司药，后来跟前任厂长关系好得很，就提了副所长。老所长退休后，他就提了所长。周书记听职工说，胡所长就会乱开药，什么也不会。他去年评职称，给自己报了一个高级医师，报到市里的职改办，人家没批准。谁知道他乱找人，竟然批回来了。卫生所的几个大夫气得不行，就要求调走。现在卫生所也是乱哄哄的。

周书记就对胡所长讲了老梁的病，让胡所长写个报告，给厂财务科，批给老梁五千块钱住院押金。

胡所长笑道："我写不管用，得刘厂长批才算数。"

周书记说："你写你的，我再找刘厂长。手续一定要有。"

胡所长说："那好，那好。"就趴在桌上写报告，写完了交给周书记。周书记看了说行，让胡所长抄一遍，一会儿就送到财务科去。周书记又想起小邢的话，就问一车间田涛是怎么回事，怎么算上工伤了。

胡所长不高兴地说："车间和厂劳资处都给他开证明，说他是工伤，别人能说什么，现在谁也不想得罪人。"

周书记问："听说他上个月报了两千多块钱的药费，有这事？"

胡所长点点头："有这事。"

周书记就朝胡所长发火:"不是有规定吗?所有到医院门诊的都要经过你同意,你怎么就能随便让田涛去呢?再说别人都报销不了,怎么偏偏给田涛报?"

胡所长一脸苦相:"我有什么办法,他天天来吓唬我,您也知道,这家伙是个亡命徒,真闹起事来,算谁的啊!再说他姨父跟刘厂长关系好得很,我一个小小的卫生所长顶得住吗?"

周书记想了想:"你们派个人到医院问问,要得了这么多药费吗?找出证据来,我得治治这个小子了。别人怕他,我可不怕他,我不管他姨父跟谁好。"

胡所长为难地说:"您看我这里,人手太紧,要不您让办公室派个人去问问得了。"胡所长明显有推托的意思。

周书记起身道:"行吧,我找人去问问。"抬起腿就走,胡所长又喊住他:"周书记您要是找人去,就找个熟人去问问,现在医院都为患者保密,您要是这么公对公地去问,怕是什么也问不出来的。"

周书记想了想,实在想不出机关谁在医院有熟人,就说:"你给我推荐一个。"

胡所长就笑:"宣传部的小吴的姐夫就是医院的副院长,你让小吴去问问就是了。"

周书记就去宣传部,一推门,宣传部的门锁着。周书记刚要走开,就听到里边有动静,就又敲门。里边有人问:"谁啊?"

周书记有点儿火:"问什么问?开开门,大白天干什么呢?"

屋里就发出逮耗子似的一阵乱响,门就开了,宣传部的小吴和工会的小黄几个人脸色慌慌地站在那儿,屋里烟雾缭绕。

周书记不高兴地说:"又打牌呢?"

几个人忙说:"没有,没有啊。上班时间,谁敢啊!"

有人笑嘻嘻地问:"周书记,您没去宾馆啊?"

周书记本来想发火，可是他现在有事找小吴，就说："你们注意点儿。小吴，你到我办公室来一下。"就转身走了。

周书记刚刚坐下，小吴后脚就到了。周书记看看他，没说话。

小吴被看得直发毛，就说："周书记，有什么事啊？"

周书记掏出烟来，递给小吴一支，小吴忙掏出打火机给周书记点上了。

周书记说："有件事你去办办。"就说了田涛的事。

小吴为难地说："这事问问行，不过您可千万别说是我去调查的，那小子是个亡命徒，谁也不敢惹他。听说他跟刘厂长的关系也不一般。"

周书记不高兴地说："我就不信这个田涛是老虎啊。"

小吴说："老虎倒不是，可是这年头谁也不愿得罪人。"

周书记说："好了，我替你保密，你去吧。"

周书记去了宾馆，进了刘厂长的门，就见刘厂长正在跟几个客户说话呢。有两个过去开会来过，周书记就点点头笑笑。

刘厂长忙站起身，给周书记介绍客户。介绍完了，周书记就对大家笑笑："我跟刘厂长有点儿事。"就拉着刘厂长走出门，说了老梁住院的事。

刘厂长吓了一跳："他昨天还好好的呢，还跟着喝酒来着。"

周书记有点儿火："他老早就闹胃病，你怎么还让他喝酒啊。"

刘厂长脸一红："在那种场合他不喝点儿说过不去。现在怎么着了？"

周书记说："现在医院要押金呢，财务的钱太紧了。"

刘厂长看看周书记："你的意见……"

周书记说："住院要紧啊，别的先放一放。"

刘厂长想了想："行，就这样，开完会就能回来一部分款。我下午去医院看看老梁。"

周书记说："那我先回去了。"

刘厂长说："你既然来了，中午就别走了，在这儿吃了再走，也跟一些新客户认识认识。"

周书记骂道:"都是一帮流氓,我不跟他们喝。你就在这儿吧,我吃了中午饭再过来。"说完就走了。

小吴到了医院,就去找当副院长的姐夫。到了姐夫的办公室,没人,他就问别的办公室,正好碰到李医生。李医生跟小吴的姐夫关系很好,到小吴家喝过酒。见到小吴,李医生就笑:"小吴,你干什么来了,看病啊?"

小吴笑道:"我没病,找我姐夫问点儿事。他又不在,就问问你吧。"

李医生笑道:"我可是什么事也办不了,你最好还是等你姐夫回来吧。"

小吴笑道:"也没什么大事。"就说了本单位田涛乱开药的事。

李医生笑道:"这事啊,你们单位的头头儿也真是的,让你当特务来了。"

小吴笑道:"头一回啊。特务得不好,瞎特务一回吧。"

李医生苦笑道:"这是刚刚定下的制度。门诊大夫的工资分解成两部分,比如说你挣四百块钱,发工资时先扣下你一半,这一半就看你这个月开出多少药去了。中草药给你提百分之十的利润,西药和中药提百分之九的利润。等你的利润到了二百就发给你那一半工资,然后就是挣奖金了。你说这不是逼着大夫宰病人嘛。"

小吴笑道:"现在真是连病人也欺侮啊。中央发多少回文件反对不正之风了,前几天我还看到《健康报》上讲卫生部的领导讲话,讲不让乱开药呢。你们院长也不看报?"

李医生笑道:"我们院长比谁不明白啊,那天就骂,我不这样干,谁给我们的大夫开工资开奖金啊?我还想挣些钱来给大夫们盖房呢。"

小吴笑:"其实你们院长挺可爱的,至少不仅想着自己捞,而且还为大家谋福利啊。"就起身告辞。

李医生起身送小吴,同时笑道:"回去跟你们领导说,医院也有医院的难处。"

小吴说:"我是如实汇报,管不着别的了。"

小吴就给周书记汇报了这些情况,周书记听得直叹气。

小吴笑道:"我可是完成任务了,就看您怎么收拾田涛这小子吧。"

周书记没理小吴,就黑着脸给胡所长打电话。胡所长接了电话,听了周书记不让给田涛报销的指示,就为难地说:"田涛那小子是个愣货,把他惹急眼了咱们可是不好办的。"

周书记生气地说:"你让他来找我好了,就说是我不让给他报的,你就当好人吧。"说完把电话摔了。

小吴在一旁竖起大拇指:"周书记,我算是佩服你了。行,行,像个当领导的样子,不像有些领导,光当好人。"

周书记笑骂道:"别当面给我戴高帽,背后骂我祖宗啊。"

小吴脸一红:"看您说到哪儿去了。"就告辞出来。

周书记又喊住他:"小吴,不许再打牌了,如果再让我抓住,我可真扣你们的工资了。"

小吴就笑:"周书记,我听说下个月可能都发不出工资了,你扣谁啊。"又看看表说,"哟,都下班了,赶快走吧。"就出门走了。

周书记回家吃中午饭,进了门,女儿小曼没回来,给他留了张条子,说她去那家企业加班去了,让他自己弄饭吃,不要等她了。周书记就挽起袖子进了厨房,想下点儿面条吃。刚刚切好了菜,就听到屋里的电话响了,他忙擦擦手,跑出来接电话,是老吕打来的。周书记笑骂:"你连饭也不让我吃安生啊!"

老吕也笑,说:"谁让你是领导啊。"又说,"工人们为了赶这批活儿,干得太苦,能不能多报几个加班啊?"

周书记说:"报,多报几个。他们在宾馆大吃大喝,我们报几个加班算个屁!"

老吕说:"好。"

周书记忙说:"这话只是咱们两个说说,你别出去乱讲啊。大吃大喝和加班,都是革命工作。"

老吕就说:"我当然知道怎么说啊。行了,你去吃饭吧。"

周书记笑:"我还没做饭呢,吃个屁啊。"

老吕笑:"谁让你不去宾馆吃,大鱼大肉的,多好啊。"就放了电话。

车间里正在组装,那边焊工大侯正在焊几个大铁架子,没人给他扶着,老吕就让陈小梅去帮大侯。大侯平常就爱跟陈小梅乱说乱笑,这一下子就来了劲,嘴里嚷着:"小梅,你快上去吧。"

陈小梅笑骂:"我上去,要你干什么啊。你上去。"

大侯就坏笑:"那我就上去了,可是你让我上去的。"

正在说笑着,就有个外车间的工人跑进来,高声说道:"你们还像话吗?三车间的去市委门口了,咱们也去声援一下啊。"

大侯就火了:"谁不义气啊,走,去声援一下。"就扔下焊枪走了,也有几个工人跟上走了。

老吕和支部书记老乔追出来,老吕喊:"大侯,你们去哪儿啊?都回来,这活儿急着要呢。"

大侯气嘟嘟地回头说了一句:"三车间都开不出工资了,我们得去帮着喊喊啊,有人味的都去看看啊。"于是,陈小梅几个人都跟着大侯骑着自行车走了。

老吕气得跺脚,回头对老乔说:"你去给刘厂长打个电话,就说工人去市委门口闹事去了,我得去看看,别闹得太不像话了。"就骑上自行车追了出去。

老乔就不情愿地说:"什么事都让我去跟刘厂长说,我成了你的跑腿的了。"就转身进了车间去打电话。

老乔的电话打到宾馆时,刘厂长正在跟几个客户嘻嘻哈哈地聊天呢。

刘厂长接了电话,听说了工人们到市委门口静坐的事,就吓了一跳。市委早有规定,哪个厂闹事,就拿头头儿是问。刘厂长放了电话再给周书记打电话,电话没人接。刘厂长烦烦地放了电话,就慌着找来小李,让她回去找周书记,把工人们喊回来。

小李想了想说:"您最好跟周书记一块儿去看看,周书记那脾气,要是跟那些人吵翻了,就更不好办了啊。"

刘厂长心烦地说:"我一会儿得陪着冯科长和廖主任打麻将啊,我一走不是晾了人家了嘛。行了行了,你先去找周书记吧。"

小李忙出来了,到楼下骑上自行车,就匆匆赶到厂里。周书记还没来上班呢,小李就去办公室问小邢。小邢正在织毛衣,看了小李一眼,就说:"我也不知道周书记去哪儿了。"小邢对小李没好印象,就不再理小李了。小李着急出来,想去周书记家去找找,刚刚下楼,就看到周书记匆匆地来了。

小李急着喊:"周书记,您可来了。"就说了刘厂长让他去市委门口劝工人们回来的话。

周书记今天有点儿感冒,中午多睡了会儿,出门推自行车,发现自行车的气门芯被人拔了,他只好推着来上班了。他头晕晕地听小李说了,没说话,就往办公室走。

小李追着周书记的屁股说:"周书记,这事怎么劝啊,您除非提着钱去请大家回来。现在不开支,叫谁也不会听的。"

周书记屋里的电话铃叫成一团。周书记忙掏出钥匙开开门,提起电话,是李局长打来的。李局长在电话喊:"你去哪儿了?你们厂二百多人在市委门口呢。"

周书记忙说:"我知道了。"

李局长来了火:"知道了你还这么沉得住气,都给我弄回来,赶快弄回来!"

周书记也火了，本来就对这个新上任的局长一直不满意，他总是在电话里训人，到厂里就来过有数的几次。周书记就嚷起来："弄回来？说得轻巧，怎么弄？"

李局长火冒冒地说："怎么弄？你该怎么弄就怎么弄。"

周书记平静了一下口气："我也没办法，厂里有几个车间几个月都不开支了，人们要吃饭啊，没饭吃总要闹事的。"

李局长问："开不出支，工人们反映你们厂领导在宾馆大吃二喝呢。"

周书记火了："那是订货会，不吃不喝行嘛！"

李局长硬硬地说："我不管，反正你现在就去把工人们给我弄回来。"

周书记说："我没办法，你去让公安局的把工人们都抓起来吧。"就摔了电话。

周书记就对小李说："咱们去看看。"就走出门，到了办公室，小邢正在织毛衣，见周书记进来，忙想藏起来。周书记却不理会，对小邢说："我去市委门口把工人们喊回来，把你的自行车借我用用，我的车让人给拨了气门芯了，已经好几回了，也不知道谁对我有这么大的意见。"

小邢笑道："我还是去给您派车吧，您当书记的这时候骑车去，不是装样子嘛。"

周书记苦笑道："我可不是装样子，我是怕工人们一闹起来，把车给砸了。要是砸你一辆自行车我还赔得起。"

小邢笑道："那您就拿着部下的个人财产去冒险啊。"就把车钥匙掏出来给周书记，又关心地说，"您去行吗？那帮人都疯了似的，谁说也不听。"

周书记说："不听也得听，总不能胡闹嘛。"

小邢想了想："您还是请刘厂长一道去吧，他比您……"小邢想说刘厂长比您周书记说话顶事，可是话到嘴边，看了看周书记身边的小李，就又咽回去了。

周书记摇摇头:"他在宾馆也不轻松。"

小李在一旁说:"那几个客户正跟刘厂长在牌桌上说合同的事呢,他怎么能在这个节骨眼儿上出来啊。"

周书记看到工人们都在市委门口坐着,不像想象的那样乱。人们都嘻嘻哈哈的,男的打牌,几个女工慢条斯理地织着毛衣聊天。有的看到周书记和小李过来,眼睛就扭到一边,谁也不看周书记和小李。周书记就看到老吕也在人群里,正在跟大侯几个说什么呢,一脸哀告的表情。

周书记笑道:"你们也真不怕冷。有感冒的没有?我是不是让卫生所给大家送点儿药来啊?"

没人跟他说话。

周书记笑道:"局长刚刚给我打电话,说让我劝大家先回去,有什么事慢慢商量,咱们已经跟银行说好了,下个月就贷些款回来,给大家发工资。"

有人讥笑道:"周书记您就别给我们吃迷糊药了,银行还能贷给咱们厂啊,银行早就吓怕了。"

有人骂起来:"头头儿黑着心去吃,没人管我们,我们就找政府了。"

有人喊道:"现在厂里穷得叮当响,可你们在宾馆里大吃二喝,像话吗?"

有人讥笑道:"咱们厂的魏胖子都吃得走不动了,还吃呢,不定哪天吃死在桌上呢。"

周书记笑道:"这样说就不对了,在宾馆开会也是工作,不开会谁来订咱们厂的产品啊。"

有人就骂:"那也用不了那么多人去陪吃陪喝啊。还有一个小娘们儿干什么去了?能谈回几万合同来?"

人群里一阵哄笑,周书记身旁的小李就有点儿待不住了。

有人直接问小李:"小李子,都说你能喝一斤酒,脸不变色心不跳啊。你不能白喝啊,总要喝回几万块钱的合同来啊,要不然还不如我们去喝呢。"

是啊,这年头男的喝不过女的。

小李脸涨红了,眼睛里就挂了泪,转身就骑车走了,人群中发出一阵哄笑。

周书记嗓子有点儿喑哑:"其实大家也都知道,刘厂长是在陪客人,这客人咱们惹得起吗?咱们指着人家吃饭呢。就这个风气,谁也没有办法,我们也想不用请客、不用送礼就把事情办了。诸位谁有这个本事,就来当这个书记,就来当这个厂长,我姓周的现在就给他磕头了。"周书记的声音有些发颤了。

谁也不说话了,就听到风单调地刮着,沿街扫荡着,穿过路旁那铁黑色的枯枝,发出尖尖的啸声。

周书记叹口气:"其实我也跟大家一样着急。厂里生产出的东西卖不动,我都想骂人,可是骂谁,谁也不会让我骂的。"

有人就笑:"你就骂你自己得了,要不就骂魏东久那个王八蛋。厂里穷得揭不开锅了,他家里可是肥得流油。"

周书记苦笑道:"我知道大家对魏科长有看法,魏科长身上也有毛病,可是眼下咱们还指望着他这块云彩下雨呢。这次订货会开好了,咱们厂明年的生产就有戏了。咱们在宾馆的同志任务也不轻松啊。咱们办公室的梁主任昨天刚刚住了医院,怕是不太好,可他也去宾馆喝酒了,我们能说他喝得不对吗?事先,他都求到我头上了,说:'周书记,您就别让我去了,我喝了就要死要活的。'我说什么,我说:'老梁啊,去吧,全厂的职工指望着你们拿回明年的订货合同来呢。'"说到这里,周书记的声音就哽住了,眼睛就湿了。

人们一下子闷下来,就有人埋下头去了。

周书记说:"要是咱们能在这儿坐着泡出工资来,我就和大家一块儿泡着,可咱们什么也泡不出来。回去吧,得干活儿啊。咱们不干活儿,指望什么吃饭啊?"

有人站起身,苦笑道:"周书记都说到了这个份儿上了,回去吧。"

人群开始松动了,几个女工跺跺脚,骂着鬼天气,就先撤了。

看着工人们都散去了,老吕就走过来,朝周书记苦笑道:"我刚刚真为你捏着把汗呢。"

周书记叹了一口气:"我也就是当着这个书记算了,不然我也得……"他不再说,步子软软地推起车子走,老吕也推着车子跟着他身边。两人都闷闷的,不说话。走了一会儿,周书记问老吕:"你们车间的韩志平今年写困难申请没有啊?"

韩志平是厂里的劳动模范,妻子去年得了胃癌。韩志平也没跟厂里说,晚上去医院陪床,白天照常上班,没人的时候就偷偷地掉眼泪。后来老吕去他家串门才知道了,就让老韩在家休息伺候老伴儿,车间每月给韩志平开百分之七十的工资。

老吕叹口气:"老韩从来不写那东西。他拿他这个劳模挺当回事的,现在这样的人不多了。听说他这几天也发烧呢,这一阵子感冒的挺多。"

周书记想了想:"眼看着就要过年了,咱们去他家看看吧。"两个人就闷闷地骑上车。

老吕叹了一口气:"周书记,我真是想不透,怎么工人们医药费医药费报不了,工资工资也开不了。我水平低,你可是当领导的,你跟我说说看,这到底是怎么了?工人们问得我张口结舌的。"

周书记狠狠盯了老吕一眼:"就你考虑的问题多,别人都是傻子,行了吧。"就没好气地朝前蹬去了。

两人到了韩志平的家,老吕抢在前边喊道:"老韩,周书记来看你了。"

瘦瘦的韩志平迎出来，见到周书记，就笑道："周书记啊，深入群众了。快快，屋里坐吧。"

周书记进了屋，就见到一个老太太坐在沙发上，正在喘着。

韩志平笑道："这是我岳母，刚刚从老家来的。"

周书记凑过去，在老太太耳边说道："老人家，身体还好吧。"

老太太抬起头，傻怔怔地笑笑："坐吧。"

韩志平说："耳聋了，咱们到里屋去坐吧。"

三个人就到了里屋。里屋的被子也没有叠，饮水的缸子、药瓶子，还有一些乱七八糟的，在床前的写字台上堆得狼藉。看得出女主人住院，使得这家的生活已经乱了秩序。

周书记问："爱人怎么样了，谁在医院陪着呢？"

韩志平苦笑道："两个儿子替换着呢。看样子这个年是过去了，暂时还要不了命，可是这日子也真是不好过啊。"

老吕说："这一阵厂里乱忙，我也没顾上来看你，听说你也病了？"

韩志平笑笑："发了几天烧，好多了。"

周书记皱眉道："到年底了，你就该写个困难申请嘛，你是老先进了，厂里总要照顾一下的嘛。"

韩志平苦笑："厂里都这样，比我困难的有的是，我怎么好写那个。"

老吕说："他爱人厂子早就不开支了，这住院费还是个事呢。"

周书记一阵无语，呆呆地看着窗子，有只苍蝇趴在上边飞不动了。

老吕叹口气："老韩，不行就先借点儿吧。"

老韩凄然一笑："跟谁借？咱们借了啥时候还人家啊？我想了想，明天就让老婆出院，总是死不了人的，硬挺着吧。"说着泪就落下来。

周书记对老吕说："你明天一上班，先到厂财务科借两千块钱来，给老韩家属先看病，医院是不能出的。"

老吕为难地说:"财务科有规定,厂里一律不得私人借款。"

周书记说:"就说是我说的,明天我上班先给财务科打个电话。"

老韩有些口吃地说:"周、周书记,这,这事还是,算了吧。"

周书记硬硬地说:"这你就别管了,就这样吧。"说着,从兜里掏出一叠钱,放在床上,"我也没带多少,你先给老婆买点儿肉吃。"说罢起身:"老吕,咱们走吧。"

韩志平忙抓起钱,往周书记手里塞:"书记,这可不行。"

周书记脸色就暗下来:"什么不行不行的。你别嫌少,再多我也拿不出来。全厂都要让我来掏,我就得自杀了。"说着就走出门。

老吕在后边说:"书记给你,你就收下吧,我今天可是没带着钱。"

韩志平苦笑道:"那我就人穷志短了啊。"说着,泪又落下来。

订货会今天基本算是开完了。刘厂长在东方大世界请客户们玩一玩,还让大高准备了十几个胶卷,说是要给每人留一个影。大高笑道:"那买富士的吧。"刘厂长不耐烦地说:"你看着办吧,哄得那帮人高兴就是了。"

刘厂长又给厂里打了个电话,让周书记等几个厂领导都来跟订货会的客人们见见面,玩一玩。周书记在电话里说不想来。刘厂长就急着说:"你就看在我的面子上来一下吧,都订了合同了,无论如何要让这帮家伙高兴啊。我求你了,我的哥哥哎,这又不是我姓刘的一个人的订货会啊。"

周书记苦笑道:"我今天真的感冒了。你给老田、老赵、老林他们几个打电话吧。"

刘厂长也苦笑:"你都不肯给我面子,他们那几块料能买我的账啊,算了吧。"就把电话放了。一旁的魏东久冷笑道:"周书记的架子好大哎。"

刘厂长不耐烦地说:"你少说点儿废话吧。走,咱们走。"刘厂长这两天让许春丽烦得心慌,许春丽看上春生那一万块钱的好处费了,一天好几个电话打到宾馆,追问刘厂长跟杨副局长讲了没有。刚刚又在电话里跟刘厂长吵了起来，说刘厂长是个傻蛋，气得刘厂长把电话摔了。

东方大世界是本市新建的一家舞厅，是郊区的一个小康村办的，据说公安局也在里边入了股，就没有什么人敢来打砸闹事。这里是本市有头有脸的有钱人消费的去处，刘厂长带着人进去的时候，里边已经满满当当了。刘厂长就低声对魏东久苦笑道："魏科长啊，咱们可是刘姥姥进了大观园了。"

走在前边的东北的陈主任大声嚷嚷着："魏科长，找小姐啊，我这脚底下可是早就痒痒了。"

魏东久就笑："我就去，我就去，今天一定让各位尽兴。"就颠颠地跑到服务台去了。

刘厂长招呼大家坐下，小李就忙前忙后地给这些客户安排座位，又跟服务小姐要茶水香烟瓜子饮料什么的。

刘厂长抽冷子悄悄地对小李说："悠着点儿，我可是听说这里边的东西贵得吓死人呢，这一壶茶几块钱？"

小李差点儿笑喷了："厂长，您真是的。几块钱，这一壶茶八十元。"

刘厂长像挨了一棍子："喝血呢？少来点儿，我不喝了。"

小李笑："您不喝，别人还不喝啊，怎么着也得一个桌上一壶啊。"

刘厂长咬牙切齿道："你就看着办吧。"

魏东久屁颠地回来了，还领来十几个花枝招展的女郎。魏东久就笑："各位老板，人我是都请来了，大家都上吧。"

几个客户嗷的一声，就都拥上去，一人一个瓜分了，各自拉到自己身边开始殷勤招待了。有几个小姐还抽着烟，像久别的朋友一样跟客户们嘻嘻哈哈地乱说乱笑。冯科长和陈主任性急，早就拥着小姐进了舞池。

魏东久笑着对刘厂长道："厂长，您也跳一个吧。"

刘厂长忙摆摆手："你们先跳，我歇会儿再上。刚刚酒喝多了些，头晕得很。"

小李笑："行了行了，厂长，别装了，你就是放不开。老魏，你过瘾去吧，厂长交给我了。"魏东久笑笑，就拥着一个披肩发进了舞池。

小李就笑道："厂长，我就不相信你不会跳。"

刘厂长认真道："我真的不会，你就别在我身上下功夫了，你该怎么着就怎么着吧。"

小李看看舞池，悄声对刘厂长道："刚刚喝酒的时候，陈主任答应订咱们一百万的任务了。"

刘厂长高兴道："真的？小李你可真是立了功了。他有什么条件啊？"

小李笑道："条件就是让我今天给他找个妞，陪他一宿。"

刘厂长变了脸，低声说："小李，这事你可慎重点儿，咱可是不能太出格了。"

正说着，冯科长气呼呼地过来了，问小李："魏科长呢？"

小李笑道："您现在还找他啊，他早就玩得晕头转向了。您跟我说。"

冯科长骂道："你们这里怎么找了个村姑啊，那手根本就不能摸，跟柴火棍子差不了多少，一点儿味道也没有，别拿这种货色对付我啊。"

刘厂长忙笑道："换一个，给冯科长换一个。小李去到服务台给冯科长换一个漂亮的来。"

小李颠颠地跑到服务台，一会儿就领来一个大个子年轻女的，往冯科长身边一站，小李就笑道："小姐，这位是我们的冯老板，请您跳舞。"

冯科长眼睛就直了，忙笑道："不忙不忙，小姐先坐坐。"

那大个子笑道："不客气了。"就招手，服务小姐就款款过来。大个子笑道："两个饮料，两碟瓜子。"冯科长也笑："快点儿上啊。"就一屁股坐到大个子身边。

刘厂长就一边在心里骂，一边点着一支烟，猛吸起来。

小李笑道："厂长，您也去跳一个吧。"

刘厂长忙摆手："我不行，一进去就犯晕，你去找魏科长跳吧。"

小李笑道:"他现在早跳得五迷三道了。"说着往舞池里找魏东久,就看到魏东久正搂着一个披肩发在池子里边转呢。

魏东久今天一来就瞄上了这个披肩发,不等别人上前,他就拥着披肩发下了舞池,疯跳起来。

披肩发笑道:"这位先生舞跳得真好。"

魏东久笑道:"真的吗?我这人可是最喜欢让人夸我。"说着,就伸手在披肩发腰上拧了一把。披肩发似乎要躲避,可是被魏东久抓住了,魏东久低声笑道:"别不好意思嘛。"

披肩发没说什么。一曲终了,魏东久就扯着披肩发朝后边的单间走去,披肩发犹豫了一下,就跟魏东久去了。

到了单间,魏东久喊小姐送饮料,小姐就端了饮料和瓜子。灯光挺昏暗的,魏东久心里就有些起火,嘴上说:"喝啊喝啊。"就把饮料送给披肩发。披肩发接过来,魏东久一把抓住披肩发的手,就感觉出披肩发的小手很嫩,魏东久就笑:"小姐多大了?"披肩发声音有些急,低声道:"先生喝多了。"

魏东久就猛地搂过披肩发,摁在了沙发上,披肩发奋力挣脱着,却不嚷,也不叫。魏东久气喘着:"就摸摸嘛。"

披肩发猛地甩开了魏东久,站了起来:"先生,我们是陪舞的,不是……"

魏东久嘻嘻笑道:"谁还不知道是怎么回事啊。"就又扑上来,披肩发一闪,就撞到茶几上摔倒了。魏东久捉住她的腰,披肩发就哭起来。魏东久一怔,就笑道:"哭什么嘛,跟我玩一玩,我多付钱嘛。"

披肩发猛地捂住嘴,哭得更厉害了:"要是您的女儿也被人这样呢?"

魏东久愣了一下,就松了手。

披肩发低声哭道:"我丈夫刚刚被车撞了,腿断了,在医院躺着呢。我们厂一年多不开支了,我是没办法才来干这个的啊。"就说不下去,又捂着嘴哭了。

魏东久叹一口气:"干你们这个也挺不容易啊。"就没精打采地坐在沙发上,挥挥手,"你去吧,跟那几个去跳跳吧。"披肩发怔了怔,就往外走。魏东久又喊住她:"你回来。"魏东久从兜里掏出两张大票来,递给披肩发,"拿着,就算我学学雷锋吧。"

披肩发犹豫了一下,就接过钱:"谢谢先生。"就出去了。

魏东久呆呆的,觉得挺没趣,过了一会儿就走出来,看到那一圈沙发里已经乱成了疙瘩。陈主任抱着那个小黄,冯科长跟两个女的正在嘻嘻哈哈地乱说乱笑呢。大高举着照相机跑来跑去地给人们照相呢。那边的沙发上,小李跟廖主任低声说着什么,廖主任很亲热地握着小李的手。

刘厂长看到魏东久就说:"老魏,你怎么不跳了啊?"

魏东久笑笑:"我有点儿头疼,这几天喝得太多了。"

一个小姐就笑吟吟地过来对刘厂长说:"先生,请您跳一曲啊。"

刘厂长起身笑道:"真对不起了,我得去方便。"就往洗手间去了。

魏东久笑道:"小姐,我来跟你跳。"就搂住那小姐,两人走进舞池,小姐嘻嘻笑道:"先生,别弄疼我啊……"

今天早晨一上班,周书记身上冷得很,感觉是感冒了,就翻抽屉找药。有人敲门,他就喊一句:"进来吧。"组织部的方瑜走进来,有点儿惊慌地说:"周书记,离退休的闹事呢。韩书记刚刚找过我,说一会儿要跟您谈。"

周书记一愣:"又出什么事了?"

方瑜苦笑道:"为今年的取暖费还没发的事。有几个老同志也实在不像话了,都忘了自己在台上的时候怎么训别人来着!"

周书记找出几片药来,吞进肚子里,又弄了口水喝了。

方瑜问:"您病了?"

周书记笑道:"没事,没事。"

方瑜道:"周书记,这些离退休的可是不好惹,其中有些是咱们厂的建厂元勋呢。您说话还真得加点儿小心,别让他们抓住什么把柄。"

周书记恨道:"我就是奇怪,就像刚刚你说的,这些老家伙也都是拿大道理训过别人的,怎么现在轮到自己头上了,一点儿破事就闹腾呢?"

方瑜苦笑道:"人在台上的时候,说的比唱的还好听,到了台下,为自己屁大点儿的事情也闹。人啊,有时想想是挺没劲的。"

周书记摇头道:"咱们厂的老同志多数还是挺有水平的,也就是个别人。"

方瑜苦笑道:"就这个别人也够您喝一壶的了,还要多少啊。"就要转身走。

周书记喊住方瑜:"小方,你的家里事怎样了?"

方瑜看着周书记,眼圈就红了。

周书记也叹口气:"你看,这种事不大好问,可我不问问也不好。"

方瑜说:"他的心也太狠了,孩子刚刚上学,就没了爸爸。"说着眼泪就落下来。

周书记叹道:"你不想离,他非要离,也是过不好的。你整天没精打采的,也影响工作啊。组织部有人也反映你了。"

方瑜掏出手帕,擦了擦眼泪:"谢谢周书记,这件事我一定处理好。"

周书记点点头:"你去吧,打电话喊那几个老同志来,就说我在呢。"

方瑜出去了,周书记心里就挺替方瑜难过的。他几次想劝方瑜离了算了,人家都不要你了,你还赖个什么劲啊。可周书记张不开口,怎么好跟人家说这个啊。

正在想着,胖胖的田副书记推门进来了。田副书记就笑:"周书记啊,家里有我呢,你去宾馆算了,订货会你要是不露面,也不太好。"

周书记苦笑道:"我真是喝不了酒。其实你去最合适了,你能喝啊。"

田副书记自嘲地笑道:"咱们不是不管经营嘛。"

田副书记有情绪。局里去年想把周书记调到局里去,让田副书记接班。可是刘厂长死活不肯,说若是田副书记接班,他就不干了。于是,田副书记还当副书记,就对周书记劲儿劲儿的,有一段时间都不跟周书记好好说话,党委开了几次生活会都没能解决问题。

田副书记又说:"老干部闹事呢,一会儿就来找你了。"

周书记说:"来就来吧,刚刚方瑜告诉我了。谁带的头啊?"

田副书记说:"韩书记呗,别人靠不了前,这种事就他张罗得欢实。"

正说着,门就推开了,一个头发灰白的老头儿走进来。

田副书记笑道:"韩书记来了,快坐,快坐。"

韩书记看看周书记:"你可是好难找啊。"

周书记一边给韩书记倒水,一边笑道:"刘厂长在宾馆开会,家里这一摊子也真够我乱的了,您喝水。"

韩书记看看田副书记:"正好你也在,也坐下听听吧。"

田副书记忙笑道:"真不巧,我还有个事,你们先谈着,先谈着。"就退了出去。

韩书记脸上滑过一丝嘲讽的笑意:"这个小田还是跟泥鳅似的啊。"

周书记笑笑没搭话。

韩书记说:"你是书记,我们这些老家伙只好找你了,这个月的药费为什么不能报销啊?要不报都不要报嘛,为什么有的在职的就能报啊?这不对嘛。还有,今年的烤火费为什么少发三十块钱呢?烤火费是国家规定,你们想变就变啊!现在离退休的职工意见很大,我们几个老同志做了不少工作,大家要闹事啊。如果是小小不言的事也就算了,我也不会来找你们,这种关系到职工切身利益的事情,闹起来可是众怒难犯啊。"说到这里,眼睛盯着周书记,不再说了。

周书记呆呆地看着这个老头儿,像看一个不大高明的演员在演戏,也知道，厂里的许多事情都是他挑头闹起来的。去年过国庆节，在职职工发了五斤牛肉，没给退休的职工，这个老头儿就火冒三丈，带着一帮老干部找到市委去了。厂里的领导都怕他，都知道他难缠。他当书记的时候，就是局里出了名的铁嘴。

周书记笑道："老领导，我来的时间不长，但您的大名我可是如雷贯耳啊。听说您做思想政治工作可是有一套的，在市里都是响当当的呢。"

韩书记警觉地看看周书记："你还是跟我谈谈现实问题吧。"

周书记点头道："我记得您是1942年的吧。"

韩书记不得不接过周书记的话头来："是的，正是日本人大扫荡的那年。"

周书记笑笑："您跟我舅舅同一年，但他现在的精神头儿可不如您了。"

韩书记有点儿不耐烦地说："周书记，今天我来可不是听你叙旧的。"

周书记看着韩书记，笑道："您是老领导了，听说还是这个厂的……"

韩书记不耐烦地说："你也别给我啰唆了，到底怎样答复我们的条件，你代表党委说个准话。如果不行，我们就到市委反映。"

屋子里的空气一下子紧张起来了，只听到两人的喘气声。周书记点着一支烟，突然想起，又递给韩书记一支。韩书记摆摆手。

周书记看着韩书记："您刚刚说什么？条件我现在就答复您。第一，您代表谁？群众有了思想问题，您不是去积极地做思想工作，而是代表他们跟厂里闹事。换换位置，您该怎么看？第二，您刚刚说您要到市委反映，去反映什么问题？您也是个老共产党员了啊，我说句冒失点儿的话，咱们厂现在离退休职工闹事，您没少出谋划策。我说话愣了点儿，您这样做，是不是太不应该了。"

韩书记一下子站了起来，脸红红的："放屁！你敢这样对我说话。"

周书记笑道："您要我怎么说话？刚刚方瑜同志反反复复地跟您讲了，不就是今年的取暖费少发给你们几个老同志三十块钱吗？您就至于到市委去静坐吗？您觉得那样好看吗？如果街上有熟人看到您，您该对人家说什么啊？再者，对您这样的老同志，厂里没有拖欠过你们一分钱的医药费，可是您知道不知道，厂里几百名退休工人两年多没有按时报医药费了。今年的取暖费，他们一分钱也没有发。他们可是一个人都没来找过。也许您会讲，他们没有您这样的革命资格，可是……"周书记突然打住，他本来还想说韩志平的事，可是他突然没了跟这个老头儿说话的兴趣，就摆摆手，"我不跟您废话了，您参加革命的时候，还没我呢。您愿意去哪里就去哪里吧。"

韩书记被激怒了，猛地站起，一拍桌子："我去找市委，你不要以为我不敢去。"

周书记点头道："我没有说您不敢去。"

韩书记狠狠盯了周书记一眼，就气呼呼地摔门出去了。

方瑜走进来，吐吐舌头："天啊，您可真行，连他也敢惹啊。"

周书记叹口气："我已经豁出去了。"

方瑜叹道："他可是在市里有不少门生弟子啊。"

周书记苦笑道："县官不如现管……"

小邢闯进来，脸色慌慌地说："周书记，不好了！"

周书记笑道："是不是东西又涨价了？看把你急的。"

方瑜也笑："邢秘书，你慢慢说嘛。"

小邢就说："三车间闹事呢，大张那个野匪把老吕打坏了。"

周书记一惊："这个小子反了，敢打人啊。"

小邢说："您快去看看吧。"

周书记赶到三车间，车间里已经挤成了疙瘩。有人就喊："周书记来了。"周书记分开人群进去，见大张正在那里乱叫乱跳，几个工人用力拉扯着他。地上有一摊血，一定是老吕的血。周书记就问："老吕呢？"

支部书记老乔就忙说："已经送医院了。"

周书记喊一声:"保卫科的来了没有?"

保卫科长朱志才跑过来:"周书记。"

周书记看看大张,就对众人说:"放开他,看他还想怎样?"

大张就冲过来,嘴里喊道:"老子今天也不想活了,老乔你过来。"说着,手里就举着一根铁棍看老乔。

老乔脸都白了,向后退着,嘴里却硬硬地说:"大张,您别乱来啊。"

周书记看了老乔一眼,说:"你怎么这样窝囊啊。"就对大张说:"你把手里那玩意放下,你吓谁啊!"

大张一愣:"我吓谁,我今天就是不服这个劲,一个月下来,又累又臭,还要扣老子的工资,我就是要跟你们这帮当官的拼了!"

周书记大怒:"朱志才,把他弄到派出所去。"

朱志才一招手,两个保卫科的就冲过去,把大张按住了。

大张跳脚大骂,但还是被朱志才几个人弄走了。

周书记转身对工人们说:"都去干活儿吧。"

工人们就散了。老乔在一边挺尴尬,笑道:"周书记,你要是不来,还真是镇不住这小子了。"

周书记没说话,走了几步,又回过身来,对老乔说:"你们也注意点儿工作方法,别动不动就扣工资。工人们都穷兮兮的,一提钱,就格外敏感。"

老乔皱眉道:"老吕这个人太直,大家跟他闹不来。"

周书记看了老乔一眼:"你是支部书记,你们车间几个头头儿都尿不到一个壶里,你的责任最大了。你也是老同志了,老吕身上是有些毛病,我看你毛病也不少。下来你找我,咱们好好谈谈。"

老乔的脸就有些红:"周书记,我……"

周书记看了看车间就说:"你先安排大家干活儿吧。"就走了出来。

卫生所里,老吕躺在床上,脸色白白的。胡所长正在给老吕包扎呢。

老吕额头上缠了一大圈纱布，仍有血洇出来。老吕的儿子正在骂着。周书记走进来，胡所长就笑道："周书记，真是好险，要是再偏一点儿，老吕真的报废了。"

老吕看到周书记，就想坐起来："周书记……"

周书记忙按住他："躺着别动，伤得怎么样？"

老吕的儿子就朝周书记嚷道："周书记，您要管不了，我就去找那王八蛋，非弄残了那小子不行。"

老吕就吼道："干什么？还嫌不热闹？都走，别让我烦。"

老吕的儿子不敢吭气了，看了周书记一眼，就悄没声地出去了。

周书记在老吕床边坐下："伤得怎么样？"

老吕勉强笑道："没什么，就头有点儿晕。"

周书记说："不行就去住几天医院吧。"

老吕说："算了，现在厂里都这样了，哪儿来的钱啊。"

周书记说："我把大张那个王八蛋送到派出所了，这回非得好好治治他不可。"

老吕苦笑道："算了，关他几天顶屁用。他跟魏东久好得穿一条裤子，魏东久过两天就得把他保回来。派出所那几个人都让魏东久喂熟了。"

周书记怒道："我开除了他，让他闹腾！"

老吕摆摆手："你能把他弄到哪儿去？他懒得脖子上套饼吃。他父亲死得早，家里还有一个病妈呢，弄得工作没了，他妈就得急死。"

周书记呆了一刻："我把老乔给你调开吧，我看你们俩也尿不到一个壶里去。最近车间里的事不少啊，你看谁合适，我给你配一个帮手来，至少能帮你干点儿思想工作啊。"

老吕想了想说："你能把他调哪儿去？算了吧，他就是想把我挤走，他来干，这不正好，我休息些日子，让他尝尝滋味吧。"

周书记想想说："你安心休息吧，你好了之后，我跟刘厂长商量商量，你们那个车间的班子是得调整调整了。"

订货会今天散了,代表们也没有到厂里来看看,那天的卫生就白打扫了。刘厂长叫上周书记、赵副厂长、林副厂长、田副书记一块儿到了车站,送神似的把这些人送上了火车,并做出依依不舍的样子。大高端着照相机乱照着,嘴里还一个劲儿说着:"我随后就给大家寄去。"东北的陈主任大包小包带了不少,都是刘厂长以个人名义送给他的土特产。陈主任很满意,拍着刘厂长的肩膀说:"刘厂长,你够哥们儿,下次到东北,我一定给你弄几棵真正的东北野参,吃了那东西,夜里干活儿,浑身是劲啊。"刘厂长哈哈笑道:"我可比不上你,我是心有余而力不足啊。"

送走了这一帮人,刘厂长说要跟大家通报一下会议情况,几个厂领导就跟刘厂长回到宾馆。到了房间,刘厂长突然想起今天没见小李,就问魏东久小李干什么去了。

魏东久说,小李是陪着廖主任昨天晚上先走的,小李说是跟着廖主任去办点儿事,两人悄悄走的。刘厂长觉得不对劲,就问魏东久:"姓廖的今年订了咱们多少?"魏东久凄然一笑:"厂长您放心吧,她今年少不了。"

刘厂长问:"小李陪她干什么去了?"

魏东久笑笑没回答,扭头对几个厂领导说:"晚上还有一餐,都订好了,宾馆不给退。客户们都走了,几位领导一块儿吃一顿吧,也顺便对我们销售科组织的这次会议提点儿意见。"就笑眯眯地看着周书记和另外几个厂领导。

刘厂长也笑道:"全走了,咱们吃一顿吧。让魏科长在桌上给你们几个通报一下会议情况。"

谁知道田副书记却是不大热衷的样子,笑道:"现在厂子都穷成这样了,咱们还乱吃乱喝,不是找骂嘛。"

周书记笑道:"反正不吃也浪费了,还是吃一回吧,我也真是馋了。"

赵副厂长嘲笑道:"算了吧,人家都大吃大喝完了,现在让咱们去收拾饭底子,我还没有那么馋。"

林副厂长也说:"要是让职工知道了,还以为我们几个搞腐败呢。"

周书记一下子火了:"爱吃不吃,哪儿那么多烂话啊,老刘,咱们走。"就摔门出来了。

三个人怔了怔,忙跟出来了。赵副厂长笑道:"周书记,我是开玩笑呢,你这狗脾气啊。"

田副书记笑道:"可不是嘛,周书记就是不识逗。魏科长,有什么好酒啊,给咱们拿出来,今天没外人了,咱们几个好好喝一场。"

魏东久忙笑道:"田副书记,我可不是您的对手。"

林副厂长也笑道:"刘厂长,今天咱俩弄几下子。"

刘厂长苦笑道:"你们喝,你们喝,我这几天真是喝坏了,见着酒就想去厕所。"

说着话,就到了餐厅。魏东久就抢在前边,引众人在一张桌子坐下,然后招手让服务小姐端菜上来,菜就陆陆续续地上了桌。魏东久起身给几个人倒酒,赵副厂长笑道:"这几天把你累坏了吧。你歇歇吧,今天我给你倒酒。"

魏东久笑道:"不敢不敢,有您这句话就够了。"

周书记说:"没外人了,今天谁也别灌谁了,谁能喝就喝。"自己就喝开了。

田副书记就笑:"还是周书记当过兵的人,干脆。"也埋头吃喝起来。

魏东久就讲这几天的会议情况,讲订了多少合同。几个人都有一句没一句地听着、吃着。林副厂长第一个放了筷子,起身笑道:"我家里有点儿事,先走一步了,你们慢慢吃。"刘厂长刚刚要留他,田副书记也抹抹嘴站起来笑道:"我还得上我儿子的老师家里去一趟,我那不争气的儿子啊。"两人就走了。

魏东久笑道："几位领导别走啊，我这儿刚刚开了头啊。"

赵副厂长笑道："魏科长，别理他们，咱们喝。来，周书记，咱们俩敬魏科长一杯啊，这些天真是把魏科长累坏了啊。"

几个人闷闷地喝了一会儿，周书记草草吃了点儿饭就站起身："我得走了，这天怕是要下雪了。"赵副厂长也放下筷子说："我也得回去了。"

刘厂长说："周书记，你等我一下，我跟你去看看老梁，我还没顾上去看他呢。"

赵副厂长笑笑："那我先走了。"就起身出去了。

周书记看看刘厂长："我到前厅等你，你慢慢吃。"

魏东久笑道："周书记，我还想跟你喝几杯呢。"

周书记笑道："你自己慢慢喝吧。"就出去了。

刘厂长又吃了两口，就对魏东久说："我跟周书记去看看老梁。"就站起身。

魏东久笑道："厂长，您再坐会儿，我跟您还有话说呢。"

刘厂长哈哈笑了："什么话，非今天说不行吗？"就坐下了。

魏东久呆了一下，就猛地干了一杯酒，红着眼睛对刘厂长说："我今天跟您说几句心里话。我知道您看不上我，厂里好多人都骂我，说我是只狗，过去拍郑厂长，现在又拍您。其实，我心里蹿火谁知道啊？我过去跟老郑不错是真的，可是那家伙也太黑了，您知道我给他塞了多少钱吗？算了，不说这个了。他下了台，还想拿我当孙子啊，我不跟他翻脸跟谁翻脸啊。"

刘厂长想说点儿什么，魏东久摆摆手："您让我把话说完。"说着，又抓起酒瓶子，满了一杯，仰头灌了下去。

刘厂长忙说："少喝点儿，少喝点儿。"

魏东久说："不错，我魏东久这些年是挣了些钱，可是我是凭本事挣的啊。咱们厂换了几届供销科长了，他们谁比我干得好？您也别说我用了什么不正当手段，反正我把东西给卖出去了。可我魏东久不是不要脸的人啊，我给厂里出了这么大力，还是有人在背后点我的后脑壳啊，恨不得上街让汽车撞死我才好呢。"

刘厂长忙笑笑："言重了，言重了。老魏，别这样嘛。"

魏东久苦笑道："其实厂长您也是拿我当只狗，我心眼儿不比别人少，看得出来。"

刘厂长一时没话，就笑呵呵地看着魏东久。

魏东久说："您的心思就是好赖把生产弄上去了，您就走人了。现在怕是市委连您的地方都安排好了吧？"

刘厂长忙摆手笑道："你说的这都是什么啊？别瞎说，别瞎说。"

魏东久也笑："其实事情明摆着的，谁的眼睛也不瞎，谁也看得透透的，您是在利用我，我也知道。可我就得让您利用，我除了让人利用，我还能干什么呢？我现在如果不是每年给厂里订些合同，厂里早就把我看成臭大粪了。"

魏东久说到这里，就猛地趴在桌上哭起来。

刘厂长呆呆地叹口气，心想魏东久活得也挺累的。

魏东久抬起头，抹了一把眼泪："您知道今年小李给咱们厂拉了多少合同吗？"

刘厂长笑道："她还没跟我讲呢。"

魏东久红着眼睛看刘厂长："小李这次给咱厂拉了一千万的合同啊。"

刘厂长差点儿从椅子上跳起来："真的？你可别让我瞎高兴啊。"

魏东久苦笑道："我骗您干什么？昨天晚上小李就跟廖主任签字了。"

刘厂长一阵心跳："廖主任不是跟上海订了合同吗？跟上海吹了？"

魏东久道："不是吹了，是生生让小李给夺了。"

刘厂长不禁称赞道："想不到小李还真是块搞外交的材料啊，厂里一定给她记一功。"

魏东久脸上露出凄然的表情:"您可知道小李的合同是怎么来的吗?"

刘厂长想了想笑道:"廖主任要多少回扣?"

"人家一点儿回扣也不要。"魏东久苦笑。

"那她要什么?"刘厂长纳闷儿道。

魏东久站起身,看着窗外。窗外刮着尖厉的寒风,天阴得重了,要下雪的样子。

刘厂长着急地问:"廖主任要什么啊?"

魏东久回过头来,一字一字地说:"廖主任要小李嫁给她家的那个傻儿子。"

刘厂长像挨了一棍子,呆住了。廖主任有一个傻儿子,今年二十多岁了,谁家的姑娘肯嫁给他啊。前年开订货会,廖主任喝醉了,提起了她那傻儿子就哭起来,说这辈子只要能给她那个傻儿子找个对象死也闭上眼了。

魏东久声音就有些颤:"一千万的合同啊,是小李拿自己换来的啊。"

刘厂长颤颤地点着一支烟,狠狠地吸了一口:"小李答应了?"

魏东久点点头,泪流满面了。

刘厂长仰靠在沙发上,闭上眼睛,泪就缓缓地淌下来。

窗外风声更烈了。刘厂长缓缓地给自己倒了一杯酒,手颤颤的。

魏东久站起身:"我去结账了。"就摇摇晃晃地往门外走,走到门口,转身对刘厂长说,"厂长,我真是不想干了,没劲。"

刘厂长猛地灌了一杯酒:"谁有劲,你说!"一扬手,就把手里的酒杯摔在了地上,餐厅里的服务员惊慌地跑过来。

魏东久有点儿醒了,拍拍脑袋,对服务员笑道:"没事没事。"

刘厂长看看魏东久,声音软下来:"你回去给厂党委写个述职报告,还有小李的,一两天交给我。"

魏东久似懂非懂地点点头,晃晃地走了。

刘厂长待了一会儿，也出来了。

周书记正在前厅的沙发上等着他呢，见了刘厂长就笑道："那个王八蛋又跟你说什么屁话呢，这老半天的。"

刘厂长叹了口气，就坐在周书记旁边，闷闷地抽烟。

周书记笑道："你也喝多了？"

刘厂长苦笑着摇摇头，就对周书记说了小李的事。周书记听得呆呆的，好一阵无语。

刘厂长叹道："小李真是的啊，我以前对她有不少看法呢。"

周书记喃喃："她真给厂里立了大功了。咱们一直对她有看法，真是对不起她啊。"

两个人又闷了下来。

刘厂长看一眼周书记："我还有个想法，想把魏东久提上来当副厂长，你看……"

周书记一怔，没说话，过了好一刻才呆呆地说："党委会上研究一下吧，这种时代，真是适合他这样的人物。"

刘厂长叹口气："其实我很讨厌这个人。"

周书记苦笑道："我比你更讨厌他，可是厂里眼下就离不开他这样的人啊。"

刘厂长皱眉道："还是那句话，我们就拿他当条狗使唤吧。"

周书记想说"就怕这条狗上来咬你啊"，可话到嗓子眼儿，他又把它咽了回去。

周书记问："听说老婆跟你打架？怎么了？"

刘厂长长叹一声："气死我了，一两句话跟你也说不清楚，现在顾不上，等下来有空我再跟你细说吧。咱们到医院去看看老梁吧。"

两个人站起身，走到门外，天已经下起了雪，下得正紧。刘厂长招招手，司机就把车开过来了。

到了医院，老梁正在昏昏地睡着，老梁的爱人坐在旁边擦眼泪，见刘厂长和周书记进来了，就忙站起来。这时老梁正好醒了。

刘厂长就问："老梁好点儿了吗？"

老梁看了一眼刘厂长和周书记，就叹口气："厂长，那天我真是没给您长脸，我真是不能喝啊。要是放在过去，我也不会那样孬的。"

刘厂长心里就有些酸，忙笑道："老梁，都过去了，别记着了，那天我也喝多了。"

周书记想了想说："老梁，有什么事就让你家属喊我们一声。这几天厂里的事情太多，我们也顾不上天天来看你。"

老梁忙说："没事的，这我就很不好意思了，我知道厂里现在钱紧张得很，我又病了，这一下又要花很多钱啊。"

刘厂长不觉抬高了声音说："老梁，你别说这没劲的话，职工有了病，厂里只要有钱，就不能让你躺在医院外面！"话讲得挺动感情，刘厂长的眼圈先红了。

老梁爱人一旁忙说："真是谢谢领导了。"

周书记摆手道："这话见外了，见外了。社会主义的优越性嘛。"说着就苦苦地笑了。

从病房出来，刘厂长一脸苍白："老周，这事真还怪我了，我真不知道老梁不能喝酒，那天在宾馆我还训他呢。"

周书记叹口气："算了，处在你这个位置上，是不好办。要我，我也得训他。"

雪悄悄地停了。刘厂长看看周书记，两人一时都没话可说了，就呆呆地看天。

满天银白，清醒如初。

原载《中国作家》1995 年第 3 期

黑子和石头

家庭养宠物已经成了城市生活的时尚。所谓宠物，多是指家庭养的狗、猫。此外，也还有养兔子的、养乌龟的、养蛇的、养小猪的、养狐狸的，等等。谈歌不甚理解。但无论如何，还是以养狗者为众。狗是人类的朋友，这是中国、外国都知道的道理。谈歌家楼上住着王大爷，王大爷今年七十四岁了，老伴儿去世得早，两个儿子都在外地工作。王大爷有两大爱好，一是狗，他养了条小京巴，取名"哥们儿"。总纳闷儿王大爷如何给它起这样一个名字，王大爷或许真拿它当哥们儿了？可是，王大爷在称呼他那两个儿子的时候，总是笑骂："那两个小兔崽子。"哥们儿品种一般，土黄色，王大爷却养得上心、在意。二是象棋，王大爷的棋下得一般，却上瘾成癖。谈歌也是他的棋友之一。夏天的时候，王大爷常常坐在树荫里与人下棋。棋子摔得啪啪作响，哥们儿则在他身旁静静地卧着。对于这两项爱好，王大爷有自己的解释。对于棋，王大爷讲，下棋不计输赢，只为活动脑筋。下棋是动脑子的事，锻炼嘛。人不怕年纪老，就怕脑子老，脑子老了就完了。对于狗，王大爷讲，养狗好，养狗比养孩子好，孩子总得气你，遇到不孝顺的还得气死你。狗不会气人还很听话。狗比朋友好。朋友再好，或许有翻脸无情的时候，为了钱，为了权，为了女人，都可以跟你翻脸成仇。狗让人放心，不会为名利跟人治气，一辈子也不会背叛。说这话时，王大爷一副过来人的神态，十分自若，谈歌则听得心惊。王大爷讲得深刻入骨，却有道理。道理嘛！

此是闲话，打住。

下边讲一个狗和猫的故事。老故事，"文革"期间发生的，是谈歌的表哥张得法讲的。

张得法的父亲母亲都是铁路工人。张得法的奶奶是谈歌的爷爷的姐姐。如此讲，他奶奶就是谈歌的姑奶奶，张得法的父亲张青山就是谈歌的表叔了。张青山是火车司机，业余时间喜欢养猫。那时城市里不兴养狗，可以养猫。养猫与宠爱似乎关系不大，只是为了防鼠。那个年代，粮食紧张，城市粮食供给是定量的。家家户户也还没有冰箱，剩下点儿吃的大都是装在篮子里，挂在房梁上高悬，或者装进橱柜里，把柜门关紧，都是为了防备老鼠。就这样千小心，万小心，还是常常被老鼠们算计了。张青山养了两只猫，一只黑色，起名"黑子"；一只白色，起名"白子"。张青山养得非常上心，两只猫干干净净，非常可人。张青山下班回家，第一件事是，先逗逗黑子和白子，也是一乐儿。

1969年夏天，表哥张得法从保定中学毕业了。张得法从小就立下志向，想当一名火车司机（年轻的读者可能会嘲笑，火车司机有什么好当的。可那个年月就是那样的。工人阶级领导一切，长大当工人是许多孩子的理想，当火车司机绝对是一个志存高远的理想）。可是，张得法当火车司机的理想泡汤了。毛主席发表了"知识青年到农村去"的最高指示，张得法下乡插队了。

张得法插队的这个村子叫李家庄，距离保定市七十多里，隶属保定满城。村子不大，百十户人家。呼啦啦一下子来了二十多个知识青年，就给村里出了难题。正是夏收季节，虽然市里、县里拨了专款，让村里给知识青年盖房子，可是正农忙呢，李家庄一下子盖不上那么多房子，村革委会召开了紧急会议，决定把知识青年分配到各家各户去暂住。说好，是临时措施，等到农闲，村里盖好知识青年宿舍，再让他们从各家搬走。

张得法被分配到李大水家去住。李大水家是中农。按说，知识青年应该住到贫下中农的家里才对，这是阶级路线的问题。可是李家庄贫下中农的房子不够住，李大水家里就一个人，还有一条狗，房子宽绰，张得法只好暂时"中农"了。

张得法下乡时，表叔张青山让他带上了黑子。张青山对他讲："农村老鼠多，带着黑子下乡，肯定有用。"三十年后，张得法对谈歌讲，他父亲让他把黑子带到乡下，或许还有一个原因：这两只猫喂养不起了。黑子被张得法抱走时，白子慌慌地追出门来。白子似乎知道黑子不能再回来了。张得法回忆说，白子的眼神挺伤感的，并且用一种很凄婉的声音低低地叫着，叫得张得法心里一个劲儿泛酸，眼睛也就湿了。

张得法带着黑子住在了李大水家里。李大水四十多岁，老伴儿前几年去世了，两个女儿都嫁到外村了。李大水本来已经说好，让大女婿或者二女婿倒插门进来，也算是顶个门户，农民过日子嘛，人气不旺总是不好的。可是两个女婿结婚前，都答应得好着呢，一结婚就变卦了，嫌李大水是中农，成分高了点儿，都不愿意来了。李大水愤怒了，给两个女婿捎过话去："老子的闺女都让你们睡了，你们倒嫌老子的成分高了。中农怎么了？毛主席说过，中农是团结对象呢，你们还不想团结老子了？行，你们谁也别来了，老子也不团结你们了！"从此，李大水坚决不让两个女儿和女婿上门了，李大水就一个人住。李大水养的那条狗是青色的，很威猛，半人多高。李大水告诉张得法，狗的名字叫"石头"，两个女儿嫁出去之后，他就养了石头，总是一个伴儿嘛。多年之后，考了上研究生的张得法从理论上阐释说，人是群居动物，人类是因为恐惧才聚居在一起的。李大水应该是因为对孤单的恐惧，才养了石头的？

石头与黑子倒是能够友好相处。李大水的院子里，有一棵碗口粗的老枣树，老得已经很少结枣子了。李大水也不清楚它的年纪，说早想砍掉它，重新种一棵新枣树。两个畜生总是围着这棵枣树绕圈子玩，欢欢快快地戏耍。石头摇一摇尾巴，黑子就跟在它屁股后边跑。李大水看着也挺高兴，就改了主意，不想砍这棵枣树了，说是给石头和黑子留下一个玩耍的地方。李大水还对张得法说："小张啊，自黑子来了，这院子里的老鼠果然少多了。如果有合适的猫，就把它跟黑子配到一起，多生几只猫。咱李家庄缺猫呢。"张得法笑道："什么合适不合适的，从村里的猫中找来一只配上就是了。"李大水则坚决地摇头："不行，不行，猫跟人一样，也讲究门当户对呢。村里的猫都是农村户口，不般配，还是要找一只城市里的猫来配才行。"

　　黑子或许是在城里养得馋嘴了，或许是嫌李大水家的伙食差了些，来到李家庄还没几天呢，便不肯踏实地在李大水家待着，开始在村子里乱跑了。后来，它竟然跑到了村主任家里去了。

　　村革委会主任名叫李大贵，就住在李大水家的隔壁。他和李大水是没有出五服的同宗兄弟。论年纪，李大水应该叫李大贵哥哥。李大水长得矮小，李大贵长得高大粗壮，怎么看也是哥哥。可是李大水从来不叫哥，只叫李大贵主任。李大水说，这种叫法显得尊重。李大贵家也养了狗，两只，一只灰狗，一只黄狗，灰狗叫"大宝"，黄狗叫"二宝"。大宝、二宝都长得高大威猛，李大贵非常喜欢，常常带着它们在街上遛。村里的地主富农们见了都躲着，村里人都恭维着说，主任家的大宝、二宝，也像主任一般神气哩。

　　那天，黑子或许闻到什么味道了，就颠颠地跑到了李主任家。李大贵或许没见到过这样漂亮的猫，觉得挺稀罕，就拣好吃的喂了点儿。一次、两次，黑子就吃馋了，于是就有了第三次、第四次。黑子就成了李大贵家的常客。写到这里，读者不要想象李大贵家里会有多么富裕。当年村里都穷，李主任家也一样，也是凭着工分吃饭。黑子吃多了，大宝、二宝就得少吃一口了。民以食为天，牲畜也一样。渐渐地，大宝、二宝就开始不友好了，再见到黑子时就愤怒，汪汪地叫。黑子常常被它们追出门来，很惊惶、很狼狈的样子。有一次，黑子跑不及，让大宝、二宝撕抓了几下子，身上流着血，尖声叫着，仓皇地跑了回来。张得法见到了，气得直骂："黑子啊黑子，你馋到什么地方去了？"黑子听到张得法骂，大概知道了羞臊，便老老实实地趴在墙角，头也不抬，也不叫唤了，目光温驯地低垂着，似乎很无辜，也很自责。石头跑过来，朝黑子叫了几声，黑子也不动弹。

李大水见了，就哈哈笑了："小张啊，你跟一只猫生什么气啊。它刚刚到乡下来，或许是闷得慌哩。"说罢，就对石头吼道："石头啊，明天起，你带着它出去溜达嘛。"

石头就摇了摇尾巴。

张得法也笑了："李大叔，您这是说给谁听呢？它听不懂的。"

李大水自信地一笑："它听得懂的。你看，石头摇尾巴呢。"

第二天，石头竟真的带着黑子出去溜达了。三十年后，张得法感慨地回忆："谁能知道呢？这一溜达，就溜达出事来了哟。"

一天傍晚，大宝和二宝在村外的菜田里，与石头和黑子遭遇了。大宝和二宝站在地头上，目光如炬，挑衅地盯住了石头身边的黑子，然后就气势汹汹地吠起来。黑子胆怯了，失措地在石头身边躲藏着，石头大概不想招惹大宝、二宝，便带着黑子颠颠地往村子里跑。大宝、二宝则在后边紧紧追赶着，眼看就要追上了，石头或许愤怒了，它突然停住，转过身来，扑向了大宝、二宝。张得法回忆说，那天他们正收工回来，走到村边，看到了这一幕，开始觉得好玩，后来他们都笑不出了，大宝和二宝与石头撕咬在了一起，三只狗都不叫唤了，都死命地咬着。狗咬架，也跟人一样，是不出声音的。张得法回忆说，眼见得三只狗闪展腾挪，转眼间就又跑到旷野里去了。黑子似乎放心不下石头，也跟在它们后边跑去了。张得法隐隐约约有些担心，想追过去，可是他觉得狗们咬架，不应该出什么事情。可是，几个小时之后，他就后悔了。

天将黑尽的时候,石头一瘸一拐地回来了,后边跟着黑子。石头遍体鳞伤,进了院子,就趴在了墙角,很费力地喘息着。李大水和张得法正在屋子里吃饭,听到动静,李大水端着饭碗出来,张得法也忙着跟出来。看到石头满身的伤,李大水就明白了,他搁下饭碗,站在院子里恶声骂着:"石头,你傻吗,你招惹它们干什么?你惹得起吗?主任是村里人的领导,大宝、二宝就是你们的领导。你敢跟领导们咬架?反了你还不成?"

李大水突然不骂了,他看到黑子正悄悄地走过去,温驯地伏在了石头身旁,伸出舌头,很耐心地、一下又一下地舔着石头身上的伤口。

李大水怔了一下,便点着头苦笑了:"石头,行啊,黑子还真是心疼你的哩。"

张得法笑道:"行了,李大叔,快吃饭吧。莫要跟它们生气哩。"

第二天,李大贵在出工的路上遇见了李大水,笑骂道:"大水啊,你真是个狗东西,狗打架嘛,你掺和什么呢?你也是狗吗?"

李大水皱眉道:"主任啊,我掺和什么了?我怎么会是狗?"

李大贵笑道:"我昨天正在院子歇凉哩,听到你在院子里乱吼哩。如果不是有人来串门说话,我就过去教训你了。你一句又一句地吼,挺上劲嘛,什么领导不领导的?啊?大水啊,你不要骂人嘛!"

李大水不好意思地说:"我瞎喊哩。让主任听到了?"

李大贵摇头叹道:"也怪不得你那石头嘛,大宝、二宝就是欺生哩,硬是看不得那只城里来的知识猫。"

李大水没听懂,纳闷儿地问:"主任讲什么新名词儿?听不懂嘛,什么叫知识猫?"

李大贵笑道:"知识青年带来的猫不叫知识猫叫什么?你这个大水哟,亏得你还是中农哩,还不及我这个贫农有学问哩。你都白中农一回了。"

李大水嘿嘿笑着点头:"还是主任学问大哩!"

李大贵也笑:"这知识猫惹不了咱们这农村猫哩。"

李大水摇头："它们是看人家城里的猫长得好看,肚里忌恨哩。"

李大贵点头笑："是哩,恐怕是这种情况呢。你把你家的石头看好,也把那只城市来的知识猫看管好。大宝、二宝越来越没样子,贼凶哩。"

李大水收工回来,就对张得法讲："小张啊,看管住你的黑子,别让它往外跑,主任家的狗盯住了它哩。那两个东西,脾气跟主任似的,凶恶着哩。"

从此,每天李大水和张得法出工去,李大水便把院门关闭了。村里有人看到,大宝、二宝曾来李大水家门口寻衅过几次,可是吠了许久,李大水家的院子始终关闭着,大宝、二宝便悻悻地去了。

又过了十几天,也见不到大宝、二宝来李大水家门口了,李大水认为相安无事了,便不再关闭院门。可是李大水没有料到,石头与大宝、二宝的战争,再一次爆发了,而且这次战争比第一次更加残酷。

是一个炎热的傍晚,疯狂了一天的太阳终于像一个疲惫的农夫,一路跟跟跄跄地向着西山去了,可是整个世界已经被烤焦了。牲畜们也被这冲天的热气烤得焦躁不安,石头引着黑子在村外的柳树林荫里躲避依然炽烈的夕阳。突然,大宝、二宝也跑进了柳树林,朝着正在歇凉的石头和黑子狂吠起来。后来,据正在林子放羊的村民李满仓描述,当时,石头带着黑子不敢恋战,狂奔出了柳树林,直往村子里跑去。石头跑得有些犹豫,它要不时照看着旁边的黑子。很快,大宝、二宝就追了上来,先是大宝猛地一扑,将黑子扑住了,石头便狂吠着扑上去,咬住了大宝。二宝便扑向石头,大宝也放开了黑子,咬住了石头。三只狗疯狂地撕咬在了一起,人们都看得呆住了,青色、灰色、黄色混杂在一起,滚成了疙瘩。后来人们看到,一团黑色伴着尖厉的叫声,旋风般滚了上来,是黑子也疯狂地扑进去了。一场混战,血雾横飞起来,夕阳西下,空气仍然热烈,这场战争显得格外惨烈,路过的村民都看得傻了呆了,痴痴地定在了那里。他们不知道这几个牲畜如何会这样你死我活地厮杀。

终于，李大贵高声喊叫着，挥舞着铁锨赶来了，冲向了已经咬成一团疙瘩的狗和猫。村民们这才清醒过来，也一同围上去，把这四个牲畜分离开。石头已经被咬得乱七八糟，浑身是血，黑子也被咬得奄奄一息。已经遍体鳞伤的大宝、二宝，却丝毫不示弱，仍然挑衅地狂吠着，还时时地想重新扑上来。李大贵高声恶骂着，用铁锨驱赶开红了眼睛的大宝、二宝，张得法也匆匆赶来了，他抱起黑子，李大水抱起石头，匆匆地回家了。

在他们的身后，似乎仍然意犹未尽的大宝和二宝，嚣张地狂吠着。

李大水进了院子，先让张得法关上院门，他把石头抱进屋，并放到了炕上，又慌着抱了些猪草进来，铺成了一个软和的草窝，把石头轻轻地放在了上边。张得法就把黑子放在了石头的旁边。张得法觉得石头一定渴了，便端着一只碗，凑过去，小心翼翼地喂石头水喝，石头却一口也喝不进去了。石头的目光哀痛，盯着卧在它身旁的黑子。遍体鳞伤的黑子，低低的声音叫着，目光软弱地看着石头。

李大水皱着眉头，涩涩地说："小张啊，算了吧，你不要喂石头了，看样子它伤得不轻啊，让它歇歇吧。咱们先吃饭，今天夜里还要打夜工，浇灌呢。"

吃过晚饭，李大水和张得法就去打夜工了。后半夜，他们回来了，刚刚走进院门，就听到石头凄怆的叫声。李大水惊慌地推开屋门，张得法匆匆跟进来。李大水点亮了马灯，就看到石头突然奋力地昂起头，吃力地叫了几声，张得法听得有些慌，李大水凑近去看了。石头望着李大水，眼里似乎有泪要落下来。李大水伸手摸了摸石头垂下的眼睛，伤心地别过头去，长叹了口气，对张得法说："它快死了。"

张得法怔住了。

李大水又说："石头放心不下黑子啊。"

张得法将黑子抱到石头眼前，石头伸出舌头舔着黑子，黑子也伸出舌头一下又一下地舔着石头。张得法后来回忆说，这时，窗外突然起风了。

夜风越来越强劲,在院子里放肆地扫荡,院子里那棵枣树在风中摇动着枝叶,发出尖厉的叫声。石头似乎禁不住窗外的风声,怕冷似的,身子哆嗦了一下,头一歪,便昏过去了。黑子胆怯地低声叫着,似乎怕吵醒已经睡着的石头。那情景让张得法和李大水看得心酸胆战,他们再也躺不下,就坐在炕上,看着石头。石头昏睡着,呼吸越来越弱了。

快天亮的时候,石头死了,窗外的风也渐渐弱下来了。李大水叹了口气,涩涩地对张得法说:"小张……啊,去埋了它吧……"就抱起石头出屋了。张得法默默地跟出来,走到院子里,李大水让张得法扛了一把锹。李大水家的屋子后边,就是村西的山坡。李大水在山坡上挖了一个坑,把石头埋了。让他们难受的是,李大水抱着石头出门的时候,黑子也跑出来了,一瘸一拐地跟在他们的身后,张得法往回轰它,它竟然拒绝回去。它停住,昂着头,眼睛瞪着张得法,在风里厉声叫着。李大水长叹一声:"算了吧。小张啊,随它吧,这牲畜……跟人一样呢。"

李大水和张得法给石头做了一个馒头似的小坟丘,之后就在石头的坟前呆呆地坐着,两人闷闷地抽着烟,谁也不想说话。风依然傻傻地刮着,黑子也一直在石头的坟丘前痴痴地蹲着。偶尔,它就用一种长长的尖尖的声音叫着,叫声有一种撕裂了什么的感觉,在风里深深浅浅地传远了。张得法后来回忆说,他从前根本没有听到过这种声音,也根本不知道猫会有这种叫声。李大水说黑子叫得他心里酸痛,让张得法把黑子抱回去。于是,黑子一路尖声叫着,被张得法抱回去了。可是,刚刚把它放到屋里,它又一拐一拐地随着张得法跑出来,重新跑到石头的坟前,蹲下。如此两次,李大水哀伤地摇头说:"算了,小张啊,别管它了。它是舍不得石头呢。这黑子重情义哩!你去给它弄些吃的,放在它跟前吧。它也饿了哩。"

张得法便回去弄了一些吃的,放在黑子的眼前。黑子却似乎视而不见,只是朝天尖声叫喊着。李大水和张得法抽了几支烟,就回去了。三十年后,张得法回忆说,他走了几步,忍不住回头去看,只是一瞬,他几乎失语,永远记住了黑子那凄惨的目光和忧伤的脸。

如此过了两天，黑子的叫声越来越凄惨。

第三天的半夜，李大水和张得法同时惊醒了，他们听到了黑子长长的嚎叫声。那叫声，像被粗糙的沙石打磨得出血了，再听，黑子突然不叫了。天蒙蒙亮的时候，张得法和李大水到石头的坟上去看了，依稀的晨光下，黑子卧在石头的坟前，像雕塑一样。张得法慌慌地上前去摸，黑子已经凉了，眼睛却是睁着的。

李大水没有靠前，站得远远地问："怎么回事？"

张得法酸酸地说："李大叔啊，黑子死了……"说着，泪就落下来了。

李大水长叹一声，一下子坐在了地上，再无一句话了。

张得法和李大水商量了一下，就把黑子埋进了石头的坟里。张得法回忆，当他与李大水一锹一锹挖开石头的坟时，当他们把黑子轻放在了石头的身边时，他突然感觉到，这情景就似动画一般突然定格了。他知道，他将永远把这个景象深深地珍藏在心底了。

日子一天天地熬着，李家村的人们渐渐地将石头忘记了，也将黑子忘记了。人们对石头和黑子的记忆，大概就像风吹进了泥土，消失得没有一点儿声息。转眼就到了深秋的季节，杨树开始哗哗地落叶子了，地里的庄稼已经收完了，田野里空空荡荡的。谁也没有想到，那一天半夜，村民都已经睡熟了的时候，白子进了村子。张得法后来回忆说，他从来没有想到白子会来。

白子在李大贵家的门口凶猛地叫着。那尖叫声十分有力，有一种曲铁盘丝的力量。村子里的空气在白子的叫声里，都像弓箭一般扯得紧张了。李大贵家的院门，终于在白子的尖叫声中打开了。李大贵披着一件衣服，很生气地走了出来，刚刚要骂，却是一个字也说不出了。他的嘴巴空空地张着，合不上了。他看到了他家的门前竟然拥满了猫。猫叫声越加凶猛了，他惊异地抬眼去望，整个村道上也已经拥满了猫。多年之后，李大贵回忆这个情景，仍然心有余悸地说，他当时怀疑自己是在做梦，完完全全是一个噩梦。不仅是街中，而且空中也传来猫的叫声。李大贵吃惊地抬头去看，惶恐的心跳几乎要停止了。他家的墙头上、房顶上，都站满了猫。猫们身上的毛都乍立起来，凶狠的目光像聚光灯一般盯着李大贵。李大贵后来回忆说，他从来不知道，猫的目光会是那样凶恶。他当时感觉自己就要被这些猫撕碎、吃掉了，他喃喃道："天啊，我这是做梦吗？"

大宝、二宝愤怒了，它们猎猎地蹿了出来。但是它们根本就没有料到，它们掉进了一个猫的世界里，或者说，它们在猫的河流里登时被淹没了。片刻工夫，大宝和二宝尖声叫着，遍体鳞伤地从这猫的河流里挣脱出来，万分狼狈地逃回了院子。

此时，睡梦中的村民们纷纷被猫叫声惊醒了，他们感觉这恐怖的猫叫声，似洪水一般涌进李家庄的各个角落。他们慌乱地穿衣起来，推开街门去看，都惊得呆傻了。街中的景象骇人胆魄。月光如水，街道上拥着数不清的猫，似乎是猫的河在流，是猫的浪在拥。整个李家庄，已经成了猫的世界了。村子外面，也已经被猫们包围得风雨不透。有些村民后来说，他们开始还想数一数有多少只猫，但是很快就数不过来了，肯定是上万了。这些猫从何处而来？它们如何聚集的呢？这是一个谜，一个结结实实的无人可以猜破的谜。

时间过得真慢啊，像是停滞了一般。猫们仍然凶顽地聚集在村主任家的门前，它们尖声叫着，那是一种丝毫不遮掩的挑衅和叫嚣的尖叫声。有的猫已经试探着向村主任家的大门踏入了。李大贵吓得慌了，他知道自己随时都可能被这些凶恶的猫撕碎，撕成烂棉絮一般。他后来说，他几乎是在一刹那间感觉到了，这么多来历不明的猫，肯定与死去的黑子有关。他泄气地回头大骂："大宝、二宝，都是你们招惹的祸哟，你们给它们跪下。"

大宝、二宝看了看李大贵，似乎非常不情愿那样去做。是啊，骄横跋扈惯了的大宝、二宝，如何能向这些猫下跪呢？李大贵气愤地跑过去，奋力地踢着大宝、二宝，嘴里还恶狠狠地骂着。大宝、二宝在李大贵的驱赶下，便怯怯地走到了院门口，跪下了，垂下了它们高傲的头。

猫一齐嚎叫着，那声音竟又不同于刚刚的叫声，充满了恶意，充满了凶残，显得更加恐怖。昂首站在猫的前列的，是白子。白子的目光如炬，恶毒地盯着大宝、二宝。月光在白子的脸上一跳一跳的，是一种神秘与邪恶的气息，显得很不真实。

李大水和张得法也赶来了，张得法一眼就认出了白子，他惊慌地喊着："白子，白子，你怎么来了？你别闹了，好不好？"

李大水心慌地问："小张啊，你认得这只猫？"

张得法叹气："我怎么不认得，它是我们家的白子啊。"说完，就怯怯地喊道："白子啊，不要再闹下去了。"

李大水突然明白了什么似的，喊了一声："张得法，你喊黑子啊。"

张得法泄气地说："喊什么黑子啊？黑子早已经死了。"

李大水喊："你喊黑子的名字嘛。"

张得法恍然明白了什么，他立刻高声喊起来："黑子啊，白子闹事呢。"

白子听到了，突然直立起来，两只前爪举着，如电的目光逼视着张得法。张得法被白子看得心慌气短，情不自禁地倒退了两步，大声喊起来："白子，你要干什么？"张得法清楚地听到了自己的声音，像被抽去了筋骨的树皮，一点儿力量也没有了。

白子仍然像人似的直立着，两只眼睛迎着夜风，就像要随时随地向某个目标凶猛地扑过去。突然，白子落泪了，一双泪眼就直直木木地看着张得法。张得法看得心酸，不敢继续对接白子的目光，忍不住别过头去了。悠然神秘的夜风，漫天漫地刮过村道。白子突然用一种悠长且尖锐的声音吼起来，这吼声是嘶哑的，是粗犷的，像一把充电的锯齿在人们的心头轰然穿透，听得人们毛骨悚然。张得法后来回忆说，那猫的叫声竟是如此惨烈，像一把把寒光凛然的刀子，天空一时被割得零乱狼藉，月亮也像被重重地割伤了一般，无力地隐进了云层。也就是在猫的叫声中，村民们都清清楚楚地听到了自己的心声，就在一刹那间，发出了一阵阵崩溃的声音。

白子昂着头，就那样僵直地挺着，泪水就那样无声地流着。空气凝固了，像一块巨大的尸布，笼罩在人们的头顶。人们失神了，或者说，魂魄出窍了。人们感觉到了时间的难堪，时间就在耳边，大风似的呼啸刮过，刮得人们心头一片茫然。似乎过了一千年，或者一万年的样子，白子再长长地一吼，突然转过身，像一只白色的精灵，向着村外方向箭一般射去了。拥集在街道上的猫，似一群训练有素的士兵，无声地闪开了一条通道，注目着白子蹿腾而去，然后齐刷刷地调转头尾随着白子，像一床陡然汹涌起来的河水，突然间折转方向，向村外滔滔奔腾而去了。

那天夜里，应该是一个极端恐怖的夜。站在村外的人们后来回忆说，他们正在恐惧中茫然不知所措的时候，猛然惊奇地看到，铁桶般围住村子的猫们，突然绝尘而去，也就是几分钟的时间。是啊，无数只猫，风一般地向空旷的田野散去，转眼之间全部消失了。人们的视野里只剩下空荡荡的田野，哪里还有一只猫的影子呢？张得法后来对我讲，当时人们都呆呆怔怔地站在村外，都感觉到自己刚刚是在做梦，一个不可破译的噩梦，人们感觉到一切都虚幻得不真实了。

月光下的村道，又恢复了夜晚的安静。只是这种安静气氛，空洞极了，是整个村子被掏走了心脏般的那种空洞，没有了一点儿力量。

李大贵从院子里走出来，步子有些踉跄，像刚刚患了一场大病，显得十分软弱。月光下，他怯怯的脸色很狼狈，声音有些浮肿，他含糊不清地喊了一句："大水啊……"之后，就颓丧地坐在了街中。许久，他软软的声音问李大水，也好像问自己："……这是怎么回事啊？"

李大水痛苦地摇摇头："……我的主任哟，我哪里知道嘛。"

李大贵转身看大宝、二宝，它们卧在院子门口，身体仍然在微微颤抖。

……

三十年后，张得法用一种灰暗的声音给谈歌讲这个故事的时候，我们正在茶楼喝茶。茶，是特级的铁观音，泡开之后有一种很远古的浓香飘散开来。饮下去，只觉得这香味是从历史的某一个地方升腾着，非常遥远。

张得法讲完这个故事后，似乎花费了很大的力气，他的面色有些苍白，目光十分凄楚，他涩涩地说："我一辈子也忘不了那个场景。"

谈歌"哦"了一声，冷静地问："表哥啊，有几个问题，第一，白子是怎么知道黑子已经死了的呢？第二，白子并没有去过李家庄，是怎么找到李家庄的？保定市距离李家庄有七十多里路呢。第三，怎么会有那么多的猫呢？它们都是从哪里来的呢？它们又是如何聚集的呢？"

张得法凄惨地一笑，他的笑容愈加凄凉了，他缓缓地摇头："我也不知道，它是怎么找了去的呢？是啊，还带了那么多猫。它们是怎么集聚，又是怎么找去的呢？或许是上天给它们发了路条，你说呢？"张得法盯着谈歌，似乎想要谈歌说出答案。

谈歌沉默了一下，终于问到了那个问题："白子后来如何了？"

张得法哑然无语，许久才低声回答："我再也没有见到过它啊。"说罢，他转过头去，呆呆地望着窗外，正值中秋，窗外的风已经有了些劲道，带着一种金属般的脆脆的声音爽朗地吹过。天上有几片白色的云在游移，荡漾着一片遥远而且神秘的气息，这气息浓郁得化不开。张得法灰凉的目光盯住了那游移的白云，叹道："表弟啊，你看到了吗？白子，白子就是那种颜色的哟。"

谈歌一时无言，盯着天空中那几片缓缓移动的白云，刹那之间，突然感觉到有些炫目，感觉到岁月像浩荡的长风一般扑面而来。谈歌的眼睛悄然潮湿了，便端杯饮茶。

茶，竟然变得全无滋味。那久远的香味，已经荡然无存。

老　张

"文革"期间,全国各地大挖防空洞,国家的主要目的是对付一个超级大国可能对我们采取的突然袭击。现在回忆,当时战争有点儿随时都能到来的紧张感觉。"深挖洞""广积粮""不称霸",是当时很有名的三句口号。第三句老百姓弄不大懂,似乎是指国际关系的。第二句好理解,是指农业生产,要粮食丰收。第一句很实在,就是挖防空洞。

1976年春天至1976年秋天,我有过一段挖防空洞的日子。回忆这期间,有一个人物值得写一写。人们都叫他老张,当时他四十多岁,长得五大三粗,就是眼睛小点儿,笑起来挺慈祥的,很有派头和首长的样子。后来才知道他的名字叫张全礼,但当时似乎没有人喊他的名字,都喊他老张。

防空洞的工程一般有三种,一种是战备需要的,工程质量要求严格,一律是水泥钢筋,这要由部队的工程兵来做,属于军事工程。我只是听说过,没有见过。第二种是大城市战略防御的,这是为了应对战争,保证当地政府的需要,这要由城市里的工人阶级(政治上可靠的人)来做。第三种是一般城市供老百姓战时需要的,就由一些"有问题"的人来做。因为这是一个体力活儿,让这些人干,有点儿劳动改造的味道。而我们这个防空洞工程这三类都算不上。

我所在的这个工程点,是由市政府为一个县里挖的,说是战争一旦爆发,让贫下中农使用的。贫下中农们大概都广积粮去了,这深挖洞的事就交给了我们这些"有问题"的人来做。所谓问题,现在的青年人大概听不懂了,就是犯了错误的意思。说某某出问题了,就是犯错误了。现在回忆,我们这些"有问题"的人挖的防空洞，质量信得过吗？一旦有了战争，贫下中农敢使用吗？

我是在1975年的"评《水浒》运动"中出的问题。当时批判宋江是一个投降派，我那天喝了点儿酒，私下对工友们说，宋江这个人其实不错，挺讲义气的嘛。就有一个要求进步的工友把这句话给捅到上边去了。这句话用阶级的观点一分析，便有了政治问题。于是，先是领导找我谈话，帮助我认识了问题的严重性，然后就把我从机关拿了出来，办了几天学习班。我在领导的帮助下，在政治高度上认识了一下自己的思想问题，算过了关。再然后，领导便把我下放到这支工程队里来了。这个故事的主角老张也在里边。

这支工程队有一百多人，人不太多，可这一百多人成分复杂，有"走资派"，有"反动学术权威"，还有一些在"批林批孔"运动或者"评《水浒》运动"中犯错误的人，但都属于人民内部矛盾（说了错话，办了错事的）。我和十几位就属于这后一种人。

我与老张不熟悉，并不知道他是哪一个单位派下来的，但他肯定"有问题"，否则绝不会来到我们这支队伍里。现在可以套用伟人的话（当时借我一千个胆子我也不敢随便套用伟人的话）：我们都是来自各个单位，为了一个共同的深挖洞的目标，走到一起来了。

每天的劳动量很大，八个小时是一定要干满点的，有时还要加班加点，说是为了赶进度。有一句口号是：要抢在超级大国发动战争之前。好像原子弹随时都会在我们的头上飞下来，能不紧张吗？我们吃住都在山里边，星期天也不下山，就是为了抢进度。

老张有手艺，是砌工，也就是泥瓦工。我跟他是一样的工种。这活儿虽然比和泥搬砖稍稍轻松一些，可也是累得够呛。想想看，每天一个工要有上千块砖砌上去，从洞里爬上来的时候，人都像根棍子似的直了。

有时星期天不加班了，也能休息一天。人们总算逮住歇息的机会了，就死死地睡觉。我现在还记得，当时有时做梦也是睡觉，累啊。其实不睡觉也没有什么地方去，四处都是山，都是庄稼地和野树林子。现在想起来，如果到山上四处走走，也应该是一件很浪漫主义的事情，可是当时谁也没有心情去浪漫，而且没有特殊情况，队上也不让请假。这支队伍的队长兼指导员姓段，段指导员管理得特严。

　　这里我讲几句段指导员的事。段指导员本来是市里某国营大厂的一个革委会的副主任（相当于现在的副厂长），也是因为犯了错误，才给弄到这工程队里来的。他犯的这个错误有些荒唐：段指导员本来是某个厂里的造反派头头儿，"三结合"（现在的读者或许听不太懂了，"三结合"即当时各级党委组织领导班子的一个形式，即由群众代表、老干部代表、解放军支左的代表组成的领导班子）时，段指导员被结合进来了。段指导员被结合，不仅因为他造反有功，还因为他有一个非常出色的举动，他把大年初一的生日改在了每年的7月1日，即和中国共产党一天过生日，这也被称为与旧的观念决裂的一个重大表现。当地的报纸上还为段指导员写过稿子，于是段指导员就出名了（这种事现在说起来，肯定有年轻的读者认定太荒唐）。后来厂里成立革委会，他也被结合进来了，当了一个副主任。段指导员又有了新举措，他再一次改生日，并对外宣布，他的生日要改在每年12月26日，即伟大领袖毛主席过生日那天。这一次段指导员可没有赶上好运，立刻有人反驳他：你算什么东西？敢和毛主席一天过生日，你也配？于是，这就成了段指导员的罪过，他在厂革委会副主任的位置上被人拿了下来，幸亏老段平常人缘不错，有一些共同造反的战友们努力保他，他才没有倒更大的霉。他的7月1日的生日也不敢过了，又退回到他原来的生日了。造反派里的战友们为了保全他，便让他来这个工程队了。三十年后我再见到他时，他头发已经灰白了。他感慨地说，当时他也是蒙了头，不知道怎么表现进步才好，才闹出了这个事。如果不是他平常人缘好，打他一个反革命也不在话下。此是闲话，带过。

再说老张，让人奇怪的是，老张星期天从来不加班。每个星期天他也不睡觉，总要下山一趟，星期一上午按点回来，谁也不知道他去了哪里。管理我们的段指导员也从不问老张干什么去了，于是老张的行动就格外神秘起来了。

队里边有几个积极分子（积极分子哪里都有，别看同样是犯了错误的，就能有人汇报你。写到这里，谈歌有些悲哀，套用一句古诗：同是犯错误，揭发何太急？）就向上告发这件事。其实这些揭发者也未必觉悟程度有多高，大概是觉得老张能出去，他们为什么不能出去。这里边应该有忌妒的心理，李大年也是一个。

李大年是队上的挖土工，他原来是一个工厂烧锅炉的，有一次喝多了酒，就说美国的日子比中国好过，苏联的卢布好、结实。有人告了密，上级就给李大年办学习班，要他承认错误。李大年咬住了牙，不认账。他反驳说："我没有去过美国，怎么能知道美国好不好呢？我也没有穿过苏联的卢布，我怎么能知道苏联的卢布结实不结实呢？这是给我李大年造谣生事。"再查也无实据，于是就把李大年发到这里来了。我们两个人住一个宿舍，此人身材高大，似乎精力特别充沛。他偷偷跟踪过老张两回，那一天挺晚才回来，进了屋往床上一躺，一句话也不说，两眼直勾勾地望房顶。我奇怪地问："大年，你怎么了？"

李大年翻身坐了起来，直着眼睛看着我，说了句："乖乖，你知道我发现了什么？你知道我发现了老张什么？"

我不解地问："你能发现什么？莫非你发现老张搞女人去了？"

李大年看了看我，又小心地看了看门，门紧紧关着。李大年跳下床，凑到我身旁，小声说道："这老张刚下山，就有一辆汽车来接他。天！是小汽车。冒着一道烟就把老张给拉走了。这老张是什么人啊？"

汽车，而且还是小汽车？我的脑袋也蒙了。老张是什么身份的人啊，竟用小汽车来接？我一下子来了兴趣："你没有看错？"我这话问得有点儿多余,那么大的一个汽车,李大年断不会看走眼,也绝不会把牛车看成小汽车。年轻的读者读到这里,可别怪我和李大年大惊小怪,当年的街上可没有这么多小汽车。一个城市的革委会(也就是现在的市政府),也顶多就是配一辆伏尔加(一种老式进口轿车),剩下的也就是几辆吉普车。我们在这大山里能见到小轿车,岂不是新鲜。

从古至今,大概人类的好奇心是非常活跃的。我本不是多事的人,可好奇心也被老张勾了起来。又是一个星期天早上,我和李大年早早起来,偷偷跟着老张,果然,他大大方方地走到山下,真有一辆小轿车在山下等他。一个穿便衣的年轻男人还替他打开车门,他钻进了汽车,汽车便开走了。我和李大年都瞪大了眼睛,现在回忆,当时我们的目光里大概除了惊讶,不会有别的内容了。回来的路上,李大年对我讲,那是上海牌小轿车。天!上海牌小汽车,那都是省长以上的干部才能乘坐的啊。

老张是星期一早上回来的。我们猜测也一定是用小汽车送回来的。这个神秘的老张,他应该是个什么样的人呢?我心里一点儿也猜不透,便开始跟他套话。我装作闲聊天的口气,问他过去是干什么的?老张笑了笑,说他是厂子里的清洁工。他说话时不像撒谎,还给我讲了搞清洁的一些注意事项和方法,至今我还记得并使用。比如扫地时一定要把扫帚沾上水,否则容易搞得尘土飞扬。我问他什么时候学的砌墙这活儿。老张笑了,说:"这还用学吗?谁不会啊。"

又是一个星期天早上,我和李大年谁也不睡懒觉了。我们看着老张下山,就悄悄地跟在后边。

老张回头看到了我们,就笑道:"你们两个这是去干什么啊?"

我嘻嘻笑道:"没事,跟你去玩会儿。"

老张笑着摇头:"不行吧,人家可是不让你们去的。"

李大年说:"你就带我们去一趟吧。"

老张不说话,继续往山下走。到了山下,那辆小汽车果然等在那里。

这次我们看清楚了，这是一辆军车。一个穿便衣的男人从车上下来，盯着我们认真打量，很严肃地问："你们是干什么的？"

是啊，我们是干什么的？我和李大年互相望望，说不上话来。老张笑了笑："他们是跟我一起干活儿的。早晨起来锻炼身体，正好送我下山来了。"

便衣男人点点头，不再理我们，对老张说："您请上车吧。"

老张似乎有些无奈地看看我们，便上车了。车就开走了。

我和李大年无趣地看着车远远地走了，便沮丧地走了回来。

我们回来就奇怪，老张是个什么人啊？为什么会有部队的车来接他呢。我们还都听清楚了那个便衣男人对老张讲的话，他使用的是"您请上车吧"。您？如此尊重老张，老张到底是一个什么样的人物呢？

我和李大年终于忍不住了，我们去问了段指导员，段指导员苦笑："行了，你们就别追问了。反正老张下山是请了假的，也是准了假的。我还告诉你们，这假不是我准的，是上边。懂吗？上边！"

上边？这就更让人生疑了。我们怀疑老张是一个大官。李大年甚至说，老张肯定是落魄的大人物，否则那每个星期天早早在山下等他的小汽车，怎么会来接他呢？

可是没有证据。

李大年相信，老张的真实身份肯定会被揭秘的，我也相信。

可是我们这个目的没有达到，也就是半个月之后，毛主席逝世了，紧接着"四人帮"也揪出来了，防空洞的活儿停止了。我们就各回各单位去揭批"四人帮"了。其实我们能揭批个什么啊？我们也不认识"四人帮"。

这几个月挖防空洞的工作，我没有别的收获，就是认识了几个人，这几个还真交上了朋友。比如李大年，就成了我的好朋友。人们都说个子大，心眼儿少，可他是个例外，个子大，心眼儿也多。"文革"后，政策刚一放开，李大年就从厂子里辞职了，自己干生意了。他从银行贷了一些款子，就开了饭店，饭店越开越大。几十年过去，他在我们市里边开了三个大饭店，还把两个连锁店开到省城去了，北京、天津也都有分店，而且开一个火一个。当然，这些我都是听说的。"文革"后，我的工作变动了一下，调到了外埠，过去的朋友工友们来出差，总免不了找我聚一聚，话题总是少不了这个李大年。有人还告诉我，李大年手下有高人，这个高人指导着李大年开饭店，这个人姓张（其实就是张全礼，可是我当时就是想不起来）。

前年夏天，我回去了一趟，李大年把我请到他的第五个新开业的望月楼酒店里，我真的吓坏了，眼睛都看直了。这个望月楼酒店就是放在北京、上海，也应该是高档的。十五层的高楼非常气派，上边十层是住宿，下边五层全是酒店的生意，酒店外边排满了小汽车。我笑道："生意真好啊。"

李大年笑了，他拿目光瞄了瞄那些不断开来的小汽车，低声道："有了他们，生意还能不好吗？不瞒你说，来晚了，他们都找不到停车位。"

我们不言而喻地哈哈笑了。

李大年自然要请我吃饭，他还找了几个陪吃的。我们被安排在三楼非常豪华的一个大雅间里，一张能坐三十个人的大餐桌。我看到了已经被李大年请来的几个人，有三个我还能认出来，都是当年一起挖过防空洞的，大家嘻嘻哈哈地说笑着。李大年不时出去，他悄悄告诉我，每天都有许多重要的客人，需要他出面见一下。

李大年看看表，对我说："一会儿你见一个人。"

我问："见谁？"

李大年笑道："老张。"

我一时蒙住了："老张？哪个老张？"

李大年怔怔地看着我："老张，老张你也记不起来了？"

我还是想不起来："哪个老张啊？"

李大年看着我，突然笑了："看你这记性哟，怎么连老张都忘记了。

老张啊。张全礼。"

"张全礼？"我蒙蒙地看着李大年，还是想不起哪一个老张。

几个挖防空洞的人也都笑了，其中一个告诉我："老张，就是李大年的总经理。李大年这几年发财，全凭老张出力啊。"

另外一个人奇怪地看着我问："你真的不知道张全礼？"

说话的神色好像我不知道刘德华一样。张全礼是刘德华一般的明星级人物？

我还是想不起来。

李大年的目光有些泄气，他苦笑了："你这记性啊。你一会儿见面就知道了，他还总打听你呢。"

说着话，门就开了。

一个已经有了些年纪（大概有七十多岁的样子）的男人走了进来，他个子很高，大腹便便，走路有些迟缓。他左右跟着两个漂亮的服务小姐，显然是专门搀扶他的。他缓缓地走了进来，目光浊浊地望着我，张张嘴，似乎要说些什么，可是他没说出来。而此时，我的记忆的闸门突然打开了，我"啊"了一声，站起身，大喊一声："老张啊！"

果然是老张，他朝我微微笑着。

那天晚上，我真喝多了。我住在酒店的高级房间里，躺在高级的席梦思床上，却睡不着了。我想着老张酒桌上对我讲的话，还有他那些传奇故事，总算知道了老张原来是干什么的了。这一年，我的一个名叫石桥的朋友正在编辑出版一套《保定技术人才辞典》，向全国各地发信，征集稿件。于是，我便以人物辞典的格式给老张写了一个词条：

张全礼，男，1930年生人。祖籍河北保定安国，字周详。幼年随父亲到重庆学习川菜手艺，12岁上灶，被人称为"童子川菜"，一时名声远扬。1945年，随父亲由重庆转到北京独自开饭店，以"童子川菜"在北京走红。新中国成立后，曾经在北京饭店担任厨师长，国家特一级厨师。后多次出国，在大使馆担任厨师长。1957年被错划成"右派"，下放到至力市某工厂劳动改造。后与至力市著名企业家李大年合股开办饭店。现为至力市政协委员，国家烹饪学会理事。

有一件事，老张始终没有回答我，我在酒桌上问了他两次："老张啊，那年总在山下接你的汽车是什么人的？"老张哦哦着，笑而不答。后来，我又问过李大年："大年啊，那神秘的小汽车是怎么回事？老张没跟你说过吗？"李大年沮丧地说："我问过他多少次，他从不说嘛。"

是啊，每个人都有秘密啊！

苏子玉

保定是一座老城。旧城虽然不大,却方方正正,从南到北,六里十三步。自东至西,也是同样的距离。清代直隶总督署设在保定,成了中国北方的军事、文化、经济的重镇。由此市井繁华持续到了民国,文人多、艺人多、商人多,政客也多,于是故事就多。谈歌下边讲一个书家和一个画家的故事。

民国年间,保定城东道桥胡同出了一个画家,名叫苏子玉。家传,苏家祖上擅长此道,苏子玉的爷爷苏景南给两任直隶总督画过像;苏子玉的父亲苏振沁是保定莲池画院的画师,曾经被八抬大轿接进京城,给大总统袁世凯画像,一时名声大振。传到苏子玉,苏子玉便将家学发扬光大了。苏子玉少时专攻水墨人物,及近而立之年,刻意山水花鸟,他的画在北京、南京都有名声,且价位不低。民国十年,国民政府外交部要员到欧洲出访,便派人到保定,重金购走了苏子玉十余幅山水画,当作国家礼品送给了外国政要。这件事,很是让保定画界振奋了些日子。由此,苏子玉的声名更是锦上添花了。

保定城西粮栈胡同出了一个书家,名叫东雪青。东雪青没有苏子玉那样的家学,他祖上三代都是做干货生意的小商贩。东雪青上学之后,没有继承父辈的商道,而是选择了书道。用现在的话讲,他属于自学成才。少年时攻柳公权,后来又学颜真卿,颇有心得,且真草隶篆都是有些名气的。二十岁之后,由传统中脱胎换骨,自成一家。京津两地,一些门牌匾额也有他题写的。北京城有一位做皮毛生意的大老板,名叫罗国才,曾经慕名找到保定，五百大洋买走了东雪青的一幅行书。这件事，更是提高了东雪青在保定书画界的声名。五百大洋，当时是五百头奶牛的价钱。东雪青挥手之间，就取了五百头奶牛，这让同行们很是羡慕不已啊。

老保定人讲，这二人，一书一画，名声旗鼓相当。二人互相敬重，走到街中遇到，总要停住脚，互相拱手施礼，寒暄几句，很知心的样子。二人又有区别。苏家几代殷实富裕，郊外有着上百亩好田，年年吃着地租。城中还开着几处生意铺子，在北京、天津也有分号，每年利润可观。传到苏子玉这一代，还在保定城中开了酒楼。苏子玉的夫人乔石梅，是天津商行乔松年的千金，乔家在天津也是有名的富商。土地和买卖，全由管家打理照看，苏子玉只在家中用心作画。时有书画商人上门求购，苏子玉便拣出一些得意之作，任由书画商人挑选，卖出的价钱也相当可观。东雪青的家境则差了许多，父亲留下的铺子早已经关张。东雪青只是保定中学教书的，妻子赵紫娟也是教员。用现在的话讲，属于工薪阶层，并无家底可以坐吃。东雪青只是抽空在家中挥毫。若有求字者，东雪青便在家中匆匆赶制。写到此处，谈歌感慨一句：字画从无价，贫寒各有因。

转眼又过去了几年，军阀们开始混战。东雪青因领导学生运动，被捉进了警署。苏子玉得知消息，急忙上下运动，很是花了些银子，才将遍体鳞伤的东雪青保释出来，知情人都夸奖苏子玉仗义。因为此事，保定中学便将东雪青夫妻除名了。夫妻二人没有职业，便只好卖干货度日。也因了这一次遭遇，一些书画商人唯恐沾了东雪青身上的政治气味，便躲闪了，买字的事，再无人提一句。苏子玉便让东雪青将字写好，送到他这里，由他代卖。街人都感慨万端：苏子玉义气啊。

民国十三年秋天，一个阴雨连绵的天气。东雪青撑着一柄油纸伞，腋下夹着一个包袱，到了苏子玉的府上，门房急忙报了进去，苏子玉连忙让请到客厅。二人相对坐下，苏子玉就让下人苏小五泡茶。苏子玉笑道："雪青兄冒雨来寒舍，必是有事吧？"

东雪青哈哈笑道:"子玉兄猜得不错。东某昨天一时起了兴致,写了一幅字,还请子玉兄指教。"

苏子玉笑道:"太好了,请雪青兄取出,苏某一饱眼福。"

东雪青打开包袱,解开,取出一张叠起的宣纸,在桌上展开,竟是一幅隶书作品,是抄录欧阳修的《秋声赋》。苏子玉仔细瞧了,击掌称赞:"果然好字。"

东雪青笑道:"子玉兄过奖了。东某欲将这幅字卖给子玉兄,不知道子玉兄可有意收藏?"

苏子玉眉开眼笑道:"不好意思,我刚刚已经起了购买之心,不想竟被雪青兄说破心事。不知雪青兄开价多少?"

东雪青伸出两个手指,在苏子玉眼前晃晃:"两千大洋。"

苏子玉击掌笑道:"雪青兄贱卖了。那苏某便是拣个便宜了。"说罢,便让苏小五卷起这幅字,放进卧室的书橱内,又让苏小五告知账房取两千大洋来。

苏小五是苏家的老仆人了,字画上还懂得些眉眼高低。依他看来,东雪青的字当然不错,可是断不会值两千大洋的。苏小五便卷着字,先去了苏子玉的夫人乔石梅的屋里,将事情学说了一遍,意思是让乔石梅去劝说苏子玉。乔石梅展开这幅字,细细看了,微微笑了:"我也看不出高低。只是老爷相中了,必是好字了。你还是听从老爷的吩咐,去账房取钱给东先生吧。"

苏小五苦脸了:"夫人,这……值吗?"

乔石梅轻轻地摆手:"去吧,照老爷吩咐的去做。"

苏小五暗中叫苦,他不明白夫人如何也这般糊涂。

东雪青到苏子玉府上卖字的事,一下子在保定传开。有人讥笑苏子玉沽名钓誉,实属呆子。想苏子玉也是在字画市场上滚打了多年,如何会看走了眼,被东雪青赚了,一张字如何值这么多钱呢。有人则对东雪青的行为不屑，你东雪青也是一个读书人，如何到人家府上像泼皮一般去强卖呢？你东雪青的字果真如此值钱吗？岂不是欺侮苏子玉厚道吗？苏子玉听到街中议论，淡笑道："我看东雪青卖得少了。这张字他只要了两千大洋，真是亏了呢。"

过了半月，东雪青竟又来到苏子玉家中，手中又拿着一轴刚刚装裱好的条幅。苏子玉亲自出门迎了，将东青雪让进客厅坐下。东青雪笑道："子玉兄啊，前些日子写就一幅字，十分有心得哟。装裱了，拿来你看看，比上次那张如何？"

苏子玉大喜："快快挂起，苏某先饱一饱眼福。"说罢，就让苏小五将条幅悬挂在墙上。抬眼去看，是一张行书，抄录李白的《蜀道难》。苏子玉细看了，竖指称赞道："雪青兄好笔力啊，此一幅比较上一幅，不分伯仲，章法墨法之间各有千秋啊。"

东青雪笑道："既然子玉兄喜欢，东某就出让给子玉兄如何？"

苏子玉笑道："如此最好，子玉正求之不得呢。请雪青兄开一个价钱。"

东雪青笑道："此字写来，果然有些舍不得出手，只是近来手面窄了，一时尴尬住了。仍卖两千大洋如何？"

苏子玉笑道："看得出，雪青兄若不是急于用度，断是不肯出手的。子玉有些乘人之危了。好，就依雪青兄，两千大洋。"便让苏小五去账房拿钱。

苏小五在一旁有些愤怒，他恨恨地瞪了东雪青一眼，转身下去了片刻取来一张银票，放在了桌上，就在一旁冷脸侧立。苏子玉拿起银票，递与东雪青，笑道："请雪青兄验过。"

东雪青接过银票，目光一时有些湿润了，点头感慨道："你我交往多年，子玉兄果然大家风范啊，青山不倒，绿水长流，东某今后定当图报。东某还有些缠手的事情，就此告辞了。"说罢，揣了银票，重重地看了苏子玉一眼，转身就走。

苏子玉一路送出街门，见东雪青脚步匆匆忙忙，一路远远地去了。他心下感觉东雪青今天的举止有些奇怪，正在疑惑，一旁的苏小五生气道："此人好不识相，枉做了一个读书人，怎么似街中的泼皮，来讹诈过一次便是了，如何又来第二回呢？这……"

苏子玉"嗯"了一声，转过头瞪了苏小五一眼，苏小五急忙噤声了。

一时又风传开了，保定都传东雪青是一个大书家。有些人说，看不出苏子玉在替东雪青做局，看来东雪青的字果然值钱呢。有人耐不住，也顾不得东雪青是不是被政府盯梢的人物，便来东雪青家求字。不料，东雪青已经离开了保定。有人把消息告诉了苏子玉，苏子玉听得发愣："他……如何走了呢？"

东雪青果然再无消息，苏子玉想起与东雪青分手时的情景，便恍然感慨道："看来他来此卖这两张字果然有用度啊。苏某愚钝了啊，早知如此，当初就应该多给他一些了。"

这一年冬天的一个晚上，苏子玉去朋友家饮酒，苏小五跟随着。半夜回来，走到街上，苏子玉竟被满城县的土匪绑了票。满城县的土匪名叫张得发，张得发把苏小五放回来，并给乔石梅捎来一封信，信上说，或是报官，便是苏子玉的脑袋送回来；或是要苏家拿着东雪青的两幅字去赎人。乔石梅看罢了信，便慌了手脚，忙不迭催促苏小五，带上东雪青的字去找张得发赎人。

苏小五按照张得发信中交代，拿着东雪青的字，慌慌骑马去了满城县。到了一个茶馆，门外有两个持刀的汉子站岗，苏小五翻身下马，通报了姓名，就往里闯。茶馆内，几个彪形大汉靠墙站立，苏小五感觉到了腾腾的杀气扑面而来，腿脚便软了，却也只好硬起头皮再往里间走。里间屋却是另一番景象，只见张得发正与苏子玉对坐饮茶，二人谈笑风生，和气得很呢。苏小五走上前来，向张得发交上了东雪青的两幅字。苏子玉对苏小五愤怒道："你如何将东先生的字拿来了？"

张得发收了字,便笑道:"苏先生息怒,莫要埋怨下人。他若是不送来,苏先生的脑袋便是要搬家了哟。"

苏子玉摇头慨叹:"张好汉,你一个响马,打家劫舍本是你的营生,你若是指望在苏某身上勒索些金银财宝,苏某不觉奇怪。你如何要索东雪青的字呢?真让人莫名其妙了。"

张得发笑了:"苏先生有所不知啊,张某也是读书人出身,后来得罪了官府,便是落草为寇了。我虽然身在绿林,可是对字画仍是情有独钟啊。见笑了。"

苏子玉听得愣怔,就见张得发在桌案上展开了东雪青的字,张得发细细看过,转过身来,不解的目光盯了苏子玉好一刻,突然哈哈大笑起来。

苏子玉疑惑道:"张好汉,你为何发笑呢?"

张得发摇头:"苏先生啊,你这是玩的哪一出呢?张某久闻你在保定古玩这个行当里,名头响亮,也知道你是用几千大洋换了这两幅字。恕张某眼拙了,东雪青的字写得算是不错,却是不值那些钱的。你是如何看走了眼呢?"

苏子玉呷了一口茶,冷笑:"东先生的书法自成一家,莫要讲什么值不值得,张好汉这般乱说,你果然外行了哟。"

张得发笑道:"苏先生啊,你这番话,真是说得张某有些技痒了。"说罢,就朝外屋喊一声,"来人啊,笔墨伺候!"

站在外屋的一个大汉即刻走进门来,手里托着文房四宝,先收起了东雪青的字,然后就把宣纸在桌案上铺陈开来,上下左右用镇尺压了。那大汉便开始用力研墨,满屋子只听得墨吃进砚台的声响。顷刻,墨已经研好,大汉便站在一旁。

苏子玉苦笑着摇头,不屑地看着张得发。张得发却笑呵呵地说一句:"苏先生啊,献丑了。"便走到桌前,打量了一下铺好的宣纸,轻轻捉起笔来,饱蘸了墨,便在宣纸上写了起来。苏子玉忍不住好奇,凑前去看,竟是李商隐的诗句：

> 回望高城落晓河，
> 长亭窗户压微波。
> 水仙欲上鲤鱼去。
> 一夜芙蓉红泪多。

张得发写罢，潇洒地扔下笔，一脸的自负，笑问苏子玉："敢问苏先生一句，张某比东雪青的字如何？"

苏子玉呆呆的，一句话也说不出了，半晌才长叹一声，他向张得发拱手道："所谓百步之内，必有芳草。苏某人万万想不到啊，张好汉身在草莽，竟是肚中锦绣。这一笔好字啊，真是让苏某目瞪口呆了。这一回，倒是真要让张好汉笑话苏某走了眼力。"

张得发哈哈笑了："苏先生还是没有回答我，我比较东雪青如何？"

苏子玉笑道："各有千秋啊。若说张好汉能够回……"

张得发摆手笑道："不提这个，不提这个！今天我也算是开了眼界，原来这世人的名声也是靠不住的。苏先生，你走吧，东雪青的字我不稀罕，你也带走吧。让你白白惊吓了一遭，若有缘分，你我后会有期。"

苏子玉道："苏某还有一事相求。"

张得发说："请讲。"

苏子玉看着桌上的那幅字，问道："张好汉这幅墨宝，苏某想收藏，不知道张好汉可否出让？"

张得发怔了一下，哈哈笑了："能得到苏先生的赏识，那是张某的福分了。"

苏子玉笑问："不知道张好汉出价多少？"

张得发道："总不能比东雪青的价位低吧。"

苏子玉摇头："若说张好汉的书法，是别具一格。只是这价位，我们还要商量……"

张得发摆手笑道："玩笑了，玩笑了！能得到苏先生赏识，张某已经心满意足。这幅字，就奉送苏先生了。"

苏子玉脸上微微红了，有些不好意思了："如此强夺，苏某有些不恭了……"

张得发缓和了口气："好了，好了！苏先生啊，张某当年也曾心仪二王，憧憬米黄，也曾立下鸿鹄志向，梦想着做一代书家，谁承想呢，心不及命，竟是只身落草，做起了打家劫舍的绿林营生。唉，往事如烟，不得也罢了。还是刚刚那句话，若有缘分，你我后会有期，做一个文情墨友，大概也是另一番乐趣。来人啊，送苏先生。"

苏子玉便拿了张得发的字，告辞出来了。

苏子玉看中张得发这张字，是他的收藏爱好所为。苏子玉多年经营字画，便是有了许多收藏。苏子玉所收藏文物，其中有一张宋代的《钓江图》，极为珍贵。还有一张是元末明初的《寒梅图》，都是他花了几千大洋买回来的。眼下年轻的读者或许不知，当年的几千大洋可是了得？接近天文数字了。苏子玉收藏成癖，看到一幅字或画，如果是古迹便不惜重金购下，但苏子玉又是一个豪爽性格，所有收藏对朋友从不隐匿。常有书界、画界的朋友登门赏看，苏子玉一概答应。

那一次，北京来的画家马玄明到了苏子玉家里，几个保定画友便陪着吃饭。马玄明吃着酒，便借着酒意，张嘴说道："子玉兄，马某有一不情之请，想品赏《钓江图》，不知子玉兄可否应承？"

苏子玉哈哈笑道："玄明兄来寒舍，并非苏子玉招惹，当然是《钓江图》的魅力所致。苏某怎么能让您失望而归呢？"便让苏小五取来《钓江图》，悬在客厅。

马玄明的酒也不吃了，便呆呆地看那画，痴了一般。

桌上便有人笑道："马先生如此一见，怕是要相思一生了。"

马玄明叹道："此画果然精彩非常啊，如果马某有时间，定要在贵府上叨扰数天，细细揣摩一番，必是心得体会深刻了。"

苏子玉便听出了马玄明的话音儿，笑道："玄明兄大概是想将此画借走？"

马玄明急忙摆手笑道："子玉兄不要误会，这件宝物能让马某观赏片刻，已经是福分了，马某怎么敢再起此贪念？"

苏子玉哈哈笑了："玄明兄啊，你错疑苏某人了。区区一幅画嘛，暂且在你那里放些日子有何不可？你看够了，还我就是，何必客气。"

马玄明怔了一下，慌忙起身拱手："子玉兄啊，如此厚爱，让马某如何是好呢？"

当下，马玄明便让苏小五取笔墨来，要打一张借据给苏子玉。苏子玉却摆摆手，淡然一笑："玄明兄啊，你不必费此周折了。你若看，便拿去。写下一张字据，我若是丢失了，岂不更是麻烦。"

说罢，他便对苏小五说："将画摘下，让马先生带走。"

马玄明拿了画，千恩万谢地走了。

就有朋友提醒："子玉啊，都传说马公好酒，他且不要挨不过酒瘾，拿出去换了酒喝。"

苏子玉粲然一笑："我相信马先生的画瘾大于酒瘾啊。"

一个月后，马玄明来苏府还画，画装在盒子里。苏子玉并不验收，只是让苏小五拿去收了。马玄明忙拦阻道："子玉兄啊，你如何也要验收一下的嘛。"

苏子玉笑道："不必了。"

马玄明感慨万端："子玉兄啊，你真是世上少有的君子气概啊。"

过了两个月，马玄明又来保定，苏子玉仍在家中招待马玄明，保定一些画友作陪。席间，马玄明要借《寒梅图》一看。

苏子玉笑道:"玄明兄,这张画本是我买来的,但我的画风与此画并不相符,我知道你是画梅的高手,你若要,我便转手,也算货卖识家了。"

马玄明摆手笑道:"子玉兄,莫要讲笑话,我马某虽不至于家徒四壁,却是尴尬得很,如何出得动这么多银子?"

苏子玉认真地问:"玄明兄能出多少银子?"

马玄明哈哈笑道:"我能出三十大洋便已经是捉襟见肘了。"

苏子玉笑了,一拍桌案道:"三十大洋,成交。"

众人怔住了,纷纷劝阻道:"子玉吃醉了。"

苏子玉摆摆手:"莫要讲了,货卖识家。这幅画到了玄明兄手中,便是得到了识家。"说罢,目光如炬盯住马玄明:"玄明兄,你说呢?"

众人呆若木鸡之时,苏子玉竟走到书案前,挥笔写好了一张字据,将《寒梅图》交给了如痴如醉的马玄明。

马玄明悽悽惶惶地接过了《寒梅图》,张张嘴,却一个字也说不出,泪就湿了满脸。

客厅内立时鸦雀无声,静若坟场。

后来有人讲,苏子玉分明是吃醉了,否则,马玄明如何能捡这样一个大便宜?那一幅《寒梅图》,至少也要三千大洋啊。更有人讲,苏子玉是大君子也,他这样舍画,只是为了成全马玄明。后来马玄明果然成了新中国一代画梅的大家,这是后话了。

1937年7月7日,是一个让中国人心乱的日子,卢沟桥的枪声惊破了中国人的安静,战争的乌云已经笼罩在人们的头上了,保定城内人心惶惶。此时的苏子玉已经无心作画,终日里忧心忡忡,枯坐在家时收听话匣子里的新闻广播。

苏子玉终于举家去了香港。有人看到,苏子玉的古玩字画,装了几辆车运走了。

日子长长短短地过着,抗日战争终于在中国人的日夜期盼中结束了,然后就是解放战争，再然后保定就解放了。穿着一身军装的东雪青坐着吉普车进了保定城，人们看到后才恍然大悟，东雪青原来真是共产党啊。东雪青进城之后，就脱了军装，做了副省长。那天，东雪青召开文化会议，问及苏子玉，得知去了香港，东雪青笑道："苏先生理应回来嘛。"便亲自修书一封，交与秘书寄去了。

两个月后，苏子玉夫妇二人便回来了，带着老仆人苏小五。那天，东雪青因为开会，脱身不得，便派秘书到车站专程接了苏子玉。当天晚上，东雪青及一些政府官员隆重地宴请了苏子玉夫妇，之后经文化部门认真与苏子玉商量，便安排苏子玉做了省博物馆的高级馆员，乔石梅被安排到省直属中学做了副校长，苏小五则被安排做了博物馆的看门人。人们感慨，共产党怎么会缺少一个馆员呢，这分明是把苏子玉主仆三人养起来了嘛。

又过了些日子，一天傍晚，东雪青只身一人到苏子玉家里去了。苏小五开门，惊讶地笑道："东省长，您如何来了？"

苏小五下班之后，在苏家仍然是仆人的身份。

东雪青笑道："小五啊，苏先生在家吗？"

苏小五忙道："在家。"便转身向屋中通报："苏先生，东省长看您来了。"

苏子玉夫妇迎出来，苏子玉笑道："东省长光临寒舍，苏某有失远迎了。"

东雪青笑道："子玉兄啊，你说错了哟！今日没有东省长，只是老友东雪青。"

苏子玉一怔，哈哈笑了。

东雪青笑道："今日东某没有公务，特来请子玉兄吃酒。大嫂可否准假？"

乔石梅笑了："苏先生的事，我从来不过问的。"

苏子玉笑道："雪青兄客气了，那日已经宴请过了嘛。"

东雪青摇头:"那日请子玉兄,实属公务,今日却是我二人私情。子玉兄不可推却哟。"

苏子玉笑了:"好说,好说。"

苏子玉便与东雪青去了保定一家酒店,要了一个雅间,二人相对坐下。东雪青让苏子玉点菜,二人推辞了一番,苏子玉便点了几样小菜,一壶老酒。酒菜上齐了,二人细吃慢饮,话题展开,漫无边际,不觉就提起了当年东雪青登门卖字的事情。东雪青笑道:"子玉兄啊,当年实在是等钱急用,才冒昧到您府上去强卖的。至今想起来,雪青仍然不好意思。那钱算是借的,我是要还的。"

苏子玉却摇头说:"雪青啊,错了,错了,那怎么是借呢?字是好字,分明是我买下了。"

东雪青摆手:"不行,不行,就是借嘛。这钱我一定要还。"

苏子玉的脾气执拗起来了,他摆手:"雪青兄啊,你这人如此强迫,我不好接受啊。"

东雪青仍然执意要还钱,并且当下讲定,按照时下的米价,他分期还款。

苏子玉无可奈何:"东省长执意如此,苏某只能悉听尊便了。"

东雪青哈哈笑了:"子玉兄啊,这就是了嘛。喝酒!"

这一笔钱,东雪青告诉秘书每月从邮局寄还,一直寄了十年,直到三年困难时期,钱才算付清了。东雪青又让家人继续按月付给苏子玉利息,妻子赵紫娟奇怪:"雪青啊,苏先生的钱,你不是已经还清了吗?怎么还有利息这一说呢?"

东雪青感慨地说:"紫娟啊,你如何也这样糊涂呢?还钱或者还利息,这都只是一个借口嘛。其实,苏先生当年那份情谊,何止这些钱呢?现在先生老了,身旁并无子女,先生一向大手大脚惯了,我们总要供养他嘛。现在国家正是困难时期,更要帮衬他嘛。"

赵紫娟摇头叹道:"唉,雪青啊,并非我小气,咱家也并不富裕啊,这么多年,你那工资大都还账了。全家的用度由我一个人的工资支撑。我是说,当年那卖字的钱也是为了革命工作,这件事你与组织上讲清楚便是,如何由你自己来负担呢?"

东雪青淡然道:"这件事由我而起,自然是由我来负担。再则,这里边还有我与子玉先生的情分,不好与组织上讲的。"

赵紫娟便不再说了。

讲起这一段友谊,谈歌十分感慨,如今这样的人物不多见了啊。

苏子玉做了馆员之后,将多年的收藏全部由香港运回来,捐献给了博物馆。乔石梅劝他:"不是我拦阻你,如果一件都不留了,你这一生的心血不是白白付出了吗?"

苏子玉笑道:"捐给国家,便是无事了。若是留下,一旦有不肖的后人,拿出去换了酒,那我一生的心血才要付诸东流了哟。还会让后来的热血人扼腕,怕还是要再历尽一番辛苦呢。"

"文革"将起,已经在北京做了部长的东雪青来到省里检查工作,下榻招待所里。工作完了,他便让秘书去接苏子玉夫妇过来。东雪青早早站在招待处门前迎着,那天正下着小雨,东雪青屏退了秘书,只身撑着一柄油纸伞,在雨中静静地候着。十几分钟过去,蒙蒙细雨中,只见苏子玉夫妇下了车,东雪青大步迎上去,与东雪青夫妻紧紧握手,东雪青眼睛湿润了:"子玉兄,子玉嫂,多年不见了哟。"

乔石梅先笑道:"东部长工作繁忙,见上一面也不容易了。"

苏子玉听出夫人的话里有些牢骚的意思,便白了她一眼:"石梅啊,雪青现在是国家重要干部,日理万机。你怎么这样讲话呢?"

东雪青笑道:"大嫂批评得对啊。雪青确有些一阔脸就变的嫌疑了啊。今天特备了一席酒菜,当面给大哥大嫂赔情了。"

乔石梅笑了,看了一眼苏子玉:"东部长啊,我刚刚是玩笑话,让你一说，似乎我说得不对了。你切莫当真哟。"

东雪青便请苏子玉夫妇进了招待所的一个雅间，一桌预先订下的饭菜已经摆好。

苏子玉笑道："雪青兄，你莫要慷国家之慨哟。"

东雪青笑了："子玉兄莫疑了，这是东某自家出钱请客。虽然反对浪费是我党的一贯主张，只是请子玉兄，还是特事特办，要稍稍铺张一些才是哟。"

苏子玉哈哈笑了，三人便入席。饮到半酣，东雪青笑道："子玉兄啊，我还不曾看过你的博物馆呢？今日来了兴趣，我二人去观赏一番如何？"

苏子玉笑道："极好，极是，东部长有兴趣，馆员苏某可自荐讲解。"

吃罢了饭，东雪青由苏子玉陪着去了博物院参观。看罢，东雪青挥手让手下人退去，东雪青感慨："子玉兄啊，现在总在破四旧，怕是一些不懂事的娃娃们要……"说到这里，东雪青目光茫然地看着苏子玉，似要讨个主意的样子。

苏子玉怔了一下，也叹道："是啊，是啊，寒霜未到，一叶知秋，现在贵党的报刊已经在批《海瑞罢官》了，我也有预感啊，只是……"也终究没有说出什么来。

又过了两天，苏子玉打听到东雪青就要返京，他打电话给东雪青，一定要回请，而且他讲定只是他与东雪青两个人，乔石梅也不参加。

傍晚时分，二人便先后到了保定的望月楼。店里的经理见东雪青来了，急忙将二楼打扫干净，屏去杂人。后来经理回忆，东部长与苏先生一直细声慢语谈到了月上中天。

东雪青走后，苏子玉借口与乔石梅怄气，就搬到了博物馆去住了，有人看到，灯光常常亮至深夜不息。

过了两个月，一队造反的红卫兵闯进了博物院，各个展室都贴了封条，馆员们都被赶回家了。又过了几天，北京来了几个戴红袖章的人，从博物馆抄走了几十捆字画，装上一辆卡车运走了，说是运到北京去批判了。可是，很快从北京发来电报，讲苏子玉是欺骗国家的反革命，他当年捐献收藏的都是赝品。其中那张《钓江图》，经当年临摹过此画的马玄明指认，根本不是真迹，一时舆论大哗。文化界纷纷痛骂苏子玉欺世盗名，白领了共产党多少年的工资。当天夜里，苏子玉被抓进专案组，要他承认当年捐赠的都是赝品。一顿暴打下来，他几乎丧命。然而，他竟是咬定所有字画都是他货真价实的收藏。

苏子玉被戴了高帽子游街批判，东雪青也被保定的造反派弄回来批斗，让他戴着高帽子游街。说来也巧，二人竟然在批斗会上见了一面，苏子玉悄声叹气："雪青兄啊，苏某连累你了。"

东雪青低声苦笑："子玉兄啊，如何这般说话呢？"

东雪青再悄声问："子玉兄啊，这画如何都是赝品了呢？"

苏子玉苦笑："此事说来话长，不提也罢了。"

台下一片"打倒"之声，一浪高过一浪，淹没了他们的对话。

匆匆岁月，蹉跎也。

铁打的日子流水般过去了。"文革"结束了，东雪青官复原职，他刚刚在北京工作了一个月，一纸命令，他又调回省里，任省委副书记兼省长。他报到完毕，就去看望苏子玉，近十年不通消息，东雪青惦记啊。

苏小五开了门，见是东雪青，便哭了起来："东省长，你来晚了啊……"

苏子玉已于上个月去世了。

东雪青呆呆地看着苏子玉的遗像，如五雷轰顶。

乔石梅泣道："雪青啊，子玉知道你会来的。"

东雪青落泪了："大嫂啊，您总应该通知我一声的嘛。"

乔石梅叹道："他说你太忙，'文革'结束，许多事情要你去办呢。"

东雪青摇头："唉，子玉兄不对嘛，再忙，我也是要来的啊。大嫂啊，我与子玉兄是朋友啊……"

东雪青老泪纵横。

世间已无苏子玉。

此时,苏子玉"欺骗国家"的罪名还没有被平反昭雪,东雪青坚持立刻为以苏子玉为代表的一批老艺术家平反。可是省里有一些领导说:"东书记啊,苏子玉倒卖博物馆的文物,虽然没有实据,却是有嫌疑的。至少他欺骗党和国家多年,白领了国家多年的工资嘛。"

东雪青愤怒地说:"说苏子玉倒卖文物,证据呢?说他白领了国家多年的工资,你们知道苏子玉为国家捐献了多少珍贵的文物吗?"

在东雪青的亲自过问下,苏子玉的案子很快平反了,一时间,老友旧朋纷纷过来看望乔石梅。马玄明也匆匆地从北京赶来了,他一进门,就跪在了苏子玉的遗像前,悲切切地哭道:"子玉兄啊,抱歉了!抱歉了!我实在是对不住您啊,当年我挨打不过,指认了那张《钓江图》……牵累了您哟……马某无颜面对了……"

乔石梅苦苦一叹:"马先生啊,如果当年你口紧一些,子玉也不至于吃那顿暴打。"

只此一句,马玄明便更是承受不住,放声痛哭了:"子玉兄啊……"

呜呼哀哉!世间已无苏子玉矣!

乔石梅叹道:"马先生啊,往事如烟,莫提了,莫提了。"又问,"子玉临去世前还提到,那张《寒梅图》如何了?怕是也连累你了。"

马玄明尴尬地摆手:"羞于提起了,大嫂,我真是对不住了。那张画竟被他们勒索去了,现在已经不知下落了。"

乔石梅愣怔了一下,皱眉叹道:"可惜了。"

那一天晚上,东雪青到了乔石梅家,过问给苏子玉平反的情况,并仔细过问了乔石梅与苏小五的生活情况。乔石梅说:"子玉说过,他的问题一旦得到解决,就让我把这封信交给您。"

东雪青打开信,竟是苏子玉用毛笔写的一首诗,字迹清秀,似是一挥

而就。见字如面,东雪青登时眼热鼻酸。正是:

> 门径萧萧复青苔,
> 几番登此几徘徊。
> 野鬼和氏新辞去,
> 老朋竟从旧坛来。
> 确实是非凭烈焰,
> 若分真伪注池台。
> 冷水也解小狼藉,
> 洗尽当初满面哀。

东雪青读罢,皱眉思索了一刻,突然长叹一声:"好一个子玉兄啊,真是难为你了啊。"叹罢,泪就夺眶而出了。

乔石梅不解地看着东雪青。东雪青收起苏子玉的诗,即刻让秘书打两个电话,第一个电话,他要博物馆的负责人立刻到场;第二个电话,他要市里的游泳馆立刻清理出一个水池,要求注满清水。然后,他请乔石梅随他去博物馆。一路上,乔石梅不安地问:"雪青啊,子玉的诗都说了什么呢?"东雪青摇头叹息:"大嫂啊,到了那里,你就全明白了啊。"

博物馆内灯火通明,博物馆的负责人早已经等候在那里。东雪青到了,便让人打开仓库,他走进去,巡视了一遭,便让人搬出了两个陈旧的大画缸,装上汽车,拉到游泳馆。到了游泳馆,那个水池早已经清理干净,注满了清水。东雪青便让人将那两个大画缸放进去,清水立刻浸泡了。众人不解,见东雪青凝眸静气端坐在池边,他们也就只好在旁边静静地等候。两个钟点过去,那两个大画缸渐渐化开,一张又一张的字画纷纷脱落下来。

人们瞠目结舌,这两个大画缸原来都是用那些名贵字画裱糊起来的,也就是说,当年那些珍贵的字画都被苏子玉用这种方法隐藏起来了。当年苏子玉借口与乔石梅怄气，就是躲在博物馆内赶制这两个特殊的大画缸呢。可想而知，所谓的那些赝品，都是苏子玉偷梁换柱的仿品。好一个苏子玉啊，竟然有如此深藏的心机。东雪青看着乔石梅，长叹一声："大嫂啊，门径萧萧复青苔，几番登此几徘徊。野鬼和氏新辞去，老朋竟从旧坛来。确实是非凭烈焰，若分真伪注池台……子玉兄啊……"说到此，东雪青的嗓子哽咽住了。

众人呆呆的，博物馆内一片死寂，只看到那两个大画缸层层地化开，一张张字画脱落而出。事隔多年，许多当年的目击者仍然是百思不得其解，东雪青是如何破解了苏子玉诗中的机关呢？

紧紧张张的一个月过去了，苏子玉保存下来的书画全部装裱一新，省里举办了一个苏子玉先生收藏展。省里的领导都参加了苏子玉的收藏展，只有东雪青没有来。

东雪青是被突然调至北京另有重任，博物馆人头攒动之时，东雪青悄然到了郊外，他挥去随从，独自走到苏子玉的墓前，深深地鞠了一个躬，然后就坐在了墓前，就那么静静地坐着。许久，他站起身，又重重地看了墓碑一眼，就转身大步走了，再没有回头。

此十一年后，东雪青在北京逝世，终年八十五岁。

又三年后，乔石梅在保定谢世，终年八十三岁。

再五年后，苏小五在保定溘逝，终年九十岁。

……

行文至此，谈歌心中已经空空荡荡。

穆桂英挂帅

1935年7月10日,天津城里一场大雨飘然而落。庞加元先生绝没有想到,这一场大雨竟使他与张力之先生结识,而后又与张力之的女儿张小秋有了一段几十年说不清楚的牵牵扯扯。

雨是清晨突然落下来的,此时庞加元先生正带着随从小马刚刚从悦来客栈结罢了账,即要走出门去天津火车站,却被这突然而至的大雨拦阻了一个猝不及防。庞先生此时还不知道这场雨的势头有多大,只觉得夏天的雷阵雨不会长久,他和小马坐在客栈的柜台前,静静等着雨停下来。谁知道这雨竟是一阵接着一阵,欢欢实实地下了一天,不歇一口气。

庞加元先生,河北邯郸人,是那年间河北梆子的名角,唱红了京津沪。庞加元是梨园世家,父亲庞大业是河北梆子的旦角演员,只是庞大业从来没有唱得大红过。庞加元三岁登台唱旦角,五岁唱红京城,这一红就注定了他此生要献身河北梆子了。庞大业在庞加元二十岁这年,去世了,喉症。去世前,庞大业已经说不出话来了,他只是紧紧握着庞加元的手,用心满意足的目光望着儿子,庞加元读懂了父亲最后的目光,那是要求他把庞派唱功发扬光大。一个演员,一生最大的期望不就是这个嘛;一个当演员的父亲,对儿子的最大愿望不也就是这个嘛。

庞加元此次来天津,是为了演出,连演了半个月。戏散了,剧团也不休息,便要再去济南演出。艺人这一行,台上看着风光,其实辛苦得很。若不是紧忙活,那饭碗就不好端了啊。于是,收拾了摊子,由庞加元的徒弟带着先行去了山东打前站。庞加元爱看书,他留在天津城里逛了两天旧书市场。可这一场雨就把他给耽搁下来了。若说雨天未必就不能出行,可是庞家有一个祖上传下来的说法，雨天不能出门。如果出门，戏就容易唱潮了，也就是唱不响的意思。

梨园里规矩多，庞家这规矩也算一条了。

庞加元不大迷信，可他守规矩。庞先生只能重新在悦来客栈住下，耐着心思静等着雨歇下来。

第三天早上起来，连阴雨仍然由着性子一个劲儿地落着，还没有停下来的意思，庞加元便仍然走不了，他郁郁地闷坐在客栈里，随从小马见他心情不好，也不好跟他讲话，默默地给他沏了一壶茶。小马这年十五岁，原是在邯郸街头流落的小叫花子，那年冬天，小马病卧在庞加元唱戏的台下，被庞加元看到后救下。庞加元看着小马老实，便将他收留在了戏班里，小马由此成了庞加元的跟班儿。庞加元呷了几口茶，茶是好茶，是雨前的龙井，可庞加元呷到嘴里，感觉全无滋味。他百无聊赖地推开窗子，看着漫天大雨松松紧紧地落着，心头的闷气越发得浓烈了些，他禁不住亮开嗓子唱了几句：

　　大雨披天落，
　　湿却英雄血，
　　一腔正气在当年。
　　剑气萧萧，
　　战马长嘶，
　　将军只身计家国。
　　……

这是河北梆子《穆桂英挂帅》中的几句唱词。

这几句高亢有力的唱腔，在雨中四下里散去，渐行渐远，竟是惊动了隔壁房间的一位先生，这位先生后来竟成了庞加元一个永久的纪念，也就引出庞加元后来人生中那一段酸咸苦涩的真情故事。这是此时的庞加元绝没有想到的。

住在庞加元隔壁的这位先生名叫张力之。张力之先生是保定育德中学的校长，正值暑期放假，他带女儿张小秋来天津游玩，也因为雨滞留在客栈。张力之大学毕业，致力于科学救国，主张只有科学才能救中国。他对中国的一些旧传统多有批评，可他却是个戏迷，似一个精通保健之道的医生也嗜好吸烟一样。十年前张力之出公差去邯郸，听过庞加元的戏，那出戏是《穆桂英挂帅》。张力之听得上瘾，竟是抛去一些应酬，专心致志一连听了三天。他是个聪明人，此后对庞加元的唱腔耳熟能详，今日听了庞加元这几句，便知道了他格外欣赏的庞加元先生也住在这个客栈里。

张力之大喜过望，也顾不得冒昧，便到庞加元的房间叩门拜见。

庞先生的随从小马迎出来，张力之通报了姓名，双手递上名片，小马接了便进屋传话。庞加元正闷得抑郁，碰到一个知音上门，平添趣味，便让小马快请张力之进来。小马引张力之进了庞加元的房间。

庞加元站起身，拱手笑道："张先生，十分不好意思了，刚刚有些心闷，唱了几句，惊动了。庞某这里道歉了。"

张力之也拱手笑道："庞先生如何这般客气，张某可是您的热心听众啊。十年前在邯郸听先生唱《穆桂英挂帅》，至今仍是余音绕梁啊。"

庞加元哈哈笑了："张先生褒赏了，惭愧，惭愧。请坐，请坐。"小马重新沏一壶茶放在桌上，便退了出去，庞加元关上房门，与张力之海阔天空起来。

张力之不只是一个戏迷，他当年是清华大学的才子，口才好，学问大，对许多剧目多有见解，庞加元听得佩服，二人渐谈渐深，相见恨晚，一直谈到掌灯时分。张力之的女儿张小秋耐不住饥饿找过来，庞加元和张力之才想起应该吃饭了。张力之要请庞加元吃饭，而庞加元一定要请张力之父女吃饭，说罢，就让随从小马去喊一桌饭到房间里来。

张力之的女儿，名叫张小秋，年纪十三岁，在育德中学读书。漫谈之间，庞加元得知张小秋也会唱河北梆子，颇感有些意外。更让庞加元惊讶的是，张小秋竟然是学的庞派。饭桌上，张小秋还在庞加元鼓动之下，唱了一段《穆桂英挂帅》，竟是有滋有味。庞加元听罢，击掌大笑："力之兄，小秋将来若登台，必是大红大紫啊。"

张力之笑而不语。

张小秋欢快地笑道："庞叔叔，那您就收我当徒弟吧。"

庞加元点头笑道："不瞒小秋，庞叔叔现在有八个徒弟，可是他们刻苦学我，可都没有学到庞派的神韵啊。"说着，就细细端详着张小秋，小秋竟是柳眉杏眼，很是有扮相。庞加元的目光就有九分的柔和了。

张小秋央告说："庞叔叔，那您就收下我做徒弟嘛。"

庞加元看着张力之笑道："唱戏要吃苦的，只怕你父亲舍不得啊。"

张力之对张小秋笑道："傻孩子，庞先生夸奖你几句，你就要上天了啊。行了，快回自己的房间吧，去温习功课。我与庞先生再聊一会儿。"

张小秋依依地去了。

望着张小秋的背影，庞加元笑道："力之兄，我看出了，你不喜欢让小秋学戏，为何？"

张力之眉头皱了，轻轻叹了口气："不瞒庞兄，内子前几年去世，去世前曾经对我有过交代，一定要让小秋学习化学、物理，内子希望小秋将来能成一个科学家。我也看出小秋有些戏曲天分，只是为了不负内子的遗愿，我才不好让她学戏的。当然，我也是主张科学救国的，我们国家现在缺少科学啊。庞兄莫要误会，我并无看不起梨园的意思。"

庞加元"哦"了一声，就缓缓地点头："原来如此，只是小秋的嗓子真是天下无双啊。"话里就有了些可惜的意思。

张力之笑道："不提这事了。"他转眼望望窗外，笑道，"这雨如何停下了，真希望再下上几日，庞兄也好在天津多住几天啊。与你聊天，真是如沐春风啊。"

庞加元摆手大笑:"力之兄啊,你满腹经纶,我岂敢在你面前班门弄斧呢。"

张力之不笑:"庞兄,你是客气了。刚刚谈话,我已经听出,你虽然没有进过高等学堂,却是饱读诗书啊。我只是奇怪,你整日练功,怎么会有时间读书呢?"

庞加元慨然一笑:"不敢相瞒,家父在世时常常督促我读书,他讲台下若无书底子,台上那戏也唱得浅薄无力。比如《穆桂英挂帅》这出戏,若是不明白北宋时期,边关军务是如何紧急,便不会知道穆桂英挂帅后那肩上的沉重啊。我也听过有些角色的唱腔,他们大多唱得轻飘,唱到穆桂英取了帅印之后,并不是多么忧心忡忡,而是欢欢喜喜,急切着去为杨家建功立业呢。这就不对了嘛。设身处地想想看,自古沙场之上都是血流成河,天下如果不是无奈,谁愿意去打仗呢?穆桂英挂帅是被逼无奈,她并不是战争贩子啊。"

张力之击掌笑道:"妙论啊妙论!庞兄啊,这便是梨园之中,各路名角争奇斗艳,粉墨们各逞风流,却硬是无人比得上你的地方啊。刚刚一席议论,张某佩服之至啊。不揣冒昧,张某恭请大驾,明年秋天盼你来保定演出,张某出资搭台子,让庞兄的剧团大唱几天,也让保定人饱一饱耳福,如何?"说到这里,张力之诚恳地看着庞加元。

庞加元哈哈笑了:"这有何不可?张兄既然说了,我们一言为定。还有,我真是想再去看一看保定的莲花池呢,园里的碑林的确有几幅好字呢。我还是十年前去看过呢,当时行色匆匆,多有遗漏之处,至今念及,仍是憾事。"

第二天,雨过天晴。庞加元主仆二人和张力之父女同时离开天津,庞加元要去山东演出,张力之父女回保定,两下里在火车站分手。庞加元先上车,张力之父女一直送上站台,送到车厢口,二人的目光都有些依依。

一声汽笛响,火车就动了。张力之看着火车渐行渐远,目光就有些潮湿了,就看到庞加元从车窗探出头来,挥手告别。张力之心中一热,紧追了几步,高喊一句:"加元兄,明年保定再见啊。"

庞加元微笑着挥手,泪水也已经模糊了双眼。

谁知这一分手,二人竟无缘再见。1937年,抗战全面爆发,华北的地面上已经容不下一张戏台了。庞加元的剧团也随之往重庆迁徙,一路上备尝艰辛,剧团人员中途也多多离散。到了重庆,剧团已经不成样子了。庞加元便解散了剧团,不再唱戏,在重庆隐居起来。他心中时时想起张力之,是啊,张先生此时如何了呢?

转眼八年过去,抗战胜利的这一年,庞加元也由重庆回到了河北。途中,他听说保定有了一个梆子剧团,团长姓梁,是他的徒弟,他当即决定去保定演唱。其实他心中是装着张力之啊。下了车,他没有去剧团,而是迫不及待地去了育德中学,一脚踏进校门便开口打听张力之,校工告诉庞加元,张校长在抗战开始那年上街游行示威,被日本宪兵开枪打死在街上了。庞加元身子晃了晃,如雷轰顶,两行泪就落了下来。校工问及他与张力之是什么关系?庞加元回答:朋友。悲伤了一阵,庞加元再向校工打听张小秋的消息,校工摇头不知,他便进了学校去打问,人们也都不知道张小秋的下落。庞加元听罢,心中凄凉郁郁。

保定梆子剧团听说庞加元来加盟,梁团长更是喜出望外,便以徒弟的身份在保定饭店摆下一桌,给庞加元接风。席间,梁团长恳求庞加元在保定住一段日子。盛情难却,庞加元便答应暂时留下,在保定唱几天。

那一晚,庞加元在保定大剧院演出《穆桂英挂帅》,戏散之后,庞加元正在后台卸妆,杂役报上来,说有一男一女找庞加元。

庞加元见了这二人觉得面熟,心头一热便喊了起来,那男的是小马,女的竟是张小秋。这二人如何跑到了一起呢?三个人紧紧地拥在了一处。

久别重逢,自然要饮上几杯,三个人去了保定大舞台附近的日夜小酒店。

小马告诉庞加元，他与庞加元在去重庆的路上走散后，就在河南一带流落，后来又流浪到了保定，就参加了八路军。没承想，在八路军里他见到了唱戏的张小秋。张小秋告诉庞加元，父亲死后，她也失学，后来就到了八路军的剧社。她和小马现在已经结婚，庞加元听过十分高兴。

张小秋告诉庞加元，她登台演出，唱的是庞派。她还想拜庞加元为师，庞加元听了，没有说话。张小秋见状有些尴尬，便瞄了瞄小马。

小马忙在一旁笑道："先生，小秋这些年买了许多您的唱片，总在听，她特别喜欢您的唱法，您就收下她吧，算是我代她向您求个情分。"说罢，眼睛直直地看着庞加元。

庞加元"哦"了一声，端起桌上的酒杯，笑道："小马，小秋啊，你们今天请我喝的这酒，是什么酒啊？"

小马笑道："先生，这可是窖藏十年的刘伶醉啊。"

庞加元击掌称赞："我说嘛，好酒，真是好酒。"说罢，转眼看着窗外，不再说话。

小马和张小秋面面相觑，不觉有了些尴尬。

窗外夜色大浓，秋风渐劲。听到有树叶飘飘而落，在街面上唑唑地划动，庞加元心中突然生出一缕莫名的伤痛。他又饮了一杯，感慨地苦笑道："真是岁月不饶人啊。有道是一分年纪一分酒力，我今天饮得多了，早些休息吧。"说罢，便站起身来。

张小秋笑道："明天我们部队的剧社演出，您去看一看吗？"

庞加元怔了一下，笑道："好啊。"

第二天，八路军剧社在保定一家戏院演出《白毛女》，庞加元去看了。张小秋是主角，唱的果然是庞派，台下喝彩声连连不断。庞加元只是听，并不鼓掌。演出结束后，张小秋引八路军剧社的一个领导与庞加元见面。领导请庞先生多提意见，庞加元只是称赞说好，并没有提具体的意见。

至此，张小秋隔三岔五便到剧团来看望庞加元，有时小马也相跟着过来，张小秋有几次也提起拜师的事情，庞加元只是听，并不搭话。那一天，张小秋和小马又来梆子剧团，庞加元便邀张小秋和小马到外边吃饭，三人便去了保定的望湖春饭庄。

望湖春饭庄临着保定的莲花池，正是深秋天气，冷雨飞落，丝丝入耳入心。三人拣一张桌子坐了，庞加元没有等张小秋提拜师的事情，他自己却先提及了这件事情。

庞加元盯着张小秋，沉沉地说道："小秋啊，你的戏我也看过了，的确有许多我不及之处。你若唱戏，是你个人的事情，我不便反对，只是你要拜师的事情，我万万不能答应。我已经收过八个徒弟，可谓心血耗损多多。我年纪大了，再禁不得劳苦，我对外已经宣布过了，不再收徒。"

此硬硬的一句，便是封了张小秋的嘴。

小马和张小秋互相怔怔地望了望，二人都是失望至极的神色了。

张小秋苦笑道："庞叔叔何必这样讲？"

庞加元凄然笑道："刚刚打走了日本人，这国共两党又要打仗了。我想这乱乱的世界，我也不便再唱，想回家乡住一段时间了。"说到这里，他转身对站在一旁的店家伙计说道："点菜。"

伙计便忙着递过菜单来。

庞加元接过菜单，看也不看，便扔给了张小秋，爽声道："小秋啊，今日我做一回东，你们夫妻二人随便点，总之我要出一回血的。"说罢，哈哈大笑了。

过了几日，庞加元果然离开了保定梆子剧团，径直回邯郸老家了。

庞加元的家在邯郸郊区的庞家镇，小镇依山傍水，十分清秀。多年战乱，庞加元身心疲惫，回到家乡便觉得心情舒畅了许多。如此安静地过了一个多月，谁知道张小秋竟是寻上门来。那一日，天色阴沉，北风呼啸，庞加元的家人通报，说张小秋张老板求见。

庞加元心下一惊，她怎的寻到这里来了？

张小秋在庞加元的客厅里坐下，又谈了拜师的事情。这一次，庞加元竟不再含糊其词，一口拒绝了。他对张小秋叹道："小秋啊，你岂能不知？我与你父亲交往一场，视为知音知己，我一直是将你当作了我自己的孩子啊。我不收你为徒，只是因为我当初答应过你父亲啊。我这人倒不迷信，可是我总感觉你父亲的在天之灵常常悬在我的头顶啊。你走吧，我不想再见你。"说罢，庞加元的脸上便有了八分冷淡的颜色，起身送客。

张小秋凄然道："庞先生，您如何这般固执己见呢？"

庞加元摆摆手："我既已说过，不再多讲。送客。"

张小秋万万没有想到庞加元会是这样一个坚决的态度，她十分尴尬地走出了街门。庞加元站在台阶上，看着张小秋走出门去。此情此景，他心中难挨。张小秋突然在街门口转过身来，两眼含泪，望着庞加元，喊了一声："先生……"就朝庞加元跪了下来。庞加元心下倏地一痛，目光便涩了，他却并不答言，急转身回了，吩咐家人关了街门。

此时冬风紧迫，漫天大雪，粲粲地飘白了世界，张小秋顶风冒雪，就在街门外跪定。

屋内，庞加元泪流满面，他涩声道："小秋啊，你这是何必呢。这是何必呢。"

漫漫无边际的大雪松松紧紧地落了一夜。

张小秋也硬硬地在庞加元家的街门口直直跪了一夜。

庞加元也哀哀地在屋里落了一夜的悲泪。

写到此处，谈歌感慨万千，天地之间，万物皆有灵通，这人与人的际会，如何就会这样不可理喻呢？

悲悲地挨到了天亮，门人轻轻地走进了庞加元的房间，庞加元倚着书桌苦坐着。一夜之间，庞加元似乎老了许多。门人低声道："先生，张老板已经走了。"

庞加元"哦"了一声，起身走出门去。

门前的雪已经下了三尺多厚，那门口有两个深深的大坑。庞加元惊骇地"哦"了一声，张张嘴，似乎要喊出什么来。他却什么也没喊出，举目望去，只见张小秋只身远远地去了。

大风扬起了雪雾，张小秋模糊在漫天的雪雾之中。

庞加元或许知道，或许也不知道，此时的张小秋，心中直直地生出了怨恨。

这人间的怨恨容易来，却是不容易去的啊。

又是战争。

庞加元再见到张小秋的时候，是在北京。

1951年夏天，庞加元经徒弟举荐，来北京参加了工作，他在北京第二梆子剧院当演员，次年又被提拔为副院长，还被选为北京市的政协委员。此时的张小秋已经是很走红的河北梆子青年演员，也是北京第一梆子剧院的副院长了。她曾经在北京大剧院连连演出了一个月的全本《杨家将》，也曾多次邀请了在京与外埠的河北梆子界的许多老演员，联袂演出，几番轰动了北京城。使人奇怪的是，她从来都没有邀请过庞加元。而戏曲界都知道张小秋唱的是庞派，而且知道他们二人应该是师徒传承的关系。可是庞加元从来没有认过这个徒弟，张小秋也从来没有认过庞加元这个师傅。两个人从不走动，若在公共场合偶然相遇，也必是互相躲闪。

如此几年过去了。

这真是一个尴尬万端的关系啊。

戏曲界许多人非常想替他们二人化解开这层尴尬的关系，他们想到了一位中央首长（暂且隐去这位首长的名字）。首长在文艺界德高望重，亲和力极强，业内同人相信，首长若能出面调停，一定能够说和庞张二人之间化解矛盾。于是，便有人出头，把这件事向首长汇报了。首长用心听了之后，粲然笑道："这件事情我知道一点儿，却不晓得竟是这样严重了。

庞先生是一个很温和的人啊，为什么要这样固执呢？张小秋同志也是一个很开朗的性格嘛，闹到这般地步，或许他们之间有什么隐情？我一定找个时间，先找庞先生谈谈，了解一下情况。毛主席说过，我们都是来自五湖四海，为了一个共同的革命目标，走到一起来了。文艺界的同志要团结嘛。团结就是力量嘛。"

在一次政协会上，首长遇到了庞加元，问候之后，首长笑道："庞先生啊，您是人民群众非常喜欢的艺术家，可一花独放不是春嘛，您还要多收徒弟啊。这是为新中国多培养一些新一代的艺术家嘛，比如张小秋同志就是一个很好的苗子啊。她唱的也是您的庞派艺术嘛，您为什么不收她做徒弟呢？您是不是有门户之见啊？"

庞加元听出了首长的意思，苦笑道："首长啊，这件事情挺复杂的。我和小秋同志有些历史上的陈年旧账，张小秋同志对我有意见。"

首长细心地问道："你二人这样的关系，是否有什么难言之隐？"

庞加元叹了口气，就对首长讲了他与张力之的那次一面之交。

首长听罢微微笑了："庞先生，旧账就不要再提了嘛。现在是新中国了，张小秋同志没有当成科学家，可她当了艺术家嘛。她是人民的艺术家，同样也是为人民服务嘛，也是为社会主义建设服务嘛。现在如果让张小秋同志去钻研理科，当一名科学家，也不大现实了嘛。张小秋同志现在已经是人民喜爱的艺术家了，我想，如果张力之先生在天之灵得知也一定会高兴的。"

庞加元点头："首长说的是啊，或许是我愚钝了。此事在我和张小秋同志之间已经结了多年的疙瘩，我也不知道如何解开。"

首长笑道："这件事情由我来给你们牵线。"

过了些日子，首长陪外宾观看张小秋的戏。开演之前，首长先到后台看望了张小秋。

首长对张小秋笑道："小秋同志啊，我今天来，第一是陪外宾看你的演出，再一个是要告诉你一件喜事，你听了一定会非常高兴的。"

张小秋看着首长，笑问："首长，有什么喜事？"

首长笑道："庞加元先生答应收你当徒弟了。"

张小秋愣住："您说什么？"

首长又说了一遍，张小秋怔怔地看着首长："这是真的？"

首长笑道："当然是真的了。小秋同志啊，你心里不要怪庞先生。他虽然是从旧社会过来的艺人，脑子里还免不了有些旧传统、旧习惯，但也是一个讲艺德的人。他对我讲了，当年你父亲与他一见如故，成了至交。起初你父亲不同意你学戏，如此他便不教你了。君子一言，这是重承诺啊，这也是中华民族的美德嘛。现在是新中国了，艺术家们要为社会主义建设服务。我给他讲了，当科学家或者是当艺术家，都是为人民服务嘛。他想通了。现在庞先生在国外巡回演出，等他回来，我参加你们的拜师仪式。"

张小秋高兴地拍手道："太好了。"

首长看看表，笑道："小秋同志，先演戏吧。我今天陪外宾看你的戏。"

那一天，张小秋唱得极好，台下一片喝彩声。

可谁也没有想到，庞加元和张小秋这一场拜师会，竟会化成泡影呢。

庞加元在国外巡回演出了两个月后回国了，他在国外演出的时候，剧院已经把首长与张小秋谈话的事情打电话告诉他了。他很是高兴，刚下飞机就先去找张小秋，是啊，他与张小秋已经结怨十多年了，今天就是化解开的日子了，他的心情很激动。他走进河北梆子第一剧院的门口，却惊得呆住了。剧团门口竟有一幅巨大的标语横在了他的眼前：彻底揭发大右派张小秋的罪行。

庞加元惊得呆了，搞不清楚发生了什么事情。他匆忙找人打听，才得知张小秋刚刚被定性为右派分子，已经被隔离审查了。

第二天，第二剧院的党委书记找到了庞加元，先是问了一下庞加元出国演出的情况，然后很严肃地告诉庞加元："庞加元同志，有一件事情要通知你。张小秋因为反党反社会主义，已经被划定为右派分子，组织上希望你与她划清界限。拜师的事情，组织上紧急研究后，决定取消了。"

庞加元疑惑地看着书记："这拜师的事情也要通过组织吗？"

书记有些尴尬："庞加元同志，这是组织决定的。"

庞加元木木地盯着党委书记看了一下，起身走了。

过了一个月，庞加元听说张小秋的审查已经结束，右派分子的帽子是戴定了。那天夜里，庞加元去张小秋家探望，张小秋的家门口的墙上张贴了许多大字报。庞加元敲开房门时，张小秋怔住了，没有想到庞加元会来。她把庞加元让进屋子，二人相对坐着，一时找不到话头。枯坐良久，庞加元问了一句："小马呢？"

张小秋苦涩地笑笑说："我们已经离婚了。"

庞加元心头一颤，"哦"了一声，看着张小秋："你们怎么能……"

张小秋摇摇头："庞叔叔，我不想再提他了。"

庞加元点点头："好，不提他了。小秋啊，我今天找你只谈一件事情，你还是当我的徒弟吧。"

张小秋怔了一下，低下头，无力地摆摆手："庞叔叔，我成了右派分子，已经不能再登台演戏了，也就不用再拜师了。"说到这里，她抬头看着庞加元说，"庞叔叔，如果没有其他的事情，您走吧。我现在的身份，您不方便来的。"说罢，站起身来。

庞加元盯着张小秋十分苦涩的目光，似乎被霜冻过一般，灰暗无力。庞加元心里长叹一声，知道再谈也是无用，便起身走了。

第二天，庞加元去找小马，小马已经从家里搬了出来，住进了单位的宿舍里。小马发如乱草，一脸的落魄颜色。

小马说："庞先生，我已经跟张小秋离婚了。"

庞加元"哦"了一声："我知道了。你们怎么会这样呢？小秋现在正在难处，你不应该这样子的。我不是党员，不懂得你们党的纪律。可你这样做，至少不是君子所为啊。"

小马叹了一口气，摇摇头："我如何愿意如此结果呢？我劝过她多少次，可她就是不听，她脾气太倔，总是跟领导吵架。这一次打右派，她是被领导盯上了，怎么能逃得脱呢。"

庞加元盯着小马问："就是这样的情况，你也不能在这个时候与她离婚啊。"他突然想到了一句戏文：夫妻本是同林鸟，大难来时各自飞。真是人生如戏，戏也如人生啊。庞加元一时感慨万端。

小马捂住脸，呜咽起来："庞先生，我也没有办法啊，领导总找我谈话，要我与她划清界限。您让我怎么办呢？"小马哭了一会儿，抬起头时发现庞加元已经走了。

张小秋当右派的事情也牵扯到了庞加元，组织上找庞加元谈了几回，让他揭发张小秋反党的罪行。庞加元只有三个字：不知道。找他谈话的人生气了，与庞加元吵了起来，庞加元几乎与工作组的人打起来。这一下，问题升级了，庞加元被隔离审查了。剧院的领导着急了，找了上边，上边有重要的领导人说话了，说庞先生是拥护党的艺术家，要保护。这样，庞加元才被放出来。

庞加元解除审查之后，才知道张小秋已经被下放到北大荒去劳动改造了。庞加元给张小秋写过几封信，都是一些鼓励的话，可是总没有回信，最后几封信被退了回来，说是查无此人。庞加元也曾动过去寻找张小秋的念头，可是他此时并不知道张小秋到底在什么地方。北大荒，北大荒太大了。张小秋啊，你在哪儿呢？

张小秋的名字从此在河北梆子的舞台上消失了。庞加元也不再被重视，一些重要的演出也不让他参加了。短短几年时间，庞派艺术也不再被人提起了。剧院排演过几出现代戏，庞加元只是在里边先后饰演过两个配角。这个时候，"文革"开始了。庞加元作为反动权威被揪了出来，又被下放到"五七"干校劳动去了。而他的老伴儿却没有经受住运动的考验，自杀了。两个孩子也被下放到农村了。

小马也没有逃过这一劫,他是在剧院党委副书记的位置上被揪出来的。一次批斗会结束回来,小马上吊自杀了。庞加元得知这个消息时,小马已经死了三年。庞加元长叹一声,不禁想到当年他收留小马时的情景,仍然历历在目啊。

庞加元在"五七"干校倒是没有受太大的罪。正赶上全国移植样板戏,庞加元"五七"干校的所在地也移植样板戏。当地领导听说庞加元在"五七"干校,便去借调。这一借就是几年,庞加元给当地的剧团辅导演员,还在《沙家浜》里饰过刁德一。这时的庞加元,还是没有放下张小秋,他不由得惦记她,又给她写过几封信,这次信没有退回来,他想,或许她收到了呢。此时的他已经不再动去看望张小秋的念头,因为他也是被监管的对象了。他夜里常常哀叹,不知道自己此生还能不能见到张小秋。

日子不紧不慢地过着,转眼"文革"就结束了。庞加元回到了北京,仍在梆子剧院当副院长。他四处打听张小秋的消息,张小秋却有各种各样的传闻,一说张小秋已经死了,一说张小秋已经在北大荒重新成家立业了,一说张小秋仍在监狱里。庞加元决定到北大荒去一趟,可是他还没有动身时,他与张小秋在全国的文艺大会上见面了。

张小秋走进会场时,竟在签到册上看到了庞加元的名字。她大喜过望,向人群中找去,终于发现了庞加元。

二人紧紧地握手,泪眼相对,久久说不出话来。张小秋涩涩地问:"先生,这些年,您好吗?"

庞加元落着泪,笑着说:"还好,还好,小秋啊,你这些年是怎么过来的呢?好叫我惦记啊。"

张小秋讲了自己这些年的境况,她到北大荒劳动改造了几年,后来就在县里的小学教了十几年的书。她收到过庞加元的信,可是她不能回信,因为她不知道庞加元这里的情况,她担心自己的问题会给庞加元带来麻烦，后来就干脆把信退回去了。

庞加元点头说："不说了，你能回来就好啊。"

张小秋说，她的问题能够得到及早解决，多亏了首长过问。

第二天，张小秋登门拜访首长。

首长也老了，看着张小秋，有些沙哑的声音说："小秋同志啊，你这些年吃苦了，我没有保护好你啊。"

只此一句，张小秋的眼泪已经止不住了。

首长长叹一声："其实何止是你一个人啊，庞加元先生也是死里逃生啊。"说到这里，首长的眼睛也湿了。

首长与张小秋攀谈了一会儿，突然想起一件事情："小秋同志啊，你拜师的事情那年被耽误了啊。"

张小秋点头："是啊，那年正赶上打右派，拜师的事情就不让提了。当时庞先生私下里找过我，谈到此事，我当时不好连累庞先生。这一错过就到了现在。"

首长笑道："过去的都过去了，向前看吧。"首长挥了挥手，说，"挑个日子，还是要拜师的，庞派艺术是要发扬光大的，人民群众喜欢嘛。"

张小秋泪水一下流了下来，起身向首长告辞。

首长送张小秋到门口，突然问了一句："小秋同志，你的个人问题如何了？"

张小秋苦笑道："我还是单身一个人。"

首长笑道："如果你现在还没有意中人，我可以给你做媒人啊。"

张小秋笑了。

首长说："我不是开玩笑，我给你介绍的就是庞加元先生。"

张小秋怔住了，她的心跳突突地加速了："这……"

首长长叹一声："庞加元先生的夫人在'文革'中去世了，他现在也是孤身一人啊。其实你们的年纪是差了一些，可是这不应该是问题。我也知道你心里是热爱庞先生的。这里边还有一层意思，庞先生年纪大了，你跟他生活在一起，也可方便照顾他嘛。你考虑一下，如果你同意，那么我们在拜师宴上，就把这件事情也定下来，如何？"

张小秋怔了一下，深深地向首长鞠了一躬："由首长做主吧。"

首长哈哈笑了。

拜师宴是在一个星期之后举行的，设在民族饭店。张小秋打扮一新，她今天的心情有些异样的激动，心脏跳得加快。那天首长提出给她与庞加元做媒时，她就开始这样，而且每天想起这件事她的心就这样跳。她这才发现，她对庞加元其实早就有着一种别样的情感。或许，这一天早就应该来到了。张小秋也曾经想到过缘分两个字。是啊，古今中外的哪一种缘分，不都是酸苦与美好的混合物吗？

庞加元今天换了一身新衣，他在饭店门口下车时，张小秋已经早早地等在饭店的门前了。张小秋上前搀扶住庞加元，与庞加元的目光相对，眼泪就不听话地流了下来。

张小秋泣道："先生啊……"

庞加元声音也有些干涩："不要哭，不要哭，今天是一个好日子啊。"

张小秋双手搀扶着庞加元进了贵宾休息室，庞加元坐在了沙发上。张小秋端起一杯茶，走到庞加元身旁，她的声音有些发颤："先生啊，您同意这件事吗？"

庞加元微笑着看看张小秋，点点头："我同意，太同意了啊。小秋啊，只是这么多年来我有愧于你啊。"说着，他的泪水也落下来了。

张小秋的泪水一下子又流了下来。

庞加元笑道："今天是我们高兴的日子。不要哭啊，听话，我们都不哭。"

张小秋点点头，轻声道："先生，我听话，我不哭。"

二人说了一阵子话，庞加元脸上有了些疲倦，他对张小秋笑道："小秋啊,你还是去照顾一下别人吧,我有些累了,先歇息一下。一会儿客人来齐了,你来喊我。"

张小秋把庞加元扶到了沙发上坐下,就忙着去照顾来宾了。

十分钟之后,宾客们已经来了,人们都坐在了桌前。张小秋看看表,估计首长也快到了,就去休息室请庞加元过来。

突然,休息室里传出来张小秋惊心动魄的哭声。出什么事了?人们惊讶得呆住了,后慌忙起身,向休息室拥去。

人们站在休息室里,惊得呆了。庞加元已经去世了,他静静地靠在沙发上,嘴上还弥留着一丝微笑。张小秋伏在庞加元的遗体上,已经泣不成声了。

哭声凄惨哀伤,人们听得心酸,房间里泪水飞扬。

窗外起风了,风在长街之上漫天漫地,似有无限心事。

这是1981年的事情。

十一年后,即1992年,张小秋在北京去世。

2005年3月,谈歌在长安大剧院看了一出河北梆子《穆桂英挂帅》,主演是张小秋的嫡传弟子冯尚秋女士。唱腔经过了细致的改动,韵味却是十足的庞派。

> 大雨披天落,
> 湿却英雄血,
> 一腔正气在当年。
> 剑气萧萧,
> 战马长嘶,
> 将军只身计家国。
> ……

曲调激烈，唱腔高亢，舞台之上，锣鼓喧喧，军旗猎猎，刀光剑影，兵来将往。飒爽英姿的穆元帅亮相在聚光灯下，恍惚间仍似庞加元或者张小秋在舞台上出神入化地表演。掌声大作之时，谈歌猛醒过来，舞台上不是张小秋，更不是庞加元。

那晚戏散之后，谈歌回到住处，情绪万千，难以平静，辗转反侧，不能成眠，索性坐在桌边，写罢了上边的文字。放下笔时，东方已经大亮。

人事沧桑啊！

绝　渡

　　直隶保定府西去九十里，曲逆县境内（今属顺平）有大河，古称曲逆河，俗称拒马河。上游河水奔腾湍急，稍有风雨，即恶浪排空，啸啸地恶叫，似有千军万马厮杀。两岸山势险猛，山崖之上，苔藓凶凶地长满，一片死绿。渡人至此，未曾涉河，已觉阴风阵阵，先自软了腿，当地人取名"死渡"。顺水六十里路到下游，水渐渐流得舒且缓，两岸慢慢开阔起来，莘莘草木，青青如染，爽人眼目。从来涉河者，多是取道下游，也有事急情迫者，不及绕远，匆忙驶渡上游，常常翻船落水，生死茫茫。久了，上游渡人稀少，曲逆县府即在此设了官渡。非官府准许，不得在此过渡。

　　道光三年，县府突然下令，撤去官渡，准当地人张武在上游摆渡。

　　张武是曲逆有名的泼皮，长得黑黑的，为人刁钻凶狠。他自幼从师学武，练成几路拳脚，常在乡间市井用狠，与人争斗，生死不顾，就得了一个"亡命张武"的诨号。

　　张武垄断死渡，是由县太爷冯家明大人患病引起的。

　　那年冬月，曲逆县令冯家明病重，先是偶感风寒，并不大经意，后渐渐沉重，以致卧床不起。城内郎中都请了一遍，几十剂汤药灌下去，冯家明竟无动静，女儿冯玉娘就差人去保定请乔二江大夫。是时，乔二江大夫为保定名医。

　　正值隆冬天气，大雪飘飘，漫天白透，乔大夫乘一顶小轿来曲逆出诊。乔大夫白须飘飘，有几分仙骨的模样。冯玉娘在衙门前迎住，施礼道了一声辛苦。乔大夫见过了礼，随冯玉娘进了后堂，来到冯家明的病榻前坐下。冯家明脸色已经白得似纸，就要挣扎起身。乔大夫笑道："莫动了。"搓搓手，坐下望闻问切，闭目思索一刻，便要过笔墨，开了一张方子递与冯玉娘，冯玉娘就差人去抓药。片刻，那人回来，报与冯玉娘："只差一味药引，拒马河上游鳖。"

至此，拒马河水早已冰冷刺骨，谁敢下河捉鳖？冯玉娘盯住乔大夫，乔大夫面无表情，冯玉娘就央求乔大夫改药引。

乔大夫摇头道："断不可更改。"

冯玉娘疑道："如何非上游鳖不可？"

乔大夫道："小姐有所不知。同是此物，下游鳖生性舒缓，张力欠猛；所谓上游鳖，多在急湍中长成，习性霸猛，血力暴扬。令尊久在此地为官，已习惯此地水土。古人云，一方水土，一方药石。冯大人气脉滑弱，只好用此物做引，补五脏之气，断不可更改。若取不到上游鳖，也许是令尊大人命当如此了。"说罢，起身告辞。

冯玉娘听得脸白，一时怔住。

乔大夫走到门口，略一沉思，又转身道："乔某多嘴，冯大人为官多年，想必手面不窄。何不放赏出去，激人下河捉鳖。所谓重赏之下必有勇夫，不妨一试，或许有望。"

冯玉娘点头称是："多谢乔大夫指点。"就让下人取过谢银送与乔大夫。

乔大夫刚刚出衙走了，冯玉娘就差人沿街贴出告示，出银一百两，赏人下拒马河上游捉鳖。一时传开，城人眼红耳热，就有熟水性者拥到上游去看，跃跃欲试。只见河水咆哮，似有万千只手在河中搅动，寒气呼呼地涨满了两岸，阴阴地夺人胆魄。众人咋咋舌，纷纷回转。

冯玉娘情急，第二日就让人改了告示，放到二百两赏银。过了两日，还是无人应赏。冯玉娘就又改为三百两，之后又改到五百两。果然就有两个河畔的渔人见那赏银眼热，便去下河捉鳖。消息传开，一城人就拥到上游去看动静。只见那两个渔人在岸上脱得赤条条的，先在岸上猛跑一阵，口中嗷嗷喊叫了一通，每人再捉起一壶热酒，狠狠灌下，就发出一声喊，同时跳下河去。众人看得眼呆，屏住了气息在岸上静观。一盏茶的工夫，河中没有一丝动静。再一刻，河底就哗哗地翻卷上血色，众人吓得大喊，呼啦啦四下里惊散。

再无人应赏下河。冯玉娘知道后，泪就流下来，摇头长叹一声："死渡误我父了。"

那日，张武正在城内聚英酒楼饮酒，听到议论，就嘿嘿冷笑。

有好事者挑唆："张爷河边长大，一身好水性，何不拿了这赏银？"

张武恶笑："这区区五百两银子，就让人下河，还不够洗脚钱。"

有人就把此事呈报给冯玉娘，冯玉娘就让捕头薛忠去寻张武。

薛忠探得张武每日在聚英酒楼饮酒，就去那里寻张武，果然寻到。薛忠就问张武："听说张爷能下死渡捉鳖，就请一试。"

张武把玩一只酒碗，盯着薛忠，讪笑不语，随手把酒碗在桌上拧动，那酒碗立时飞转起来，十分好看，渐渐离了桌，陡然滑下。就在离地一寸之时，张武突然伸手接住，旁边就有酒客喊出一声彩来。

张武与薛忠呆呆地对看。

薛忠皱眉道："若张爷另有价钱，就请到衙内面议。"

张武点点头，起身随薛忠去了县衙。进了县衙，张武就被引到后堂冯玉娘那里。冯玉娘深施一礼，就说了原委。

张武笑道："不是张某不给小姐面子，若要张某下河，还需冯大人给张某几句叮嘱才是。"

冯玉娘笑道："就依张义士。"就引张武到冯家明的病榻前。

冯家明已然少气薄力，弱弱地问道："不知你要赏银多少？"

张武笑道："赏银已是不少，只是我张武冒死捉得鳖来，大人可要应下我一个去处。"

冯家明微微点头:"但讲无妨。"

张武道:"除去赏银,大人要承诺张某,从此在上游摆渡营生。"说罢,两眼就鬼鬼地盯着冯家明。

冯家明爽爽一笑:"如你捉得鳖来,本县从此撤去官渡,由你经营死渡。"

张武起身拱手:"多谢大人。"就转身去了。

冯玉娘一直送出衙来,高声说一句:"明日我去河上伺候张义士。"

张武头也不回,一路哈哈大笑着走了。

消息传开,一城人惶惶地拥到死渡,要看张武下河,却不见张武的踪影。有人道:"张武仍在聚英酒楼饮酒。"

等到午时,一轮太阳高高地悬在了中天,张武一身酒气来到死渡。只见他脚步踉跄,晃晃地歪到河岸,四下抱拳拱手:"诸位上眼了。"就脱去了衣服,露出一身黑肉。众人喝出一声彩来。

张武踱到河边,高喊一声:"张爷来了。"身子一跃,如一条黑鱼,就扎进河去,竟不起一丝浪花。

一岸人就呆呆地看。寒风刮过,河水尖啸地作响。众人身上乍冷,胆自寒了,步子向后移去。又挨了一刻,猛听得河中吼一声,张武黑黑地钻出来,手里举着一个盆大的活鳖。早在岸边候着的薛忠几个人,抢步迎上去了。薛忠接过那鳖,也不与张武答话,飞身上马,向城内奔去了。

冯玉娘端一壶热酒和一只酒杯过来,双手递与张武,口中谢道:"张义士受累了。"

张武哈哈一笑,不接杯,却只接过酒壶,口对口,一气喝光了那壶酒,仰天哈哈大笑。

一轮红日正在当头,万里无云,天色湛蓝得欲滴。

冯家明用了药引,一味药下去果然病愈,之后就撤去官渡,张武就在死渡营生。张武用那五百两赏银,做了几条大船。船大,水路自然安稳,便不再有渡者货物翻船落水的事故。渐渐地，生意就红火起来。两年过去，张武竟成了城内富豪。那天，冯家明到对岸办案，情急事迫，取渡上游，张武亲自摆渡。平平稳稳到了对岸，冯家明笑道："果然稳如平地，难怪你生意火爆。"

张武笑道："承蒙大人当年赏赐。"

冯家明哈哈一笑，就要转身离去，却被张武喊住。

张武笑道："大人还未付过渡钱。"

冯家明一怔，脸就红了，就看薛忠。

薛忠在一旁皱了眉头："你怎的说话？"

张武笑道："张某做的是买卖，不好买空卖空。大人今日做了一，明日就要有人做二，久了，张某的买卖岂不是要亏欠。大人多少总要给一些才是。"

冯家明哈哈笑道："自然。"让薛忠取了些碎银付与张武，就扬长去了。

张武远远地望着冯家明一行去了，就嘿嘿地笑了。一扬手，那几文碎银悠地飞进河中。一河浑水，啸啸淌得正急。

又过了几日，薛忠来死渡寻张武。

薛忠拱手道："张兄，明日有一客商，是我旧日的相识，要从死渡走一些货物，还望张爷细心照应。渡银不会亏空。"

张武笑道："只管来运就是。"

薛忠正色道："此些货物，皆是些金银细软，万不可出了差错。"

张武点头："张某自然明白，格外小心就是了。"

第二天，薛忠引十余人抬着几只木箱来到死渡。张武迎上，拱手道："张某恭候多时了。"

薛忠点头笑笑，就让张武开箱验过，果然是几箱贵重细软。薛忠笑道："张爷若有兴致，可与薛某去小饮几杯，先让手下人装船。"

张武笑道："薛爷也似张某嘴馋？很好，一道去。"二人就去了河边的酒店。

二人饮过，就晃晃着回到河岸上，几只木箱早已经被抬上船去了。

薛忠向张武抱拳笑道："张爷一帆风顺。"

张武笑道："薛爷放心就是。"说罢，就高喊一声，一只大桨像刀一般劈进河里，那船就颤颤地向河中驶去。

正是中秋时节，天高气爽，河水开阔，一轮日头圆圆地红在了天上。张武看得畅快，桨上便格外用了气力，一个时辰就驶到了对岸。早有客商在岸上等候，为首的一个汉子迎上来抱拳道一声辛苦，就喊人卸船。卸下箱子，客商就开箱验货，脸就白了，稍后竟是大叫一声。张武闻声过来看，也呆了眼，哪里还有什么细软，竟是一些石头放在箱中。他慌慌地打开了另几只箱子，也一概都是石头。张武脸上就冒出汗来，大吼一声："何人作怪？"

客商硬下脸来，上前捉住张武："张爷，你我一同见官去吧。"

张武闷闷地将船驶回来，薛忠正在酒店中饮酒，听客商说了，脸就铁下来："张爷，这是怎么回事？"

张武苦脸道："张某委实不知。"

薛忠恶笑一声："怕是你张爷吞了那财物吧。"就喝一声，"锁了。"

几个如虎的差役上前就锁了张武，一干人就去县衙。

冯家明即升堂问案，张武细说了缘由，连声喊着冤枉。冯家明怒道："你这泼皮，县衙委你在上游立渡，不想你竟然趁势打劫。今日之事，想必你是见财起意。"

张武硬声道："张武两年渡上，从无劣迹，来往渡人，有口皆碑。大老爷怎好就此断定张武见财起意。"

冯家明怒道："谅你这泼皮，如不动狠刑必是不肯招认。来啊。"左右就上来十几个凶凶的差役，当堂按倒张武，剥去了衣裤。冯家明再一声喝，差役们就挥舞起板子，如雨如风地落在张武的身上。挨了几十下，张武就挺不住，杀猪似的吼了几声，就晕死过去了。堂上已经是血肉横飞，左右就看得明白，冯家明今日是要在堂上生生打死张武了。

后堂走出了冯玉娘，冯家明看了冯玉娘一眼："玉娘，你来此做甚？"

冯玉娘看看堂前已经奄奄一息的张武，朝冯家明道："当年若无张武下河捉鳖，父亲怕是凶多吉少啊。今日之事并无对证，还望放张武一条生路才好。"

冯家明略略沉思，就挥手让差役们停下刑，喝一声："先把这厮关入大牢，明日再细细过问。"就退堂了。

张武在牢里醒来时，见冯玉娘正坐在他身旁。冯玉娘苦笑道："我真怕你醒不过来了。"

张武只觉得浑身着了火似的疼痛，强挣着坐起，恨道："冯大人如何竟要屈打成招。"就闷头不语。

清冷的夜风吹进来，牢中阴森森的。

冯玉娘幽幽叹道："你今日算是捡了一条性命。"

张武长叹一声："那几箱货物分明是薛爷从中做了手脚。"

冯玉娘苦笑道："你却也是赚钱昏了头，如何竟收到县衙的头上，我想是他们嫉恨你，才设了此计害你的。你一个平头百姓，富便是富了，如何好张狂地要开罪官家啊。"

张武叹道："事已至此，我也无话可说了。"

冯玉娘道："我今夜特来放你出去，你快走就是。明日如果我父亲决心杀你，那真是无人能救你了。"

张武一怔，旋即摇头道："小姐放我，明日大人若不见我，定要怪小姐的。"

冯玉娘叹口气："你就不要管这么多了。你快些去吧，远走他乡莫再回来了。"

张武愣了愣，就挣起身子，朝冯玉娘抱拳："张某谢过冯小姐相救大恩了。"就拐拐地出了牢门，消失在暗夜中了。

冯玉娘随他出来，远远地望不到张武了，就长长地叹了一声。一弯冷月斜斜地挂在西天，旷野里，几只寒虫叫得正紧。

第二日，冯家明得知了冯玉娘放走了张武的事，脸就硬了，喝薛忠把冯玉娘喊来，怒道："你好不晓事，如何竟敢放走那个泼皮。"

冯玉娘淡淡道："张武那年冒死下河捉鳖救父亲性命，父亲如何竟要苦苦加害于他。有道是救人一命，近佛一尺。我不想看父亲滥杀无辜。"

冯家明脸红了，看看冯玉娘，目光软下来，摆摆手，让冯玉娘下去了。又过了两年，冯家明死在了任上。新县令赵金梁上任，巡视了死渡，就张出榜来，要在河上修桥，以利交通。冯玉娘揭了榜文，赵金梁就传冯玉娘进衙。

赵金梁就问冯玉娘，如何修桥。

冯玉娘道："家父在时，常常为死渡忧心忡忡，此渡甚为不便。玉娘早有建桥之想，今日就请命在渡上建桥。"

赵金梁点头称是，就差人取过县内的银两，笑道："此次造桥，官资竟是杯水车薪，还望冯小姐从民间募些款子。所谓取之于民，用之于民。"

冯玉娘一怔，旋即笑道："如此也罢。"就叩一个头，下堂去了。

冯玉娘张出榜文，先有两岸富绅捐上款子，两岸的百姓也踊跃前来出工，一时间死渡两岸人声喧闹。冯玉娘日夜在桥上监工，一个月过去，那桥已经粗见规模，冯玉娘喜上眉梢。不承想，一天夜里，桥面上突然杀声大作。几个在桥上的民工被砍翻，扔下河去了，桥面也被拆得七零八落。冯玉娘赶到桥上去看，吓得不敢作声，眼睁睁看十几条黑影发一声呼啸，蹿下河去了，几条小船箭一般射远了。冯玉娘呆呆地望着那被拆毁的桥，泪就淌下来，叹道："造桥修路，自是天大的好事，何人悖情夺理，以致如此？"

有知情的民工上前告诉："小姐不知，这河上近来出了一个大盗，放出话来，要占据死渡。"冯玉娘一愣，悠悠地望着那被拆毁的桥面，若有所思，就吩咐民工们整理收拾。

过了几天，桥被重新修整好了，就有民工相告冯玉娘："只怕是那般河盗再来作乱，如何是好？"

冯玉娘苦笑道："你等用心做工，别的事情就不用上心了。"

一连几天，冯玉娘就在桥上过夜。这一夜子时，冯玉娘忽听桥上一声梆子响，值夜的民工喊叫起来。冯玉娘慌地起来，月光下，见上游驶来几条小船，如箭射来。冯玉娘心下一惊，那几条船已经行到桥边，一个黑炭脸就抢先跃上桥来。冯玉娘盯得仔细，颤颤地叫一声："旧人可曾记得玉娘？"就迎上前去。黑炭脸怔住了。

冯玉娘盯住黑炭脸："如果我没有认错，你就是三年前的张武了。"

黑炭脸一怔，仰天大笑："正是张武，冯小姐果然好眼力。"

冯玉娘凄然一笑："张爷如此在河上兴风作浪，或是当年余恨未消？"

张武恶笑一声："只恨当年冯大人恩将仇报！"

一阵河风劲猛地掀上桥面，桥身微微晃动。

冯玉娘叹道："家父当年做事确是歹毒了些。今日你若为出这口恶气，直可将我杀了。"

张武盯住冯玉娘："我张武并非忘恩负义之辈。当年张某身陷死地，多蒙小姐相救，张武至死不忘。今日只请小姐走路，此河仍属张某。"回身招手，就有喽啰送上一大盘金银。

张武笑道："区区银两，送小姐做个盘缠，算来也可富足一生了。"

冯玉娘惨惨一笑："罢了。"一抬手，那盘金银就飞散到河中。

张武怔住，侧目看去，只见河水流银飘白，两岸蛙声一片，一轮明月跃上中天，白得正烈。

冯玉娘笑道："我只道你张爷是一条好汉，此桥造好，便是为百里乡民行了方便，不想你却只为一己私利，竟要坏了这件善事。真是可悲啊。"

张武呆呆地说："小姐是不想离开此地了。"

冯玉娘叹道:"你要我走,我又怎能走得了?"说罢,就去看那桥,一转身猛地抓过张武的腰刀,横在颈上只一抹,登时气绝,身子就轰然跌进河中。一片浓浓的血色就在河中弥散开来,月光下分外刺目。

张武惊得呆住,泪如雨下,过了好一刻,软软地对喽啰们摆手,就跳上船去。船就悠悠地落向了河中。

几条船渐渐远了。一朵黑云在空中飘移,死死地掩住了月亮,一条河变得黑暗,就猛听到一条汉子悲悲地吼道:"嗨嗨!……"之后,竟是风平浪静,再无一点儿声息……

这年秋后,那桥就修起,官府起名:冯桥。至此,死渡不复存在。

燕赵文艺名家丛书·文学

绝 印

　　治印刻章这一行当的人，在南方、北方都被称作是印人。明朝洪武初年，保定设府，成了北方的大城市，一时文人云集，书画业十分繁荣。刻印这一行就应运而生，先是一家几家，逐渐多了起来。谈歌曾查阅保定明末清初年间的方志，那时保定城内的治印社有百余家之多，可想印人一行的从业者之众。再查民国初年的县志，保定市内刻印的店铺竟有四百余家，其买卖兴隆状态跃然纸上。谈歌下边讲一个印人的故事。

　　光绪年间，保定秀水街上有一家店铺叫"润文轩"，铺面不大，小店。挂在店门左右的一副对联，是店掌柜亲手书写并镂刻，隶书，内容撰得挺怪：

　　便宜勿再往
　　好事不如无

　　这副对联的字面上蔓延着一股消极情绪，似乎也暗含着些别的什么意思，常常引得游人驻足观看，指指点点，各种揣度。润文轩的掌柜四十多岁，曲阳人氏，姓罗名光春，字启繁，挺拔的大个子，面相威武，手下有徒弟三人：韩为诚、李双夺、张得意。

　　秀水街是一条文化老街，大都是些经营文房四宝的店铺。大的店铺有文宝轩等，这等店铺营业面积大，文宝轩的伙计竟有三十多人。比较之下，这一家润文轩就不起眼了。可这润文轩的买卖却是兴隆，罗光春的印价是秀水街上最高的，许多刻字铺里的印价大都在一文钱左右，最高也超不过五文钱一字，而罗光春的印价竟在一两银子一字，且从不言二价。如此价位，让人咋舌，但每天仍有人进店治印刻章，其中多有达官贵人。由此润文轩的生意常常应接不暇，治印者常常也要排队候时。为何这样热闹？罗光春是一个远近知名的印人。据街中传言，皇宫中的一些大臣也求过他的印章。用现代的话讲，润文轩便是明星企业了。

使人不解的是，罗光春似乎并没有奢望把店铺做大，十几年的光景下来，仍然是这一间小店铺。生意上也从不贪求利润，一旦活儿接不过来，便挂出牌子，声明暂不接活儿。这种态度，或许也就应了店门前那副对联的意思。师徒四人日出而作，日落而歇，日子过得也算常规。

话说光绪三十年秋天，满城县的师爷孙越强乘一辆驴车颠颠地进城来了，赶车的仍旧是满城县衙的差役梁子汉。梁子汉赶着驴车一路小跑着进了秀水街，在润文轩店前停稳了。

孙越强下了车，不曾进店门，罗光春已经在店里看到，忙不迭地大步迎了出来，拱手笑道："孙先生，多日不见了，一向可好？"

孙越强拱手还礼，笑道："罗老板，生意兴隆。"

罗光春笑道："小本生意，吃得上饭，也就知足而乐了。不劳孙先生惦记，快请进来说话。"说着，也招呼梁子汉进店来。梁子汉微笑着摆摆手，不下车，也不进店，说自己在驴车上候着便是了。罗光春不再勉强，便让韩为诚将一碗茶水端出去递给了梁子汉。梁子汉忙着谢了，就坐在车上细细地喝茶，左右打量着秀水街中的生意风景。

孙越强站在店门前，表情认真地看了一眼店门前的那副对联，粲然摇头一笑，撩衣进了店门。

孙越强是保定府有名的才子，此人是河间东八里铺人氏，这一年三十五岁。他曾经是京城某位亲王的幕僚，后来亲王开罪了皇上，孙越强便受了株连，在狱中苦坐了两年，后经朋友保释出来，便来到了保定，经人介绍，在满城县衙做了师爷。孙越强一笔的好字，一手的好文章，京城才子与他多有来往。他多次在润文轩治印，一些京城的文人墨客也多通过他牵线，来润文轩治印。罗光春知书，孙越强饱学，二人渐渐谈得投机。由此，孙越强便与罗光春过从甚密起来。

孙越强进了店却不坐，四下里观看着。几面墙上挂着些字画，有一幅隶书立轴吸引了孙越强的目光，那是一幅中堂，是罗光春的书法，内容写的是：

夜读茶经止渴
朝临米帖充饥

孙越强连称好句好字。

罗光春笑道："这是我信手涂鸦，招惹孙先生笑话了。"

孙越强击掌笑道："果然是句好字好，孙某并无阿谀奉承的意思，至少比店门前那副对联好些。"

徒弟李双夺笑问："孙先生如何看不中店门的对联呢？"

孙越强笑道："实不相瞒，我每次来贵店，都要认真揣摩一下，每每总是感觉意境消极。或许罗老板胸中有别的意思，孙某才疏学浅，勘不破罢了。"

徒弟韩为诚一旁插话："孙先生如何认定这两句意境消沉呢？"

罗光春摆手打断了韩为诚的问话，笑道："不消说，不消说了。那两句对联如果孙先生看不上，不如给我们撰一副联如何？"

孙越强笑道："罗老板啊，我只是说说而已，若是撰写楹联，我肚中的墨水怎么及得上罗老板呢？玩笑了，玩笑了。"说罢，摆摆手，便坐下饮茶。

罗光春在一旁陪坐，笑道："孙先生，这是一位南方的客人送来的新茶，滋味如何？"

孙越强又呷了一口，将茶碗放下，笑道："果然是好茶，只是我对茶并无好感。"

罗光春听得奇怪，便"嗯"了一声，拿眼望定孙越强："孙先生何出此言呢？"

孙越强悠然一叹道："恕孙某乱谈，茶本是一个解渴的物件，自古至今，上至达官贵人，下至引车卖浆者流，都拿此物来说事，这便是诟病了。我总想，整个大清朝，整天都泡在茶里，泡来泡去，这大清朝便要泡得精疲骨松，怕是没得救了。"

罗光春听得一怔。

孙越强却哈哈笑了："不谈国事。"他从怀里掏出一个油纸包打开，是一方手掌宽窄的石料，他将石料轻轻放在桌上，笑道，"孙某此次是专程进城，请启繁先生来治印的。"

罗光春"哦"了一声，拿起桌上的石料细细看了，眉宇间闪过一丝惊讶的神色，又淡笑道："是孙先生自家用的？"

孙越强点头笑道："自然是了。"

罗光春把石料包好，递还给孙越强："这件活儿，恕罗某难能承接。"

孙越强诧异道："启繁先生何出此言？"

罗光春正色道："非不为也，是不可为也。"

孙越强皱眉道："还请启繁先生开诚布公。"

罗光春笑道："此印并非孙先生使用。"

孙越强笑了："原谅孙某刚刚没有明言，实是一位朋友相托，必要启繁先生的手艺。孙某愿意在银子上让步。"

罗光春用鄙视的目光看了看孙越强，嘿嘿笑道："孙先生啊，你我二人多年的交情的深浅岂是银子上多少的缘故？"

孙越强脸一红，拱手笑道："着实该打，孙某言语不慎，说错了。"

罗光春不再笑："孙先生，这方印，我的确不可以承接。若孙先生闲坐喝茶闲聊，便是坐坐，我也多日不见孙先生了，也愿意同孙先生海阔天空一番。孙先生若只是为这方印而来，就请先生走路，不要误了自己的事情。"

三个徒弟在一旁都怔住了，他们都知道罗光春与孙越强交情甚厚，如何师傅会拒绝给孙越强治这方印呢？这方印有何名堂？

孙越强呆呆地看着罗光春："孙某着实不解，启繁先生为何要拒绝这一单的生意呢？"

罗光春摇头笑道："不提不提。"

三个徒弟面面相觑，不知就里，李双夺忍不住问一声："师傅，这方印到底如何治不得呢？还是要给我们讲讲明白。"

罗光春看看三个徒弟，不禁苦笑了："若要说破，孙先生岂不是要怪罗某多嘴了。"

孙越强笑了："孙某正想听个清楚明白。"

罗光春拿起桌上的石料，问三个徒弟："徒儿们，这是什么石料？"

三个徒弟接过石料相互传看了。韩为诚说："师傅，这就是普通的寿山石啊。徒弟愚钝，也看不出什么过于名贵之处嘛。"

罗光春笑道："你只说对了一半，此石是寿山石一点儿不假，可它却大有来历，你们何曾知道，它却是万两黄金换不得的啊。"

孙越强和三个徒弟同时呆住了，怔怔地看着罗光春。

罗光春道："此石本名为紫萝卜黄田，是黄田中的极品。只是一般人误将此石认作是一般的寿山石罢了。"

三个徒弟点头称是，孙越强细心地听着。

罗光春笑了笑："此种石料，可谓奇宝无价，区区一两便值得数千两黄金。据我所知，此等大料并无在民间流落。我只知道皇室里只有区区三块，若是看得不错，此石或是出自皇宫。再若猜，或是现在朝中摄政王爷的藏品。"

孙越强听得频频点头，三个徒弟也都怔住。

罗光春皱眉道："孙先生啊，我一向不与官家交往，街上传言宫中的大臣们也有求我印章者，以讹传讹，市面上便信以为真了。可神明自知，罗某却一方印也不曾向宫中出手过啊，非是罗某孤赏自傲，沽名钓誉，只是我祖上的规矩已经定下，不与官家纠缠。此一方石料，我已经看出大概来历，所以我不可以治印。即我刚刚讲过的，非不为也，实不可为也。"

孙越强叹了口气，点点头："启繁先生果然慧眼，直让孙某刮目相看。"

韩为诚站在一旁，细细地观看着桌上的这一块石料，张张嘴，似有话说。罗光春看出了，略加犹豫，便笑道："为诚啊，你有什么话，就说来听听。你们三个与孙先生也早就相熟了，不必讳言。"

韩为诚笑道："师傅，恕徒弟冒昧，若是师傅不愿意承接，为诚不才，愿意接下这印章。"

孙越强看看罗光春，笑道："启繁先生以为如何？"

罗光春笑道："为诚的手艺我自然信得过。他在我这小店里已经有些年头了，手艺在他们三个当中也是最为出息的，也该出头了。"说到这里，他重重地看了韩为诚一眼，叹道："所谓误人一时，怕是要误人一世。"

韩为诚似乎听出罗光春的话外之音，目光里登时有了些许惊慌："师傅啊，您这是什么意思？"

罗光春脸上的笑容有些僵硬了，他缓了缓口气，说道："为诚啊，你我二人师徒缘分已尽，今日便是你出徒之日。只是今后你在江湖上走动，切不要再提我罗光春的名字。我还要为你这两个师弟张罗饭口，只是怕你接揽一些来历不清的印章，惹下些麻烦，便是要连累了这润文轩了。"

大家听得怔住了。

韩为诚猛地跪在了罗光春的脚下，哭叫道："师傅啊，你不能赶我走啊。"

罗光春目光颤了颤，有些动容，但还是摆摆手："为诚啊，我已经看出，你与孙先生相交至深，你随孙先生去吧。"

孙越强长叹一声："启繁先生啊，您这是何必？不就是一方印章嘛。"

罗光春站起身，直声说了一句："恕不送客。"就转身进了里屋，放下了屋帘。店里，一时气氛尴尬万分，李双夺、张得意愣怔怔地看着韩为诚和孙越强。

韩为诚长叹一声，站起身，叮嘱李双夺和张得意一句："替我孝顺师傅。"说罢，深深一揖，便随孙越强出店去了。

李双夺和张得意醒过神来，忙追出店门，只见孙越强和韩为诚已经坐在了驴车上，梁子汉一挥小鞭，发出一声脆响，驴车便悠悠地蹿出了秀水街。

李双夺和张得意心中都有些伤感，他们转回身来却呆住了，只见罗光春怔怔地站在店门前，目光中有了些许凄怆之色。罗光春目光直直地望着秀水街，秀水街上已经不见了孙越强和韩为诚的影子，只有一阵秋风从街中悠然自得地吹着。罗光春长叹一声："可惜了为诚，只怕他是没有好下场啊。"

李双夺、张得意面面相觑，不知罗光春此言何意。

如此过了一年。第二年秋上，韩为诚在保定大旗杆下被斩首，罪名是勾结乱党，为乱党治伪印。李双夺和张得意在街中看了刑场，吓得不敢作声，颠颠地跑回店来，告诉了罗光春。罗光春正在店中刻印，听说后浑身一颤，却头也不抬，只是"嗯"了一声，继续刻印。李双夺和张得意便不敢再说。

太阳不及落山，罗光春让两个徒弟早早地关了店门，师徒三人坐在一起，罗光春长叹一声："不瞒你们两个，韩为诚是革命党我早就知道。他与孙越强先生曾经是旧友，只是他二人不说破，我也不好说破。去年孙先生带来的那方石料，便是革命党人的东西。我说是朝中王爷的石料，只是不好说破内中机关。那次为诚坚持，我便只好成全了为诚。只是想不到，他竟如此短命啊……"说到这里，罗光春便再也说不下去了。

夕照从门缝和窗缝钻进店里，仍然强烈的光线将店中切割得一片零乱。此情此景，正是难堪。

这天夜里，罗光春独自在店中饮酒，饮得满脸是泪。

第二年，大清朝灭亡了。孙越强乘一辆八马的官车，前呼后拥着回到了保定，竟做了保定的督军。那天，孙越强俗装简从，亲自来到润文轩，来请罗光春去望湖春酒店吃酒。罗光春竟让李双夺和张得意挡在店门前，不让孙越强进门。孙越强在店门外让李双夺传话进去："启繁先生，你这是何必？"

李双夺传话进来，罗光春仰天长叹："你去告诉他，他孙越强毁了我一个天分很高的徒弟，我自然要记恨他一世了。"

李双夺传话出去，孙越强脸上便有了些愧色，他不再说，轻轻地叹了口气，便转身走了。

张得意劝解："师傅，孙大人现在毕竟是民国的官僚了，咱们不好得罪啊。"

李双夺也劝道："师傅，孙大人毕竟和他朋友过一场啊。"

罗光春苦笑道："你二人涉世太浅啊。你们以为这革命党能成功吗？你们以为孙越强先生这个督军能坐得长久吗？"

李双夺和张得意双双怔住了。

真让罗光春言中了，只过了两年，孙越强因为反对袁世凯，被抓进了监狱。那一日街中北风呼号，孙越强浑身是伤，戴着镣铐，站在囚车上，从街上驶过去了。张得意正在街头买面，背着面袋一眼撞见，惊散了魂魄，扔了面袋，跑回店里告诉了罗光春。罗光春听了，浑身一颤，轻轻叹了口气，沉思了良久，便让张得意、李双夺二人去监狱里探望。

张得意、李双夺花了三十块大洋，打通了关节，前去监狱探望一遭回来了，告诉罗光春，孙越强被判定的是死罪。

罗光春默不作声，饮一碗白水，便让张得意、李双夺二人关了店门。

这天夜里，有两个官差进了保定监狱，他们手里拿着盖有国务总理印信的公文，前来提孙越强到北京受审。监狱想立刻报告新上任的督军，可是夜半时分，谁敢打扰督军的好梦。谁知道这位新督军是个什么脾气呢。北京的官差催得紧迫，狱官不敢耽搁，便收了公文，匆忙将孙越强交与了二位官差。

官差便将孙越强带走了。

第二天一早，狱官将此事报告了保定的新任督军，并呈上了盖有国务总理印信的公文。督军听罢，心中诧异，便将国务总理的印信细细看了。督军看了好一刻，将桌案一拍，破口骂道："你等浑浑噩噩，真是有眼无珠啊。"直骂得狱官战战兢兢。督军骂够了，方才叹道："也真是怪不得你们。走吧，你们随我到秀水街走一遭吧。"

督军揣上了那纸盖有国务总理印信的公文，带了一行人去了润文轩。进了店门，李双夺、张得意都不在店里，只有罗光春独坐店中，凑在一只火炉旁，正慢吞吞地刻印。督军抱拳笑道："启繁先生，好久不见了，一向可好？"

罗光春抬眼打量了一下督军，并没有起身，只是点点头："这位大人，恕罗某眼拙，竟是记不起了。"

督军笑道："当年我曾经和孙越强先生多次来过贵店啊，我就是当年为孙师爷赶车的梁子汉啊。"说着就扯一把椅子在茶几旁坐下，也伸出手来烤着火炉。

罗光春"哦"了一声，笑道："士别三日，刮目相看。梁先生，不，督军大人，而今果然春风得意了。"

梁督军摆摆手，笑道："谈不上，谈不上，三十年河东三十年河西罢了。"说罢，四下打量，问道："启繁先生，我记得您还有两位高徒呢。"

罗光春笑道："早已经出徒，另立门户去了。"

梁督军笑道："可有人前几日还在这秀水街上看到过他们呢。"

罗光春笑了："或许看错了吧。"

梁督军"哦"了一声，也笑了："是啊，或许吧。"

罗光春示意茶几上的茶壶："督军大人若渴，自己倒上就是了。"

梁督军笑笑，捉一只茶碗过来，提壶倒水，竟是白水。梁督军诧异了一下，就笑道："启繁先生啊，你如何连茶也喝不起了。我记得润文轩生意一向兴隆啊。"

罗光春笑道："我已经多年不饮茶了。记得一个朋友对我讲过，茶本是一个解渴的物件，自古至今，上至达官贵人，下至引车卖浆者流，都拿此物来说事，这便是诉病了。他当时说，整个大清朝整天都泡在茶里，泡得久了，便会泡得筋骨松弛，这大清怕是没得救了。果然被他说中，你看，这大清朝几百年的天下不是说完就完了嘛。"说罢，笑眯眯地看着梁督军。

梁督军也哈哈笑了："这似乎是孙越强先生的话吧？"

罗光春笑而不答，继续低头刻印。

梁督军呷了一口白水，收敛了笑容，硬声道："昨天夜里，有人持着盖有北京国务总理印信的公文，从监狱里提走了国家的要犯孙越强。这件印信还请启繁先生过目鉴定一下是真是伪？"说罢，就从怀里掏出那纸公文，应声拍在了茶几上。

罗光春停下手中的活儿，淡淡地一笑："督军大人并非让罗某来鉴定什么印信的吧？桌上有一枚伪造的官印，不知道督军找的可是它。"

梁督军向桌案上看去，罗光春伸手掀去了蒙在上边的一沓宣纸，一枚大印赫然在目。

梁督军抄起这枚大印，细细看过，点头："果然是它。"继而又叹道，

"鬼斧神工啊。"叹罢,看看仍旧聚精会神刻印的罗光春,店里一时极静谧,只听得罗光春刻印的声响。梁督军的目光在罗光春的身上顿了顿,张张嘴,似乎想说些什么,可什么也没有说出来。他的脸上一时竟蒙了些哀伤的颜色,他转过头,望着店门外。

店门外面,刚刚还阳光平和的天气突然起了变化,悄悄地起风了,干燥的冬风在街道上划出些金属般的声响。天空阴阴蒙蒙的,一派雪象。

梁督军招呼一声,站在他身后的随从便抄起了那枚大印,装进了包里。梁督军起身道:"启繁先生,跟我们走一趟吧。有些事情还要请您到衙门里说说清楚。"

罗光春笑道:"督军啊,我这里还有些许工夫就治完了这方印,不如给一个面子,再容我片刻如何?"

梁督军笑了:"自然可以,先生请便。"便走出了店门。

片刻工夫,罗光春已经将印治好了。他细细地端详了一下,笑了,就将印稳稳地放在了桌案上,起身走了出去,细心锁好了店门。

店门前,十几个木头桩子一般的士兵持枪站立在冷风里,一辆囚车横在门前。

罗光春笑了笑,一扬手,一串钥匙在他头顶划了一道漂亮的弧线,就着一串哗啦的碎响便落在了当街。罗光春继而大步走上了囚车。风渐渐地硬了,天阴得更重,一场大雪将至。一街人拥出来观看,见囚车拉着高大的罗光春驶出了秀水街。

第二日清晨,罗光春顶着松松紧紧的雪花,被斩于保定大旗杆下,罪名是伪造国家印信。他的首级在保定的大旗杆上悬挂了七天示众。再三日之后,罗光春的尸体被人出资收殓了,首级也有人出资请人缝合了,许多人看到,一口柏木棺材装着罗光春的尸首,被几个乡下人模样的汉子抬上了一辆牛车,吱吱呀呀地碾着一路冰冻的积雪出城去了。

无人知道罗光春埋在何处了,出资办理这件事的人,始终没有露面。

罗光春就这样死了，润文轩也就此关张了。

他的徒弟李双夺、张得意不知所终了。后来听人说，李双夺和张得意都曾经在北京开过刻字社，他们二位的传人仍在北京。只是传说，并无实据。

1998年，保定有一位名叫石桥的文友，主编了一套《保定艺术人才大观》（共三卷本，没有正式出版，内部资料），上边有罗光春的几十字的材料，现引在这里：

> 罗光春（？—1915年），男，河北曲阳人（一说河北唐山人），治印艺人。曾在保定秀水街开办"润文轩"刻字社。名重一时。

谈歌曾经听人说保定仍存有罗光春的治印，可是遍访收藏者，均无下落。那一日，谈歌在秀水街中的一家文物店里见到了一方闲章：清水听音。谈歌感觉刀工非常，冲中见切，切中藏冲，大气磅礴，夺人目光。谈歌心中起疑，莫不是罗光春的作品？当下便问及店主此印的来历。店主道："此是当年保定一位刻字大家留下的。"谈歌再问详细，店主也不知就里。谈歌问及罗光春这个名字，店主想了想，笑道："我还真是听说过这个名字。"

谈歌来了兴趣，忙道："说来听听。"

店主皱着眉头回忆着说："我也是听人讲的，说这个姓罗的是个盗墓的，也收藏了许多文物，'文革'中被枪毙了。您问的是不是这个人呢？"店主盯紧了谈歌。

风马牛嘛！

谈歌慨然作罢。

绝 瞽

民国十年秋天，保定府来了两个瞎子，一男一女，男瞎子四十岁上下的样子，女瞎子二十岁出头的样子。二人白天在城中沿街卖唱乞讨，夜里便在城南的破庙内卧睡，大概是一对夫妻了。

男瞎子拉胡琴，操练得极娴熟，松松紧紧，点滴分明。女瞎子唱，竟有一副绝好的嗓子，时而凄恻哀婉，时而豪气冲天，爽耳动听，不说绕梁，也可绕街。街人听过，便叹息："真是可惜了。"多有人丢下几文钱便惜惜地走开。

转眼，这二人已经在保定卖唱乞讨了月余，人们也便知道了那男瞎子叫阿三，女瞎子叫阿琴。

这一天，阿三和阿琴到东大街的状元胡同去卖唱。

这一唱竟惹出了些麻烦事。

状元胡同是否出过状元已经无从考证，但这胡同至今犹在。那年月，状元胡同有一个程宝生员外极有名气，那时的名气跟如今相差无几，有名气必是有钱。

程宝生是保定城中的大富户，他贩了几十年的牲口，很是赚了些钱，半条状元胡同都是他家的宅子，一溜青石墙大院，很打眼。程宝生只有一个独生子，名叫程兆初，在外埠做皮毛生意，常年不归家，说是生意上忙。程宝生的结发妻子早丧，前几年，程宝生到口外最后一次去贩牲口，娶回来了一个女子，名叫珍儿，绝色，倾倒了一城的男人。程宝生也由此闲逸起来，偶尔带着珍儿到庙里上香，或者对保定的穷苦人家施舍一些。人们说，珍儿使程员外更加慈善了。谁知道仅仅过了两年，珍儿在一趟集市上竟走失了，传说珍儿让外地来保定做生意的商人给拐走了。程宝生由此脾气变坏了，对下人经常打骂，走在街上也常常对街人动粗。人们叹息，程员外的魂儿被珍儿勾走了。

阿三和阿琴到状元胡同卖唱时，程宝生正在闷闷地睡觉，被阿琴的唱曲声闹醒，他心中烦恼，便让家人程贵出去轰卖唱的走。

程贵急急火火地跑到街上去轰，竟轰不动两个瞎子，听唱的街人也喜欢听阿琴唱曲，不时喝出彩来。阿三得意，把一把胡琴扯得越发悠扬，阿琴便也唱得更是高亢。程贵只好回来报程宝生。

程宝生恼了，放出两条狗，吠着去扑阿三和阿琴。围观的街人们吓得高声喊，散了。阿三被狗扑倒，那腿上被结结实实地咬了一口，鲜血立刻疯蹿了出来。

阿三顾不得喊叫，只把胡琴抱住，喊了一声阿琴，爬起身，摸着阿琴便扯住，拐着一条血腿慌慌地逃了。

程宝生出来，望两个瞎子的背影，冷笑："再搅大爷的清静，便咬死你们。"

从这天起，保定城中不见了这两个瞎子。有人暗中责怪程宝生霸道，不该这样轰走这两个瞎子，保定城中少了一些热闹。

又过了十几日，那天中午，程宝生正在睡觉，被一阵叮叮当当的嘈杂声吵醒，他刚刚要喊人发作，程贵惊着一张脸慌慌地闯进来报告，说一群瞎子们在拆墙。

程宝生怒道："放狗咬他们。"

程贵叹气说："狗都被他们弄死了。"

程宝生忙披衣出门去看，只一眼过去，便是软了腿。只见几百个瞎子，黑压压地沿墙站开，每人手中或锹或镐，起劲地掘挖程家的院墙。那两条狗脖子上勒着绳索，已经丧命，躺在了街上。

程宝生慌了，喊程贵去请瞎子阿三，进屋商量。

阿三正抡着一把镐，卖力地掘墙根，听程宝生有请，就笑着丢了镐，吹了一声长长的口哨，十分悦耳，瞎子们便歇了手。阿三被程贵引着进了程家大门，过了一个多时辰，程宝生搀着阿三出来，二人说说笑笑，一脸极亲热的样子。

这么快就成了朋友？

阿三站定了脚，又吹了一声长长的口哨，十分刁钻刺耳。那几百个瞎子听了，立刻四下散了。街人们远远地看到，便对阿三有了恐惧，恐惧中对阿三有了新的认识。由此，城中暗中喊阿三是"瞎王"。

瞎王仍在城中串街拉琴，阿琴仍卖力地唱曲，只是人们远远地观看听曲，很少有人走近去听了。于是，阿三的生意便不好做了。程宝生得知了，便把阿三、阿琴请到程家大院去唱曲，东大街上的人常常见到程宝生把阿三和阿琴送出状元胡同。街人们便猜，程宝生一定给了两个瞎子许多钱，但是阿三和阿琴仍在城南的庙里住着，并不像有钱的样子。

这年八月初六，程宝生做寿，保定竟来了几百个瞎子给程家大院送礼，惊得保定城里议论纷纷。程宝生便在程家大院里摆下几十桌的酒席，隆重招待瞎子们，一直大吃大喝了三天。

程宝生做罢了寿，便在状元胡同搭了戏台，阿三带着许多瞎子在台上唱戏，夜夜唱。全城人都拥来看戏，城外的人也拥来看，于是状元胡同夜夜灯火光明，人山人海。人们惊奇瞎子们竟是唱得绝好，一个个都似训练有素，在戏台上举手投足竟都似行家里手。除却阿琴唱头牌旦角唱得勾人心魂，还有阿井、阿六两个武生，竟是脚下明白至极，抢背、吊毛之类的险活儿也做得极到家，看客们常常禁不住连声喝彩。

由此，保定城里的瞎子渐多起来，日间沿街或算命或卖唱。瞎子们从不生事，保定人便又觉得瞎子们可爱起来。

这年冬天，程宝生突然病倒，先是风寒咳嗽，请郎中看过，吃下十几服药，竟是不见一点儿动静，日渐沉重。程宝生自知大限到了，便让程贵去请阿三来。

阿三慌慌地来了，坐在程宝生床前，摸着程宝生的手。程宝生颤声道："阿三兄弟，你我二人交情一场，我将不久于人世，有一事相托，你莫要推辞。"

阿三哽了喉，酸酸地说一句："员外爷，请讲。"

程宝生叹口气："我曾经续过一房，叫珍儿，那年我儿兆初回来，二人私通，被我察觉后双双跑了。兆初怕我记恨，不敢回来。我死之后，你找他回来，到我坟前烧一张纸，我也可入土为安了。"

阿三问："少爷现在何处？"

程宝生泪就落下来："唉，音讯皆无。或许在口外，或许在关外，他是做皮毛生意的，左脸上有一块青紫胎记。"

阿三点点头，颤声说："我记牢了。"

程宝生把阿三的手抓紧："阿三兄弟，此事为家丑，不可外扬。我死之后，程家大院的事务由你掌管。若找回兆初，你便把财产交给他，若找不回他，或者他不肯回来，这程家的产业便属于你阿三了。"

阿三大放悲声，扑通跪倒在床前："程员外，您说的这是什么话。阿三怎么也不会有占您产业的恶念啊。您放心，阿三一定找回少爷。"说罢，重重叩了一个头。

程宝生泪流得更急："阿三兄弟，先不说此事。我已经立了字据，已经交给了程贵，外人不会生疑。"说着，他便急喘起来。

阿三不好再说，退出来。

过了几日，程宝生死了。

阿三主持安葬了程宝生。程贵便在程家大院摆下一桌酒席，请来了东大街的几户父老，阿三四下拱手："阿三受程老爷嘱托，暂时代管家务，等程少爷回来便交接，诸位休要疑心。"程贵便把程宝生留下的字据，在酒桌上摆上展示。众人点头不语，心中却奇怪，不知道程宝生为何这样信任阿三。

第二天，阿三便动身去口外。行前，他要阿琴帮着程贵看管程家大院，又叮嘱阿井、阿六掌管好戏台，每夜仍要唱，似程老爷生前一样热闹。几个瞎子诺诺点头。

阿三一走就是一年，没了消息。保定开始传说，阿三已经死在了外边。

又过了些日子，阿琴变得泼悍了，时而对程贵等家人又打又骂，人们隐隐地担心要出事。终于有一天，阿琴带来了十几个瞎子，摸住程贵痛打一顿，强索出程宝生留下的字据，把程贵等几个程家人都赶了出去。

一城人得知此事，叹息程宝生养虎遗患。

又过了些日子，阿井、阿六也火拼起来。那天夜里，阿井、阿六先是在戏台上口角，然后各自带人在戏台上厮打，有人碰翻了灯火，戏台便燃着了，看客们一哄而散。那火直直烧了一夜，戏台成了废墟。第二天一早，有好事的街人来观看，只见戏台下扔着几具瞎子的尸体，其中一个有人认出是阿井，竟是被生生掐死的。

瞎子们命贱，贱有贱的好处，官府也不追究。有好事者告到衙里，衙里放出话，瞎子们闹事，生死不管。街上的绅士们看不过，将死了的瞎子们拖出城去埋了，这就算罢了。

可是瞎子们自己不罢休，阿六带人摸进程家大院住了，阿六和阿琴就睡在一起。至此，二人在程家大院里花天酒地。

又过了几个月，阿三回到了保定。那天早晨，阿三刚刚走到城西门口处，竟先被程贵撞见。程贵惊了脸，搓搓眼，便酸酸颤颤地喊了一声："是阿三吗？"喊罢，便泣不成声了。

阿三怔住，忙摸住程贵，懵懂地问："出了什么事情？"

程贵把阿三扯到无人处，把程家大院的变故诉说了一遍。阿三的脸渐渐变得青紫，他惨惨一笑摸进城去了。

这天夜里，阿三进了状元胡同，摸到程家大院，便叩门进去了。他在院子里站定，硬硬地喊了一声："阿琴。"

阿琴和阿六还没有睡下,慌慌地摸出门来。

阿三又喊一声:"是阿琴吗?"

阿琴和阿六都呆住了。

阿三阴阴地一笑:"阿琴,你好吗?你身边是谁?"

阿琴软了声:"阿三哥,你回来了,我身边没有人。"

阿三叹口气:"我真是老了,耳朵不中用了。"

阿六摸出一把刀,悄声绕到阿三的背后,用尽了力气,把刀举起,却听阿三大喝一声:"阿六,你要做什么?"

阿六手一软,刀落在了地上。

阿琴定了定神,冷笑起来:"阿三,你不该回来,就该死在外边。"说罢,她也吼了一声:"捆了他。"便有十几个瞎子从四面摸向阿三。

阿三大笑:"阿琴,你忘记我是谁了。"他猛地打一声口哨,口哨声尖厉得似乎要划破夜空。门外就拥进来百十名瞎子,摸到阿六和阿琴身旁,将他们捆了。院子里的十几个瞎子,也被一一捆了。

阿琴哀号:"阿三哥,是我一时昏了头,饶了我。"

阿三叹口气:"是你自己作孽,怪不得我了。"

阿六还在吼:"阿三,你若杀就杀我一个,怪不得阿琴。"

阿三野野地笑了一声:"我留下她,你一个人走路怕是要孤单的,岂不是要骂我不仁义。你们一并去吧。"他大喝了一声,一群瞎子拥了上来,把阿琴、阿六和那十几个瞎子牵了出去。后来有街人看到,阿琴和阿六等十几个瞎子,被一群瞎子牵出了东门,直往暗夜里去了。

大夜如墨,黑得正死。

第二天,街人们看到阿三和程贵在西城门迎来一男一女,进了城,径直去了状元胡同。街人们在街两旁探头探脑,见那男的左脸上有一块青紫胎记,分明就是程宝生的独生子程兆初,那女子虽然垂了头,但人们还是认出了,她就是当年走失的珍儿。

这天夜里,阿三独自摸到了那戏台的废墟处,摸到一块砖坐下,取下背上的胡琴拉响,一曲哀怨凄凉的调子便四散开来,悲悲地响了一夜,搅得一城人心酸。天亮时,那曲子终了。有早起的人来看,阿三已经走了。

从此,保定人再也没有见到过阿三,竟再也见不到瞎子了。偶有瞎子路过,也不进城,都是匆匆地绕路而行,惶惶的样子。

好奇怪耶!

贺梁红梅

光绪三十四年秋天,也就是公元 1908 年,清宫里出了两件大事,即光绪皇上和慈禧太后先后去世了。国葬很隆重,朝野一片哀痛,人们哀痛的或许并不是这两位的突然西归,而是哀痛此后的日子,不知道天下将来会出什么乱子。日暮途穷的大清国,已经危若垒卵了。同年宣统皇帝登基了。直隶总督袁世凯去北京参加了大典,回到保定第二天,便召集在任或者候任的官员们开了一个会议。袁世凯讲了一通便散会,单独留下了保定府的同知贺明竟。袁世凯要与贺明竟谈一件事情。

一个时辰之后,贺明竟从直隶衙门里走出来,他的心情很不好。他刚刚与袁世凯吵了一架,二人不欢而散。或许别人不敢吵这一架,可是贺明竟与袁世凯曾经是好朋友,二人谈话并不见外,今日吵架,别人也就见怪不怪了。吵架的原因很简单,即袁世凯要求贺明竟督导保定的机械制造局快些投入生产。保定机械制造局是李鸿章时代筹建起来的,主要是生产机床。贺明竟已经接手了两年,可是因为经费一直短缺,生产机床仍旧是一句空话。刚刚贺明竟又向袁世凯讨要生产经费,可袁世凯根本拿不出钱来,他要贺明竟自行筹款。贺明竟说:"这是你袁世凯难为人。"一气之下辞职。袁世凯也正在火头上,照准。

贺明竟心中积着块垒,怒气冲冲地回到家中,朋友张野墨寻上门来闲聊。张野墨也是刚刚被袁世凯罢了官,一肚子的晦气,看贺明竟心情不畅,便邀他到望湖春酒店去饮酒。二人去了望湖春酒店,要了几个菜、两壶酒,痛饮起来。酒不醉人人自醉,二人各自装着一肚子心事,就饮醉了。

这一场酒直饮到日落西山,贺明竟和张野墨相搀着,仄仄歪歪地晃出了望湖春酒店。二人都恍惚觉得街道也不平稳了。

张野墨笑道："明竟兄，酒后君子也无行，我二人去逍遥一番如何？"

贺明竟哈哈笑道："野墨兄，多年不曾如此尽兴尽致，随你去处。"

张野墨嘻嘻道："我二人去红线胡同寻花问柳如何？"

贺明竟怔了一下，大笑道："我已经多年不去了，今日便要旧景重游。"

二人就乘着酒意去了红线胡同。

保定的红线胡同曾经是一条经营绸缎的商业街，原名叫作布线街。自宋元明以来，也有几百年的历史了。清朝建立之后，红线胡同竟成了青楼一条街，即是人们常常讲的烟花柳巷，据说是一位官员在这里销魂之后，赎走了一位当红的青楼女子，便将此街改名为红线胡同。红线，大概是指月老系红线的意思吧，当然与男女之事有关。红线胡同内有着十几家青楼，有些名声的如月儿楼、梅花阁、鱼水间等。保定的达官贵人、商贾富绅，常常来此消磨，乘着酒意，一夜千金的事情也是有的。于是，红线胡同的生意，一直到民国也仍然火爆得很。1949年，保定解放，红线胡同重新恢复为布线街，成立了保定第一服装厂和第二服装厂。近年来，两个服装厂相继破产，布线街成了商业街，街道两旁均成了商业店铺。其中也有几家洗头房、美发屋，做着那种人人心知肚明的生意。此是闲话，不提。

贺明竟生在书香门第，他祖父曾经在湖北做过知府，清朝末年，异地为官的旧律已经悄悄松动，贺明竟的父亲便花钱运动，回到保定做了直隶总督的主簿。贺明竟入仕之后，也留在了保定为官，他竟是保定有名的才子，才子风流自不必说，年轻时也曾经风流一时。到了现在这个年纪，他便早已收敛了荒唐举动，不再涉足烟花柳巷。可是今日心中不畅，吃得醉了，他便与张野墨寻进了红线胡同。

张野墨仕途虽然屡屡失意，却是一个玩家，红线胡同是他熟门熟路的地处。进了胡同，他便拣了一家叫作落雁亭的青楼进去，鸨儿满脸堆笑迎了出来，哆着一张水亮的嗓子朝张野墨打着招呼："张老爷啊，你可是多时不见了。"

张野墨也色眉色眼地朝鸨儿笑道："妈妈哟，我这位朋友可是吃得醉了，要找一个会疼人的姑娘来陪啊。"

鸨儿笑道："张老爷哟，您就放心吧。"

鸨儿便喊了两个姑娘陪这二人过夜，两个姑娘各自扶着自己的客人进了各自的房间，张野墨乘着酒意，搂着姑娘便进了温柔乡了。贺明竟在房间里却是吐了一个七荤八素，整个客房里便是一片狼藉了。陪他过夜的这个姑娘也不作声，只是小心地为他擦洗、收拾。这一夜算是没有消停，挨到天亮时，贺明竟才一觉醒来，他闻到屋里的气味，再看看自己光着身子躺在床上，便明白了昨夜的经过，他抱歉地朝姑娘笑道："这一夜辛苦你了。"

姑娘淡淡笑道："客官饮得醉了。"

贺明竟自嘲道："冯梦龙先生写过卖油郎的故事，甚是动人。不过昨天夜里的事好像是反过来了，我倒成烂醉如泥的花魁娘子，姑娘却成了秦卖油了。"说着，便要起来，姑娘笑着拦他："客官的衣服昨夜吐得污浊了，我都洗了，已经烤上了，一刻便干了。"

贺明竟看看屋中的炉火，自己的衣服都围烤着。他笑道："我还是口渴，劳烦姑娘端碗茶来。"

姑娘便端了碗水过来，又拣了一条睡巾给贺明竟披上。贺明竟坐起来喝水，呷了一口，皱眉道："姑娘，你这不是茶啊？莫非这红线胡同连茶也吃不起了吗？"

姑娘笑道："客官错怪了，酒醉之后还是多饮些清水好些，茶水去腹中油腻尚可，若是酒后饮茶，便会引起脾胃的虚寒。真是去酒意，还是清水好。"

贺明竟笑了："姑娘说的是了，看不出姑娘还有些郎中的学问。"他饮尽了水,将碗交还给姑娘,便细细打量,见她模样虽然不是秀丽,却是端庄,中等身材,举手投足,稳当。贺明竟笑问:"说了半天话,还不知道姑娘叫什么名字呢。"

姑娘笑了:"劳客官问了,我叫梁红梅。"

"哪里人氏?"

梁红梅答道:"三河县人。"

"听姑娘的话音,必是识文断字的。"

"字倒是认得几个。"

"如何做了这一行当?"

梁红梅笑了:"客官莫要再问,我们这一行当是不兴问及出身的。"

"说说何妨?"

梁红梅笑道:"凡落入这一行当,大都有一番苦涩,若要笼统讲来,还讲不明白,若要细说,必是有一番曲折酸痛,怕是要扫了客人的兴致,不说的好。"

贺明竟笑了:"是了,是了。红梅姑娘讲得入情入理啊。"

说着话,窗外的阳光已经三竿子高了,贺明竟就听到门外有张野墨的声音:"明竟啊,还是快些走路吧,梁园虽好,不是久留之地啊。"

贺明竟便应了一声,梁红梅拿来贺明竟的衣服,伺候着他穿了。

贺明竟告辞出门,看了梁红梅一眼,梁红梅竟是笑了,这一笑,竟是惹动了贺明竟的心思。他张口说了一句:"红梅姑娘,若是不嫌弃,莫若让我赎你出去,做我一个妾如何?"

梁红梅笑道:"客官莫要说笑了,看你的模样必是大户大家,岂能从这烟花柳巷里赎一个回家做妾,那还不惹得家中众怒,客官也要失了颜面。即使客官诚心选色,也不应该是红梅这般模样的,这红线胡同里美女如云……"

贺明竟摆摆手,打断了梁红梅的话:"红梅姑娘不要再说,我明日便来赎你出去。"说罢，施了一礼，告辞出门走了。

贺明竟与张野墨走在街上，贺明竟笑道："野墨兄，我今日看中了房中的那个烟花女子，我观此女不凡，便想赎她出来做妾。"

张野墨怔了一下，问道："明竟兄啊，你可是多年入仕经世，不问女色，今日如何动了真情？"

贺明竟皱眉道："说来也怪，我观这一个女子身处烟花柳巷之处，却没有风尘痕迹。我想赎她出来，或许能做一番事情。"

张野墨摇头大笑："明竟兄啊，只怕你是落花有意，而流水无情啊。我知你才高八斗，可那烟花柳巷之处，多是认得有贝的才，而不认识你这无贝的才唉。这烟花柳巷也就是消磨一下而已，如何动得真情。莫不是那个姑娘昨夜巧言令色，哄骗了你什么？此事不妥，委实不妥。"

贺明竟正色道："野墨兄，如你这般说起，这天才岂不是铜臭世界了吗？"

见贺明竟恼了，张野墨急忙摆手："不提，不提。"

第二天，贺明竟刚刚起床，总督署差人来找，要他去衙门里商量紧急事情，贺明竟匆匆去了。两个时辰之后，贺明竟带着几个随从出衙门，乘马去了北京。如此，便把梁红梅的事情放在了一旁。写到这里，谈歌要说一句，这贺明竟本是一个君子，言必行之，行必果之，此行匆匆进京，却是因为一件大事情。袁世凯下野了，朝廷要贺明竟督办保定机械制造局。此次进京，是摄政王与贺明竟面谈。

贺明竟在北京驻了数日，摄政王与他详细商议了保定机械制造局的构想。贺明竟从内务府支取了银票，便回保定。进了总督府，拜见了总督，把制造局的事宜商谈妥了，贺明竟便从衙门里出来。他想了想，却没有回家，一路竟奔了红线胡同。

进了红线胡同，便去了梁红梅所在的落雁亭，贺明竟让老鸨喊出梁红梅，二人相见，互相笑了。贺明竟笑道："贺某失约了，还望红梅姑娘谅解。"

老鸨笑道:"贺老爷,红梅姑娘可是等了你数日了,你如何一去不回呢?"

梁红梅便笑道:"妈妈讲什么呢?贺老爷也是世道中人,柴米油盐,都要奔波。耽搁几日,也在情理之中。"

贺明竟听罢,呵呵笑了,再与老鸨讨价还价,交过了一百两银子,替梁红梅赎了身。

赎出了梁红梅,贺明竟便将她领回了自己的府中。第二天,他把府上的人召集起来,宣布收梁红梅做了妾。贺明竟这是第一次收妾,他的夫人季氏脸上并无不悦之色。这里交代一下,这个季氏是贺明竟远房的一个表姐,娶过门之后,却总是不怀胎。不孝有三,无后为大。贺明竟的父亲便要贺明竟将这个季氏休了。贺明竟没有听从,他觉得季氏或许有病,便找郎中为季氏开方下药,细心医治。父子二人为此事多有不睦。贺父过世之后,季氏却是怀了两次,先后生下一子贺天宇,一女贺天娇,贺明竟纳梁红梅为妾时,贺天宇十五岁,贺天娇六岁。

梁红梅上前,在季氏面前施了一礼,款款地跪下,切切地叫了一声姐姐。

季氏扶起了梁红梅,淡淡道:"妹妹啊,既然入门了,就是一家人了。老爷自有他的事情,你我姐妹二人,好好操持这个家就是了。"

梁红梅诺诺地一概应了。

贺明竟第二日便去机械制造局上任了,他是一个提倡科学救国的新派人物,年轻时曾经在李鸿章手下当过差,对李鸿章的一些主张十分赞赏。袁世凯在任时,贺明竟不得重用,机械制造局耽搁下来。此次朝廷点名要他督办制造局,贺明竟便下力苦干了。虽然纳了梁红梅为妾,贺明竟却并没有在梁红梅身上着意,他早出晚归,心思只在制造局上。那天夜里,他回来晚了,睡在季氏的房中,夫妻二人说开了闲话。贺明竟这才想起了梁红梅，便问："红梅近来如何？"

季氏笑道："老爷啊，你真是心血来潮，如何刚刚想起了人家。这妹妹进府快一个月了，你却连人家的屋子也没有去过呢。这般冷落她，当初你为何要赎她出来呢？"

贺明竟苦笑道："不是我冷落她，这些日子制造局里的事务繁多，我恨不得分身有术，顾不到她。你与她相处了这么多日子，和睦吗？"

季氏苦笑："如何能不和睦呢？老爷哟，真是想不透你，你多少年都不曾动过这个念头，我一个人还真是独处惯了，你冷不丁领回这样一个人来，我如何能习惯？可人家既然进门了，我便要爱护了。"

贺明竟笑了："这就是了。"

第二日早晨起来，贺明竟便到梁红梅的房中去看，梁红梅却不在屋中。女佣讲，二奶奶在厨房里做活儿，贺明竟便到厨房去寻。只听到厨房传出一阵阵的响动，贺明竟进去，见梁红梅一身短衣打扮，腰中系一条围裙，正与几个家仆收拾厨具。见贺明竟进来，梁红梅急忙放下手中的灶具，两只手在围裙上擦了擦迎过来。

贺明竟看看梁红梅，又看看几个家仆，皱眉问道："你们这是做什么？"

梁红梅笑道："回老爷，我看到这厨房的灶具有些陈旧，便找家仆动手收拾一下。"

贺明竟在厨房里细细看过，灶台重新砌了，烟囱也改道了。他忽地笑了："红梅啊，真是看不出，你如何有这般动手的能力？"

梁红梅笑道："回老爷，早年在家中曾看到父亲这般做法。"

贺明竟点点头，心里动了动，他打量了一下梁红梅，说道："梁红梅啊，你不如到我的制造局去做些事情。"

梁红梅笑道："老爷说笑了，我一个女人家，如何好出头露面呢？"

贺明竟笑道："西洋的女子都可出头做些事情，你有何不可。就这样定了，你收拾一下，这就跟上我去吧。"

贺明竟便让梁红梅进了保定机械制造局。

贺明竟先是让梁红梅在局里做了一个监理，也就是盯着工匠们工作，挑剔工匠们的错误。梁红梅竟是一个心灵手巧的女子，没有几个月，她便熟悉了制造局里的技术。她不仅监理得认真，还能与工匠们一同动手制造。贺明竟便让局里的督造师傅教梁红梅算术和工艺，梁红梅竟是学得精进。

日子像刮风一般过着，转眼到了宣统二年，朝廷或许看出朝野上下科技落后了，颁下旨意，要各地制造局派巧匠，去西洋学习技能，各地选派的工匠到北京集中。圣旨也到了保定机械制造局。贺明竟认真想了想，便定下让梁红梅与两个工匠去德国学习。

梁红梅怔了，她不明就里，夜里睡不着，小心地问贺明竟："老爷，我在这局里帮您做些事情便可，如何还要派我出国呢？"

贺明竟叹道："红梅啊，你真是看不出，这大清江山已经江河日下了。各国列强技艺精进，战船炮舰便是泊在国家的港口，时刻窥视着大清啊。这一段时间，我也看出了，你是一个心灵手巧的女子，年龄正值青春，有这样一个机会，你不如去学习深造一下，或许能学习一些技能，将来也可用上。"

梁红梅呆呆地看着贺明竟，眼睛里就有了泪："老爷啊，我舍不得离开你。"

贺明竟凄然一笑："莫要这样讲，我与你也算得上有缘了。我已经老了，你不可以守我一辈子啊。出去看看，开阔一下眼界，将来若遇到了自己中意的好人家，我便一纸文书休了你，也算是给你一个好去处。"

梁红梅的眼泪就淌了下来，她一下子扑进了贺明竟的怀里，呜咽起来。

第二日，贺明竟将梁红梅和两个工匠送到了保定火车站。贺明竟一直将梁红梅送进了站台，梁红梅上了车，隔着车窗，见贺明竟目光凄凄，若即若离。正是早春天气，风还强硬，沿着站台一路劲吹过来，贺明竟似乎撑不住，身子在风中微微躬了，他头上的白发闪亮，撞了梁红梅满眼。汽笛猛地一响，梁红梅心中悠地一颤，感觉地在动，天在晃，车就开了。贺明竟在站台上挥手告别，梁红梅也挥手，喉间顿时哽住，泪便急急地流下来，她不忍再看，别过头去。稍一刻，她再抬头，车已经远离了站台，贺明竟已经不在她的视野内了。

梁红梅去了，这一去竟是五年。此一去有分交：巾帼不让须眉事，才高必有冲天时。

五年之后，梁红梅回来了，此时大清朝早已经退位，中华已经进入了民国。一些学业有成的能工巧匠，被国民政府邀请回来，梁红梅也在其中。此时的梁红梅已经是物理博士，一经在北京下车，便受到了政府的隆重接待。她不及盘桓，搭车直奔了保定，赶到贺明竟的府上时，已近黄昏，大门关着。她拍打门环，有门人迎出来，说贺家早不在此处。梁红梅如雷轰顶，细问，门人也不知道贺家的去向。梁红梅转身跑到街中，寻人打听，才知道贺明竟于辛亥革命那年，在街中被乱枪打伤，回家养了半年便去世了，贺家也由此败落。现在何处，也少有人知道。

梁红梅在保定苦苦寻了几日，终于在贺明竟的原籍贺家庄——东郊外的一个村子里，找到了贺明竟的家。这是一处极普通的农家宅子，土墙围筑，墙头上败草在风中摇曳。梁红梅心中一叹，便晓得贺明竟之后，贺家便是彻底败落了。她伸手敲门，一个老态龙钟的妇人开门出来，梁红梅上前，从模样中还看得出是季氏。梁红梅通报了姓名，季氏惊讶地张大了口，竟然说不出一句话，眼泪却扑扑地落了下来。

梁红梅和季氏相抱在一起，痛哭失声。

哭了一时，季氏让儿子贺天宇、女儿贺天娇出来见过梁红梅姨娘，一家人进屋坐下说话。梁红梅打量了房间，并无值钱的摆置，四壁光光，墙角处还有些蛛丝痕迹。梁红梅心中一叹，贺家贫寒略见一斑。季氏告诉梁红梅，贺明竟为官一世，并无多少积蓄，临终前便倾其所有在原籍买了这一处住宅及二十亩地，嘱咐季氏认真劳作。

梁红梅寻问贺明竟的墓在何处，季氏一家带梁红梅去了。

贺家的墓地在郊外的旷野里，四顾茫茫，这一座墓显得孤独冷清。梁红梅在贺明竟的墓前跪下叩头，季氏和两个孩子也跪在一旁。梁红梅一边哭一边将带来的火纸燃了，一沓沓火纸燃烧，在空中飞扬飘荡，墓前一时哭声大作。

祭祀毕了，梁红梅挽着季氏的手哀声说："姐姐啊，想我梁红梅本是一青楼女子，得老爷大恩才有了今日。在西洋五年，红梅刻苦，恨不得头悬梁锥刺股，总算学得些技能，今日回来，就是想报答老爷。谁能想到，苍天无眼，薄情于我呢……"说到这里，她又是泣不成声。

季氏抱着梁红梅哭泣道："妹妹啊，莫要再哭了，有你这番言语，老爷在天之灵也心安了。"

梁红梅哭道："姐姐啊，没有老爷，红梅或许已经死在烟花柳巷，早已经尸骨无存了。现在老爷不在了，姐姐就是我的亲人啊，天宇、天娇就是我的孩子啊，红梅已经在西洋寻了一份差事，月月都有薪水，可以衣食无忧，姐姐一家跟我去吧。"

季氏摇头道："妹妹啊，我走不动啊，现在老爷就葬在这里，我要为他守墓啊，我怎么能将他一人孤零零地抛下呢。"

梁红梅叹道："如果这样，我梁红梅也要在这里为老爷守墓。"

季氏摆摆手："老爷生前已经料定妹妹会这样，他嘱咐，若你回来，必定要劝你莫荒废了学业。老爷讲，你年纪尚轻，将来或许能做出一番事业，那将是对他最好的纪念了。"说到这里，季氏说不下去了。

一家人如此哀哀地就在贺家的墓地过了一夜。第二天清晨，梁红梅又在贺明竟的墓前痛痛切切地哭了一回，便起身与季氏一家人告别。她掏出几张银票，硬塞到了季氏手里。

又过了十年，梁红梅回国讲学之际，又回到了保定，此时季氏已经死去了三年，她的儿子、女儿将她埋在了贺明竟的墓旁。那一夜，梁红梅与贺明竟的儿子贺天宇、女儿贺天娇谈了很久，第二天，梁红梅将贺天娇带走了。由此，梁红梅再无音讯。

贺天宇后来曾经在保定育德中学教书。抗日战争开始，贺天宇的住宅区被日军飞机轰炸，夷为平地，一家数口无一存活。

1945年，美国人在广岛、长崎投下原子弹，日本投降。一些科学家纷纷在报纸上称赞这件事情，有人看到瑞典籍华人科学家贺梁红梅的照片和文章登在了中国的一家报纸上。此时她的身份是美国某科研所的教授，她使用的名字叫贺梁红梅。这样一个奇怪的名字，人们极少见过，于是，关于她的出处，人们百般猜测。

贺梁红梅病逝于1951年，因肺结核病不治，病逝前她是英国剑桥大学的教授。

转眼又三十年过去了，白云苍狗，自不必说。中国的"文革"结束了，已经七十八岁的贺天娇回到了保定，受到了当地政府的隆重接待。贺天娇此时的身份是英国剑桥大学的终身教授，她的母亲和老师便是有名的科学家贺梁红梅。贺天娇查问后得知，贺天宇已经没有了后人，贺家庄的贺氏族人得知了消息，便来保定宾馆探望了贺天娇。贺天娇提出要寻找父亲母亲的墓地，可是贺家的墓地早已被夷成了平地。族人便引她去寻找，寻找了三日才算找到。贺家的族人深挖下去，掘出两具尸骨，棺木已经腐烂了。有上年纪的族人指证，说这是贺明竟夫妇的遗骸。于是，贺天娇出钱买了一具柏木棺椁，让随从捧来一个骨灰盒，里边装的是贺梁红梅的骨灰。贺天娇亲手将其与父母的遗骸收敛在一起，装进棺椁里，族人重新深埋了，并随同埋下一块墓碑。墓碑上刻着：

父亲贺（讳）明竟：生于一八六八年，卒于一九一二年
母亲贺季氏：生于一八七一年，卒于一九二三年

妈妈贺梁（讳）红梅：生于一八九一年，卒于一九五一年

　　　　　　　　　　立碑人：女儿贺天娇

　　棺椁落葬之后，身材瘦小的贺天娇女士在随行的搀扶下，就在墓前颤颤地跪倒，呜咽着哭起来。她身后是贺氏族人与当地政府的陪同，百余人，无声响，田野的微风徐徐吹过，夹着贺天娇女士无力的哭声渐行渐远。依依散尽，似吃进了广袤的土地里……

　　行文至此，谈歌已经不知道自己的笔下是一个什么样的故事。是爱情故事吗？显然不是。那是什么呢？谈歌已经不能自圆其说。

　　谈歌在1995年曾经查阅《保定名人志》，见到了贺梁红梅的词条。如下：

　　贺梁红梅，女，物理学家，原名梁红梅，汉族，1891年生。原籍河北省三河县，曾经居住保定。1910年由保定机械制造局选派赴德国留学，后在德国KJ研究所工作。第二次世界大战开始，受到纳粹的迫害，后迁居美国，后曾在英国剑桥大学任教。1951年病逝于瑞士。著作有《量子力学的开端》《线性数学与高能物理》等多部。

　　共百余字的简介，似乎说尽了贺梁红梅的一生。可其间的辛酸痛苦，谁人得知呢？

海　口

　　早年间，保定北大园是江湖艺人活动的场所，有说评书唱大鼓的、说相声演口技的、变戏法摔跤的、打把式卖药的、相面算卦的，还有骗子、小偷、乞丐。总之，热闹至极，有点儿像北京当年的天桥，天津当年的南市三不管。光绪末年，北大园出了一个响当当的评书艺人，此人真实姓名不知，长得五大三粗的，声音豁亮，艺人们都管他叫"大碗口"。大碗口说《三侠五义》，说《岳飞传》《响马传》等，就地摆摊儿，大嘴一张："话说……"这听书的就一层一层围了。生意好，钱赚得就疯，大碗口吃喝嫖赌渐渐地全来了。写到这里，谈歌感慨，这钱挣多了有时未必是好事情啊。

　　大碗口后来犯了毒瘾，死了。据说身后非常凄凉，大碗口吃光花尽，一个子儿也没有留下，是徒弟们凑钱给他买了几领苇席，草草地包裹了，埋在了保定西郊的乱葬岗。那时的艺人可没有社会保障机制管着。

　　大碗口死了，可是人们照样得听评书啊。于是市场需求之下，一些新艺人便涌现出来，其中有一个名叫"云里飞"的说书艺人，是大碗口的徒弟。"云里飞"是他的艺名，他的真名叫什么，现在已经不得而知。一说他姓赵，一说他姓王，也有人说此人姓飞。

　　云里飞的身世也无人知道，有两种传说：一种说法是，他原来是个教书先生，本来书教得好好的，也算衣食无忧，可他后来跟一个女学生眉目传情，发展到通奸，被女学生的家人告到衙门里，云里飞坐了两年大狱，丢了职业（如此花花肠子，谁敢用啊），便到北大园转悠，拜到了大碗口门下；第二种说法是，他原来是个唱戏的，戏也唱得不错，可是因为贪杯，后来坏了嗓子，便在大碗口手底下学书。这两种传说，说了两种毛病，一个是色，一个是酒，看来云里飞的来历并不十分光彩。

云里飞说得不及大碗口，生意清淡。可是他后来做了一件事，可真让保定人大大开了一回眼界，便改叫他大海口了，意思是超过大碗口了。

下边这个故事，就从云里飞说书讲起。

云里飞在北大园说书境遇不大好，他总也叫不开场子。有时一场书刚刚说了个帽子，围观的听众便纷纷走散了。北大园吃不开，云里飞便去北大园的雅趣园的茶座里"混嘴儿"，也就是在茶馆里说书。过去保定的茶馆里就是喝茶吃点心，还没有过说书的，雅趣园是头一个。雅趣园的老板姓许，单名一个五字。许五老板大概是感觉卖茶卖点心太单调了些，进项也少些。用现在的话讲，许老板就想拓宽经营思路，上新的经营项目。他觉得说书可以凑趣，逗个乐子，可以让茶客们多坐一会儿，多泡一壶茶，多吃几块点心，便是挣上钱了。于是，许老板便找一些说书的、唱大鼓的、说相声的艺人来他的茶馆里演出。趁着这个机会，云里飞找到了雅趣园，跟许五老板两下里谈得合适了，便在雅趣园里说上书了。可这在茶馆里说书的事也不好干，因为云里飞的嗓子不好，缺少水音，干干涩涩的。在露天里说书还不大显，可到这茶馆里，还弄出点儿回音来，他这嗓子就格外不好听了，好像用砂纸打磨听客的耳朵，这不是让听客们难受嘛。遇到修养好的茶客，就抬起身走了；遇到较真儿的茶客，还真不给面子，就当下哄出倒彩来，弄得许老板脸上挺没光彩的。云里飞就这样在雅趣园尴尴尬尬地说了不到半个月，许老板便有了辞退的意思。

那天傍晚，云里飞夹着包袱，又来到了雅趣园说书，场上正在唱大鼓。

许老板先把云里飞迎到门口的椅子上坐了,叫伙计沏了一壶茶,二人呷着茶,许老板便把这个辞退的意思对云里飞讲了,这一讲,云里飞便觉得伤了面子,他皱眉问道:"许老板,您这是什么意思啊?"

许五笑道:"就是这么个意思吧,您还是去别处看看。我这雅趣园就真不留您了。"

云里飞把手里的茶碗蹾在了桌上,冷笑一声:"许老板,您这不是赶我走路吗?"

许老板拱手说:"云老板,其实,您要是理解我是请您另攀高枝也成,我可没说赶您走路,您要是硬这么理解也成。那我就往明白里说,您可别嫌我讲话难听。我不敢说您没本事,如果您不想把真本事亮出来,也就别在我这茶馆里混了。几位客人都嫌您说得乱,不爱听了。这不,昨天晚上,您刚刚说了一个书帽子,刘大头刘老板都一脸不高兴了。您还没说几句呢,人家起身走了。这不是搅我的生意嘛。"

这位刘大头,名叫刘向方,因为头大脖子粗,市面上的人称他为"刘大头"。叫久了,刘向方也就认下了这个名字。刘大头是保定的首屈一指的富户,刘家三代经营脚行,是保定最大的脚行霸头。他要是不乐意听云里飞说书,许老板还真是惹不起。刘大头是雅趣园的财神客人嘛。

云里飞摇摇脑袋说:"许老板,我这是凭嘴吃饭。您说这说书有什么爱听不爱听啊?谁也是成本大套啊。我实话跟您说了吧,我这人就是喜欢说书,我要是真想挣钱啊,也就不干这行了。那我可真是挣钱挣海了。"

许老板摆手笑道:"行了,云老板,您就别在我这儿吹牛了。"

云里飞鄙视了许老板一眼,嘿嘿笑了:"我可不是跟您这儿吹大牛,您不是说刘大头不乐意听我说吗?这刘大头黑是吧。行,我跟他说不了几句,就能从他那里拿回至少一千块叮当响的大洋来。您信不信?"

许老板呵呵笑道:"您让我信您什么?您要是这么说,我可就实话实说了,我可真是不敢相信您这一句,刘大头是有钱,可谁不知道刘大头是有了名的抠门儿啊。您是说就凭您这上下嘴唇一碰，他就能给您一千大洋？您这是等于说，您能把河里的鱼说上岸来，能把天上飞的鸟说到开水锅里来。我能相信吗？我可不会奉承人。"

云里飞立起身子，把脑袋歪歪着凑到了许五的眼前，瞪着眼睛问道："您的意思我听明白了，我就是说坡里有石头，您也不敢相信？"

许老板苦笑："就是这么个意思吧。"

云里飞小声说道："这么着吧，您不是羡慕刘大头吗？我知道您有一个儿子还没定亲呢，我就让您的儿子做刘大头的乘龙快婿，这总行了吧。"

许老板仰头笑了："快行了，快行了，云老板啊，我可也没怎么着您，您犯不着跟我吹这个。刘大头什么人物啊？让我儿子当他的女婿？我做什么春秋大梦呢？"

云里飞硬声笑了："您还真不相信，您一定觉得我吹牛呢？这么跟您说吧，只要刘大头的千金小姐没有许给谁家，这女孩就是您许老板的儿媳妇了。我要是吹牛，我这几天就另找地儿，不在您这儿给您碍眼了。"

许老板摇头："行了，我也不挤对您，您这几天就找地儿。"

话说到这份儿上，就算赌上气了，云里飞笑着走了。

第二天，云里飞就没再去雅趣园茶馆，他去了刘大头的家。

刘大头家在保定南柳胡同，整条胡同都是刘大头的宅院。偶尔有行人经过南柳胡同，都收敛了声响，匆匆过去，唯恐惊动了这位保定城里的大财主。云里飞却是唱着小曲进了南柳胡同的。他走到刘大头的宅院前，就叩门求见。

刘大头听了门房说云里飞求见，便摇头说不见，他不愿意搭理这个说书的。门房出来传话，云里飞一脸郑重地对门房说："我可是有一件要紧的事，得亲自告诉刘掌柜，如果耽误了，刘掌柜可别后悔。刘掌柜后悔了，你这门房也可就倒霉了。"说着，转身就要走。门房忙拦住他："您稍候，我再跟刘掌柜说一声。"

刘大头听门房说了，一时就蒙了，他还真不知道云里飞能给他说什么事，他对门房说："行，我见见他。请他进来吧。"

于是，云里飞被请了进来，让进了客厅。刘大头亲自让座，茶水也让下人沏上了。

云里飞端端正正地坐下，捉起茶碗，呷了一口，说他要给刘掌柜的女儿提个主儿。

刘大头一听就烦了，站起身骂上了："你云山雾罩了半天，就是说这事啊？云里飞，你算哪一壶啊，你一个臭说书的，我用得着你给我家提亲吗？你快走吧。"

云里飞起身笑道："刘掌柜，我还真的给您女儿提了一个好主儿，您可别错过了。"

刘大头拍屁股跳起来吼道："行了，行了，你识相些快点儿走，别一会儿我生气了，找人把你打出去。"

云里飞皱眉道："刘掌柜，您这可是狗眼看人低了，我实话告诉您，我是想把保定大中银行的副行长提给您家女儿。小伙子也是一表人才，年纪也相当，您愿意不愿意吧？"

刘大头心里一惊："什么？你说什么呢？"

云里飞又说了一遍。

刘大头怔了一下，旋即笑了，他指着云里飞骂道："云里飞啊，你先别我说愿意不愿意，你怎么会认识银行副行长呢？行了，你别跟我瞎逗了，你快走吧。"

云里飞皱眉说："我说刘掌柜，您到底乐意不乐意这门亲事？我可不跟您废话，我这儿也忙着呢。"

刘大头不再骂了，他上下打量着云里飞，松软了口气问："我说云里飞，你可别闲着没事拿我寻开心啊，你说这事有谱没谱？"

云里飞笑了："刘掌柜，我说话怎么会没谱呢？我云里飞虽然身份低了点儿，可也算是这保定府一号了，我也是有事干的人啊。今天来您府上这一趟，虽然说不上是百忙之中，也还真是忙里偷闲，诚心诚意地想管这么档子事。我可没空跟您在这儿找什么乐子。再说了，您是什么人物啊，我敢拿您找乐子吗？我这脑袋就是让门框挤八回，也不能到您这儿胡说八道来啊。这的确是真事，人家也就是信得着我，才找我商量这事呢，人家就是要找一个大门大户的女孩子。我心说了，刘掌柜的千金不是还在家待字着呢嘛，我这不就找您来了。"

刘大头半信半疑地点点头："行，云里飞，我今天就先信你一回，这事可是你找上门来的，你要是没糊弄我，我肯定谢你。可是你要真哄了我，我可……"

云里飞摆了摆手，打断了刘大头的话，他问了一句："我听出您愿意这门亲事了，先说吧，我如果给您当好了这个媒人，您怎么谢我吧？"

刘大头问："你云老板开个价。"

云里飞道："男方可是说给我两千大洋。"

刘大头爽气地说："行，这事说成了，我给你四千大洋。"

云里飞说："咱可是一言为定。"

刘大头说："一言为定。可还是那句话，你要是耍了我，我可饶不了你。"

云里飞哈哈笑道："我要是办不成这件事，你打断我的腿，然后再让我围着保定城爬上八圈，我也不喊冤。告辞。"

云里飞走了。

第二天上午，云里飞去了保定的大中银行。

大中银行是民国初年在保定建的银行，银行行长名叫周步轩。周步轩爱听书，常常去茶馆听书，如此便跟云里飞有了一面之交。说书的艺人海了去了，他倒没怎么在意云里飞，可是云里飞记住了周行长，周行长的底细他早已经打探了个七八成。周步轩是袁大总统手下段祺瑞的一个亲戚，仗着这层关系，才来保定开银行的，取的字号是"大中银行"。周步轩刚刚立足，正愁着竞争不过几家外国银行，大中银行刚刚建立，老百姓不认啊。周行长这些心里事，云里飞心里有数。

周步轩好客，也是个讲脸面的人，听门房说说书的云里飞找他有件急事，他不好不见。

坐在周步轩的客厅里，云里飞呷了两口咖啡，摆摆手："喝不了这洋玩意儿，能不能换壶茶喝呢？"

周步轩不接这个话茬儿，笑问："云老板，您找我什么事啊？"

云里飞笑问："我听说大中银行缺一位副行长吧？"

周行长一怔："是有这么回事，可您问这个干什么？"说着，他开了句玩笑，"您总不能不说书了，想来填这个缺吧？"

云里飞呵呵笑了："我算哪壶醋啊，我是想给周行长推荐一位副行长。"

周步轩哈哈大笑，摆摆手说："行了，云老板，您是说书的，我这是金融业，两码事，您掺和不了，掺和不了啊。再说，这事我一个人说了不算，得跟董事们商量。"

云里飞笑道："您蒙谁啊，提拔一个副行长还不是你周行长说了算啊。"

周步轩心里就不耐烦了，是啊，他一大堆业务呢，怎么会有空跟一个说书的坐在一起瞎扯呢。他笑着站起身："行了，云老板啊，您赶紧着忙您的，我这里还有一大堆公务呢。"

云里飞说："周行长，我给您说的这位人选，可是刘大头的女婿啊。"

周步轩一愣："什么，刘大头的女婿？您说的可是刘向方先生？"周步轩知道刘大头是保定的大款。如果把刘大头拉到银行当董事，那银行的力量可就强多了。

云里飞笑道："除了刘向方，保定城谁还敢自称刘大头呢，怎么样？周行长，我可是给您推荐了一个有身份的人啊。"

周步轩笑着坐下："你慢慢说说这事。"

云里飞看看那咖啡。

周步轩笑道："来人啊，给云老板换茶。"

云里飞笑道："我喜欢西湖龙井。"

周步轩笑着对下人道："给云老板泡西湖龙井。"

一个小时之后，满面春风的云里飞从大中银行里走出来了。周步轩客客气气地一直把云里飞送到门口，还让自己的司机开着汽车把云里飞送到了雅趣园。

许老板以为是周行长来了呢，赶忙堆着笑脸小跑着迎出来，却看到云里飞大模大样地从车上下来了，许老板脸上的笑容就僵硬了，眼睛都瞪直了。

云里飞一手托三家，这件事情就这样三下五除二办完了。

许五老板当下就给了云里飞一千大洋当谢礼，此时的许老板对云里飞已经佩服得五体投地了。刘大头也如数给了云里飞四千大洋做赏钱，此时的刘大头对云里飞则是刮目相看了。大中银行的周步轩行长也给了云里飞一笔辛苦费，给了多少，无人得知，反正是给了。云里飞给他的银行拉来了这么一个大的客户，周步轩能不给云里飞些好处吗？

好事得紧着办啊，这三方谁也怕夜长梦多。没一个星期，许家便隆重地把刘大头的女儿娶进门来。许老板大宴宾客，把当时保定最大的饭庄望湖春包了一天。保定银行的周步轩行长亲自登门祝贺，还送来了聘书，聘许老板的儿子为大中银行的副行长。云里飞这一天喝得一塌糊涂。

第二天姑娘女婿回门，刘大头办了一百桌酒席，那酒席直直摆满了南柳胡同。云里飞理所当然被刘大头当作了头等重要的贵客，安排在头席上，云里飞又醉得一塌糊涂。周步轩也在酒席上跟刘大头谈妥了业务。

据保定的老人回忆说，刘大头给女儿办婚事，可是闹得整个保定城热闹非凡，他还在城外舍了三天粥，那三天，成百上千的乞丐都来保定喝粥。

云里飞给刘大头女儿说亲的这件事，便刮风似的在保定传开，人们都惊讶得说不出话来了。好嘛,这是一张什么嘴啊,简直超过他师傅大碗口了,这是一个大海口啊。

于是,云里飞由此被人称作了"大海口"。

有了好几千大洋进项的云里飞便不再说书了,他也由此成了刘大头家中的贵客。刘大头还替他在北大园附近的三聚里胡同买了房子。人们总见他在保定的酒楼茶肆里泡着,后来不知去向了。后来听说他死在了南方。谈歌曾经去过保定三聚里胡同,可是只有遗址了。当年的北大园的建筑已经拆迁多年,现在已经盖起了栋栋大楼。当年的雅趣园茶馆已经踪影皆无,现在经营的是一家大型超市,不息的人流中,谈歌不知道保定市还能有几个人记得,当年在这里的那一个赫赫有名的云里飞先生哟。

> 写到了这里,谈歌心中感慨良多。这世间啊,三百六十行,吃哪碗饭的都有啊。这篇笔记,也算是给这位保定人记上一笔。谈歌相信,再过若干年,便是无人记得这一位大海口先生了。

岁月悠悠,人事苍茫啊!

张子和

谈歌的祖籍是河北省完县（今改名为顺平县，隶属河北省保定市）。完县曾经出过一个名叫张子和的人物，颇有些影响。谈歌的父辈们在一起聊天，曾经多次谈起此人，言语中褒贬不一。谈歌下边讲讲此人的故事。

张子和是保定市完县西去三十里的张家庄人，张家庄属于山区。张子和小时候家里很穷。他七岁时，方圆百里闹了一场气势汹汹的瘟疫，十几天的光景，村里便轰轰地死了不少人。他的爹娘死了，姐姐和弟弟也死了，家里只剩下了他和哥哥张子梁。张子梁那年刚刚结了婚，张子和便只能跟着哥嫂过。张子梁十分惧内，也就是十分怕老婆（如此说，妻管严的事情并不只是现在有）。怕老婆的哥哥得看着老婆的眉眼行事，嫂子刘氏脾气暴烈，对张子和不好，哥也不敢对他好。哥嫂每天推着车去县城里做小生意，有时就在集市上吃了，也不管小张子和的饥饱。小张子和就在村里东家一口，西家一嘴吃着。衣服破了，嫂子不管，哥哥也不敢管，小张子和就东家一件破衣服，西家一件破衣服穿着。有时刘氏生意上做得不顺，就拿小张子和出气，小张子和身上总是青一块，紫一块。张子梁呢，屁也不高声放一个，有时候为了取悦老婆，也痛打张子和。写到此处，谈歌感慨，如此为人兄者，真是让天也羞愧，地也羞愧矣。

张子和的生命力却是顽强，他像暴风中的一株野草，在哥嫂的虐待下，苦苦巴巴地长大成人了。

或许是老天爷开天眼，张子和虽然营养不良，竟然没有影响他的发育。

他长到十八岁，长成了一个八尺高的大个子，而且相貌堂堂。

十八岁，也就到了娶妻的年纪，左邻右舍都觉得张子和得打一辈子光棍儿。为什么？张子梁是绝对不会给弟弟花钱娶亲的啊。可是谁也想不到，距离张家庄二十里路的李家庄的李大财主看中了张子和，诚心诚意地托媒人把自己的一个寡妇妹妹说给了张子和。李大财主这个寡妇妹妹本来嫁给了城里的一个财主的少爷，可是那财主少爷命薄，刚热热闹闹地定了亲，也热热闹闹地喝了定亲酒，就得了一场暴病，死了。李大财主的妹妹就等于是寡妇了。由此看，古时候对待名声比较严格。其实没结婚，算什么寡妇呢？

媒人告诉张子和，如果张子和答应了这门亲事，结婚不用张家出一文钱。如果张子和愿意，还可以倒插门搬到李大财主的家中来。李大财主给妹妹盖了好几间大瓦房，任你张子和打着滚儿住吧。李大财主家里有的是粮食，任你张子和翻着跟头吃吧。

这不是天上掉馅饼嘛，这样的好事怎么会没长眼就砸在张子和的头上了呢？莫非李大财主的妹妹是个独眼龙，或者是兔子嘴，或者出天花长了满脸的什么，果真就嫁不出去了？可是听说李大财主的妹妹长得说不上是闭月羞花，可也是模样出众呢。这是怎么回事呢？后来才有人传过话来，缘由是李大财主的寡妇妹妹有一次进城，路过张家庄，在村道上看到了张子和，惊鸿一瞥啊，她一眼就看中这个相貌出众，而且堂堂的大个子。于是，她就急着找哥哥托媒人上门说亲。看起来，这男人长得好，也沾光啊。

张子梁夫妻正在心里发愁呢，已经长大了的张子和要分父母的遗产怎么办？张子和要倒插门，对于这夫妻二人，可是喜从天降的消息，好容易把这个眼中钉打发出去了啊。

吹吹打打入洞房，张子和就结了婚，而且传言不虚，李大财主这个妹妹还真是样子挺好，一朵花似的模样。三里五乡的人们都羡慕说，张子和有福相啊。

结了婚的张子和干什么呢？李大财主有安排。李大财主在县城有好几处买卖，他让张子和在柜上学账房。由此，张子和就在李大财主的铺子里跟着账房学着记账。他真是天性聪明，很快就学会了认字，也学会了写字，而且还认识了不少，写得模样不错（怎么速成的呢？张子和如果活在现在，一定会办什么什么的速成班）。他还很快学会了打算盘，一把算盘在他手里拨拉得噼里啪啦震天响，放小鞭一般脆生。

李大财主惊讶，这小子脑子好用哎，于是便对这个妹夫上了心，店里的账目就让张子和统管了。用现在的话说，张子和成了李大财主的总会计师了。

按说这日子就应该过得美满和谐了。可这人生有时候真像天气，没准儿，你别一心指望连着全是晴空万里的好天气，不定哪天就打雷下雨呢。之后没两年，张子和就出事了，还是大事。李大财主跟外埠的一个姓吴的商人做生意。商业上的事，就是能让你少赚些，我就多赚些了，这是天理。可是天理也不能过了，过了就要出事。这位吴商人大概也是急于发横财，想从李大财主这里多赚些黑钱。可这黑钱不好赚啊，吴商人就想到内线。于是，吴商人就拉拢张子和下水，一来二去，吃吃喝喝，就跟张子和混熟了。吴商人总塞给张子和钱花，还带着张子和进了一趟保定城，在保定的窑子里给张子和找了一个模样漂亮的妓女，那妓女名叫小春儿。小春儿眯眯地一笑，就把张子和迷住了。再一来二去，吴商人掏钱在保定的菊花胡同给张子和买了一间房，就把小春儿赎出来，张子和就开始和小春儿偷偷摸摸过上小日子了，回到县里仍旧和妻子甜甜蜜蜜。于是，张子和开始帮着吴商人做花账，一年多过去，就把李大财主坑了不少。这纸里终究包不住火，李大财主是什么人啊，精细得似鬼。他感觉着这买卖上有漏洞了，就暗地查账，张子和就露出尾巴来了。愤怒至极的李大财主气得差点儿吐血，就把吴商人、张子和二人告了官，他是想把张子和弄到牢狱里吃上几年苦头儿。张子和这些作为已经把李大财主气蒙了头，你个穷小子，要不是我，你能有今天的好日子？你这只白眼儿狼啊，我这回得整死你。李大财主的妹妹几乎气疯了，你张子和一个穷小子，没有我们李家你能有今天吗？你还敢在外面寻小妾。哥啊，告他！可是李大财主没想到，张子和这几年有了钱，乱交朋友，认识了衙门里的不少人，早有人偷偷地给张子和报了信儿："哥们儿哟，快跑吧，你大舅子和你老婆把你告了。"张子和就跑了。

往哪儿跑呢？张子和逃命着急，一文钱也没有带出来，身无分文，就去了保定城里找小春儿，可是小春儿知道他犯了官司，已经先他一步收拾上细软跑了。婊子嘛，自古无情（读者别总拿着苏三啊杜十娘啊这些上档次的小姐说事，那是极少数，一万个里边也挑不出一个来。小姐里还是小春儿这样的多）。张子和走投无路的时候，就赶上军阀开战了。段祺瑞的军队开进了保定，张子和就去报名当兵。他长得相貌堂堂，招兵的也喜欢，就让他入伍了，让他给师长当勤务兵。师长姓李，爱喝酒，性格豪爽，也挺喜欢张子和（别不服气，这人要是长相好看是沾光，男人女人都一样）。

张子和开始挺高兴，觉得当勤务兵是机会。如果把师长伺候好了，提拔得肯定快。因为总跟着师长啊，不定哪天师长高兴了，一句话就能把他提拔了。行了，你下去当个连长吧。当然，这也得耐住性子，别没干两天就想着提拔，你得经受住这基层锻炼。可是，张子和没能经受住这锻炼，他很快发现，这勤务兵的活儿可不好干（自古以来，凡是伺候人的差事都不好干）。性格豪爽的李师长如果生了气或者喝多了，性格就更豪爽，常常拿张子和表现自己的豪爽，还总喜欢豪爽地抽张子和耳光子，于是张子和的脸上经常被李师长豪爽得青一块紫一块的。他心里就渐渐地恨上了李师长（写到这里，读者莫要怪张子和经受不住基层锻炼和领导考验，谁天天挨打也会生气）。也赶上寸劲儿了，李师长外出开会的时候，在家守摊儿的参谋长闹开了兵变，张子和干脆参加了。豪爽的李师长就回不来了，参谋长自封了司令，参谋长也姓李，就成了新的李司令。新李司令让张子和给他当警卫。

张子和这警卫也就当了三天,他不敢干了。他发现新李司令总是提防他,新李司令虽然不打他耳光,可是看他的眼神总是不对劲。张子和心里害怕,不定哪一天自己会被这位李司令杀了头呢,思前想后,逃!那天半夜,部队驻在一个村子里,张子和借着半夜上厕所的工夫,钻进庄稼地跑了。这次逃跑张子和有准备,偷了李司令的几十块大洋。

这一路就跑到了河南的南阳,那天晚上,张子和住进了一家客栈(读者别乱猜,当时可没有几星级酒店,就是有,张子和也住不起。他住的是那种大通铺的客栈,一个大子儿就能住一宿的那种)。客栈里还住着十几个人,看样子像是一伙的。张子和听他们讲话,似乎是一伙牲口贩子,面红耳赤地吵吵嚷嚷,似乎是赔了本。这些人盯着张子和的目光有些不怀好意。张子和怀疑他们想谋害他,他想了想,睡觉时便脱得精光,把衣服扔在一边,呼呼地睡着了。第二天早上,张子和看这十几个牲口贩子都走了,他的衣服也都被翻过了。张子和哈哈一笑,也出了店门,到了路边,把埋在树底下的几十块银圆挖了出来。这都是他事先想好的,出门在外一个人,什么都得想仔细些啊。如果他真的带着这几十块银圆住进客栈,那十几个牲口贩子还不得黑着心宰了他啊(这件事上已经看出张子和精细来了,他后来能做成大事,跟他精细有着很大的关系啊)。

可是精明的张子和仍然走着背运。他离开南阳之后,向北边走。那天他走在去往河北邯郸的道路上,在一个山坡下歇脚的时候,他竟被土匪们绑了票。后来才知道,土匪们本来是想绑架一个大户人家的少爷,可谁知道竟绑错了人呢(谁让张子和长得相貌堂堂,像个少爷羔子的模样呢),就把他带到土匪头子面前。一听他的口音,土匪头子哈哈笑了,当下便给他松了绑。土匪头子姓赵,竟也是保定人,于是赵土匪便和张子和认了老乡。两个老乡瞎聊了一阵子,赵土匪看张子和言语干练,就想让张子和入伙,就说:"张兄弟啊,这乱七八糟的世道,怎么混也是混。你干脆留下,跟我一起过大块吃肉大碗喝酒的日子算了。"张子和却说他想回家,出来好几年了,也想回去看看了。写到这里,谈歌感慨,你张子和回家想看谁去啊?谁想你呢。这人要是混好了,混出点儿人模狗样来了,是想回去显摆显摆。可是你张子和穷得叮当乱响,你回家干什么去呢?莫名其妙!

赵土匪听罢,表示理解张子和这种莫名其妙的思乡之情,并且很大方地给了张子和几十块大洋做盘缠,还给张子和写了一封介绍信,让他到保定满城找一个名叫周步天的县长。赵土匪说此人是他的表亲。赵土匪感慨地说:"你样子长得周正,我看过几天相书,刚刚暗中替你相了一面,你绝非一个下等人物。我这位表亲是个很有才学的人物,你跟着他去干,将来必有发达之时啊。"

张子和辞别了赵土匪,就一路去了保定,到了满城县城,找到了那位名叫周步天的县长。周县长是一个中年人,比张子和年长二十多岁。见了张子和,又看过了赵土匪的介绍信,他就哈哈大笑了。张子和被周步天笑得愣了,忙问:"周县长,您为何发笑呢?"

周步天笑道:"张子和啊,我是完县李家庄人啊,我跟你那前任的老泰山还是街邻呢。你算计你大舅子的那点儿破事,我早就知道了。"

张子和吓出了一身冷汗,心想,这一下算是撞到渔网上了,忙跪倒了说话:"周县长,张某当年也是少不更事,一时糊涂。求大人恩典……"

周步天忙扶他起来,笑道:"别怕,我跟我那位乡亲也不亲啊。他为富不仁,民愤太大了,而且他去年得暴病去世了。他的妹妹,哦,也就是你那位妻子,也早改嫁了。过去的事都被风吹了。不提,不提,你就留在我这县衙里当文书吧。"

张子和听罢,忙着谢恩了。

写到这里,读者可能奇怪,张子和没读过书啊,怎么会当文书呢?前边不是讲过了吗,张子和在李大财主那里记过账,也学过认字,也学过写字。他聪明啊,明白人学什么像什么。再说,那时候中国人普遍文盲,能认识几个字就了不得了，再能写几个字就更不得了。而且张子和的毛笔字还真说得过去。常言说，字是一个人的门面。不像现在有些年轻人，都大学毕业了，那钢笔字还写得跟蜘蛛爬似的呢，更别说毛笔字了。

很快，周步天发现张子和是一个挺有才干的人，交办的事情都能办得圆满。周步天是个爱才之人，便设想着给张子和找一个更好的去处，更好地施展一下（现在叫作有一个更好的发展空间）。正好周步天一个当军阀的同学的部队开到保定驻下了，周步天便介绍他到同学那里去。

周步天把想法说了，张子和不解地问："周县长，您如何看不中我了，要赶我走路？"

周步天哈哈笑道："张子和啊，你误会了啊。我这是让你另附高就，你是一个前景看好的人，虽然读过的书不多，但是处事练达，精明强干。在我这里，你充其量也发达不到哪里去。而且我这个县长，也是个露水的官，没什么前程，不定什么时候就被罢免了呢。现在是乱世，你若从戎，将来或许能有一个出头之日。我这位同学，当年与我一同上过军校，在一个锅里搅过饭勺子，交情还是有的，你去他那里，他不会亏待你的。"说罢，就写了一封推荐信，交给了张子和。

周步天的这位同学名叫方正值，是一支部队的旅长，跟周步天是保定军校的同学。方正值见了张子和，很喜欢他，就让他在自己手下当了军需官。这军需官是一个肥缺，不少人眼红，都想争着干呢，谁想得到这个肥缺给了初来乍到的张子和呢。方正值手下的人都反对，恰好有几个张子和的完县同乡，同乡们便向方正值揭发检举张子和过去的种种不良。三人总能成虎，方正值便起了疑心，把周步天请过来吃饭，在饭桌上质问周步天，如何向他推荐了这样一个不仁不义的东西。老同学，你是什么意思？

周步天嘿嘿一笑，鄙视了方正值一眼："正值啊，你这话就不对了，我推荐这个年轻人给你，是因为我了解他。他的毛病和长处我都清楚，我推荐他给你，只看中了他的才能，并没有说他的品行。现在世上的君子不少，文豪也多，就算李太白、杜子美现在还活着，我把他们推荐给你，你用得上吗？用不上的。可张子和却不一样，我观察许久了，此人心机深，且不会贪图小利，你将来必有大用啊。"

周步天言之凿凿，方正值点头称是。送走了周步天，方正值便差遣张子和去保定城内办理征收军粮之事。张子和带人便去办差，仅办了三天，便完成了征粮的任务，还超额了，而且账目清楚，毫厘不爽。方正值满心欢喜，便喊来了张子和。张子和小心翼翼地站在方正值的面前，方正值先是当着众人的面，奖赏了张子和一笔奖金。张子和感谢完，方正值脸上没了笑容，拿着同乡们指责张子和的那些劣迹来责问张子和。

张子和听罢苦笑："既然方旅长问及了，我不妨细说一下。当年，我看我那妻舅行为不端，自然要帮助那姓吴的商人了。至于我起了花心，看中了一个婊子，那是我涉世不深。谁没有年轻过？谁没荒唐过呢？再有，我参加兵变是势在必行，谈不上背叛。那李师长凌辱下属太过，李参谋长早就与他有二心了，兵变是迟早的事情。但那位李参谋长也不是可共事之人，我自然要离开他。如果方旅长现在怀疑我，可以让我走。你奖赏我的东西，我都放下。"说罢，向方正值深深鞠了一个躬，转身便走。

方正值喊住了张子和，哈哈大笑道："子和啊，我同你开玩笑呢，你何必当真呢，我向你道歉。军需的事情你不要再干了，你就留在我身边当参谋吧。"

由此张子和便在方正值手下当了随身参谋。

说着话，两年就过去了，方正值却遇到了一件麻烦事。方正值的上峰被撤换了，新任上峰名叫冯文泉，与方正值没有交情。不久，冯文泉身边的人传出小话来，方正值被冯文泉怀疑了。自古做官最怕这一出，如果被上峰起了疑心，你这官可就做不好了。撤职还算小事，万一哪天找你一个碴儿，你还不把脑袋混丢了。方正值为此事头疼得很，那天晚上把几个亲信找来商量，其中也有张子和。

几个亲信都十分气愤,有的建议方正值当面与冯文泉长官讲清楚;有的建议拉着队伍走,去投靠别的军阀。大家议论纷纷,也没个周正的主意。方正值见张子和沉默着不讲话,便要听张子和的意见。张子和思考了一下,笑道:"方旅长,此事有些奇怪,细细想过,并非似传说得那般严重。其实,我看这位冯文泉长官主要是想要您给他些好处罢了。"

方正值一怔:"此话怎讲?"

张子和说:"您想啊,您跟这位冯文泉长官并不熟悉,他怎么会疑心您呢。我仔细想了想,不外乎两个理由:一则,是有人在他面前告您的黑状。深想一下,这却不大可能,冯文泉长官初来乍到,各位师旅长们大概跟您一样,也并不熟悉冯长官,他们自身尚且难保,有谁敢在一位不知道底细的长官面前不知深浅地去讲您的坏话呢?由此,这一则不成立。二则,就是这位冯文泉长官贪财,新官上任三把火,先吓唬吓唬你们再说,这是变着法儿向您索要孝敬呢。现在的长官们,如果仅靠每个月国家发给的那点儿进项,他们灯红酒绿的日子如何过得下去,还都得指着下属的孝敬啊。"说到这里,张子和看看在座的人,淡然笑了,"您手下的团长营长们不也得孝敬您吗?他们敢不孝敬吗?"

众人都尴尬地乱笑起来。有人骂:"张参谋,你莫要如此揭露嘛。"

方正值想了想,也承认张子和讲的是道理。他问张子和应该怎么办,张子和笑道:"这事说容易也不容易,说不容易也容易。"

方正值顿足急道:"子和哟,你就别卖关子了,赶紧说,怎么个容易,怎么个不容易?"

张子和笑道:"先说容易,您自己去向冯长官送礼,重金呈上,冯长官必定对您另眼相看。"说到这里,张子和顿了一下,又说道,"可是今后谁知道这位冯长官是个什么下场呢?现在朝局不稳,万一他明天翻了船,把您行贿的事举发出来,岂不是也得把您拖下水啊。这容易的事情,又显得不容易了。"

方正值点头："此话讲得有理，你接着说。"

张子和继续说："再说不容易，您找一个知己的人去见冯长官，这叫作帮腔的上台，代您向他行贿。顶多，冯长官见您不去当面孝敬，会说您牛哄哄的。可是他收下了好处，也就不会再说什么了。这样，您就避免了露面，今后就是事情发了，或者冯长官下台了，换一个新长官来调查此事，您脑袋一仰，眼睛一瞪：谁见老子行贿了？这叫硬不认账，谁也没辙。这不容易的事情，又显得容易了。"

方正值击掌叫好，亲信们也都点头称是。方正值想了想，问张子和向冯长官行贿需要多少。张子和想了想说："钓大鱼就得要大鱼饵。所谓舍不得孩子套不住狼，小恩小惠不济事，还弄一个肉包子打狗，不值了。"

方正值盯问："你说个数，我听听。"

张子和伸出五个手指说："我想至少要五百条黄鱼。"

方正值愣了愣神，生气道："张子和，你这是要剥我的皮哩，如此送法也太过了吧。方某人这些年的辛苦积蓄也就是这些了。"

张子和不说话，看着方正值。

方正值骂了一会儿，泄气地说："就这样吧。子和，你说得对，舍不得孩子套不住狼啊。"就拿出五百根金条让张子和去行贿。

张子和摇头推辞："长官啊，此事还是派您一个亲信去的好。在座诸位都是跟随方旅长多年的心腹啊。"

方正值奇怪地问："你莫非不是我的心腹吗？"

张子和摇头笑道："我不是这个意思，我毕竟跟旅长年头不长，带着这一大笔钱去，就会有人讲我从中渔利。"说着，就嘿嘿笑了，拿眼打量着在座的诸位。

几个亲信脸青着，都不说话。

方正值仰头大笑："你放心，我不会相信那些坏话的。"

张子和继续摇头："三人成虎，自古难免。旅长自然也难免俗。"

方正值骂道："你这叫狗屁话，让你去你就去。"

张子和笑道："如果这样，那我就代旅长走一趟。"

第二天，张子和带着五百根金条去了冯长官那里。果然让张子和猜中，张子和前脚走，方正值的亲信们便不放心了，认为张子和会中饱私囊。有人说："要是张子和送四百根或者三百根，自己留下一百根两百根的，谁能知道呢。"更有人不放心地说："这张子和别见钱眼开，拿着钱跑路了啊，旅长可就亏大了。"方正值摇头笑道："张子和不是贪小利之人。"

张子和果然行贿有效，方正值不仅没有被撤职，还被提拔当了师长，他又扩充了势力，还被准许收编了两支杂牌队伍。

那是一个有枪就是草头王的岁月，更是一个有奶就是娘的年代。方正值的势力壮大了，身价就提升了。北方的一个大军阀看中了方正值，派人暗中过来说降，许诺说，方正值若是率部投奔过来，队伍照样带，随便扩充队伍，还许给他一个司令当。方正值还真想过过当司令的瘾，就召集手下商量。手下们也想着水涨船高啊，谁不想弄个师长旅长的干干呢？一商量，都同意。张子和却摇头说，此事得讨价还价一番，要增加条件，还得先要一些军饷和弹药。方正值疑惑，如此加码，人家会同意吗？张子和笑，这叫漫天要价，就地还钱，买卖嘛！方正值就派张子和前去谈判，张子和去了。谈判桌上，条件说僵了。那个大军阀不想方正值这般苛刻，上来便一口回绝，说这是狮子大开口。张子和却一步不让，说这叫货有所值。如此谈了两天，那个大军阀最后纠缠不过张子和，咬咬牙说："张先生，我同意您提出的条件了，就这样吧。"

张子和笑了："谢谢长官了。"

军阀苦笑："张先生，您一定是做生意出身吧？我服了您了。"当下就让张子和拿了银票，并派人秘密地送张子和回来，跟方正值约定起事的时间。

事情这就应该成了，可是这个节骨眼儿上出事了，是方正值的家里出事了。方正值有六个太太,他一向宠着五太太,后来娶了六太太,就冷落了五太太,五太太就吃醋了。西人有谚:吃醋不是什么大事,却往往是女人恶毒炸药的导火线。此言不虚。若说这女人狠毒起来,果真是厉害,抱着人跳井的勇气都有。五太太竟豁出去了,将方正值跟她在被窝里说的事向冯长官告密了。冯文泉长官气蒙了,先是以开会的名义把方正值召了去,就扣押软禁了,然后派刘专员来方正值的部队调查落实此事。

张子和回来得知了事变,就忙着把刘专员单独邀到饭店去喝酒。

酒桌上,张子和就替方正值喊冤。刘专员嘻嘻笑道:"张参谋啊,我们也不相信方师长有变异之心,可是他的五太太告状了啊。这叫窝里造反啊。张参谋,您要是能给出个理由来,说是五太太陷害方师长,这事还真有转机。"就拿眼瞟着张子和。

张子和看明白了刘专员的眼神,心下松了一口气,急忙抱拳称谢:"如此先谢过刘专员了。"就从怀里掏出厚厚的一沓钱,推给了刘专员,说,"劳刘专员费心了,事后还有重谢。"

刘专员哈哈笑道:"张参谋客气了,刘某就笑纳了。"

张子和当天夜里便派人去杀了五太太。然后,张子和急忙找侍奉太太们的何副官,他要何副官承认与五太太有染,奸情暴露之后,五太太便给方师长栽赃陷害。

何副官听明白了,他为难地说:"张参谋,并非我不肯帮着师长,我如果认下这笔烂账,这今后还如何做人呢。您也得替我想想嘛。"

张子和耐心劝解说:"何副官啊,你识文断字,如何不知道树倒猢狲散的道理呢?如果方师长出了事,咱们都得完蛋。这是个权宜之计,只是为了保住师长哟。待事情过去了,我保证让方师长在军官会议上给你辟谣,还保证让方师长给你官升三级,如何?"

张子和一番软硬兼施,何副官终于答应了,第二天上午,张子和就把调查情况向刘专员汇报了。刘专员匆匆写了一个调查报告,就押着何副官回了冯长官那里。何副官前脚被押走，张子和就让人把何副官一家人都杀了，一个活口也不留。果断耶？狠毒耶？

何副官到了冯长官那里，把事情都一口包揽了下来，承认是五太太被方师长撞见了奸情，才陷害方师长的。刘专员已经收了张子和的一笔好处，紧忙着为方正值说情，说方师长的确没有一点儿反意。冯长官放心了，就放出方正值，轻描淡写地说了几句："方师长啊，捉你乃事出有因，放你因查无实据，委屈你了。莫要记恨冯某哟！"

方正值就被放回去了。

方正值回来后，听张子和说了情况，皱眉说："子和啊，这件事情委实做得狠了些，何副官跟我这些年，并无过失啊，如此对他一家人，不公啊！"

张子和叹道："师长啊，我何尝不知道这些呢，可是我相信何副官已经留了后手，他把情况都告诉了他家里了。人多嘴杂，一旦事情真相都传扬出去，那师长如何是好，我不杀他不行啊。而且何副官已经担了与五夫人的奸情，这且是权宜之计，你不能让何副官顶一辈子尿盆子吧。如果将来何副官出语不慎，一旦走漏了什么，你又如何是好呢，到那时却是真正的左右为难了哟！"

方正值还是摇头："话虽这样讲，可我心中着实有些不忍。"

张子和耐心劝道："师长，张某虽然没有读过什么书，可听过书的，古人都讲大行不顾细，意思是说做大事，别顾及小事，否则是干不成大事情的。师长不能有妇人的仁义啊。"

方正值叹息着点头："我不能讲你不对，已经这样了，就这样吧。"

何副官仍然被押在冯长官那里，等待处理，还满心指望着张子和救他出去呢。可没几天，何副官就死在了禁闭室里，据说是吃了有毒的米饭。送饭的士兵也跑了，也就不了了之了。这都是张子和花钱运动做成的事。

方正值回来之后，就召开干部会议。张子和处理五太太的事情有功，方正值奖赏了张子和五千块大洋。勤务兵就把大洋搬来了，哗啦啦地摆上了桌子。

张子和看看桌上的这一大堆钱，笑道："师长啊，这些钱还是给周县长吧，若不是他当年推荐我到这里，也不会有我张子和的今日。我听说他已经被罢了官，在家闲居了多年。他这个人为官清正，断是没有什么家私可言。这五千块大洋送给他，也算济他一时之困吧。"

方正值感慨："张子和啊，大丈夫应该不忘本，步天兄没有看错你啊。这五千块大洋，你自己去处置好了。"

过了几天，方正值率部投降了北方的那个大军阀，就真的当了司令。方司令就提拔张子和做了参谋长，还提拔了自己的一大堆亲戚朋友。

张子和劝阻说："司令啊，这样不好吧，这军营岂不是成了方司令一家的买卖了吗？"

方司令摇头说："子和，这一回我不能听你的，上阵还得父子兵。我提拔这些亲戚，总比提拔外人放心。当然，你别多心，我不是指你。你跟随我多年，我已经拿你当亲戚了。"

张子和摆摆手："司令，我不是这个意思。我是说，你提拔与你无亲无故的，他容易感恩戴德。可是这亲戚不知道感恩，他总是觉得这是应该的。照我看，这亲戚如果用不好了，那是真容易出事啊！司令没有想过吗？"

方正值大笑："子和啊，子和，你多虑了啊。"

张子和就不好再说，可是后来的情况还真让张子和说中了。

据说冯文泉得知了方正值反叛的事，气得差点儿吐血。也就因为这件事，冯文泉被上峰撤职了。撤职之前，冯文泉枪毙了那个曾经负责调查方正值的刘专员，也算活该了。

世道继续乱哄哄地进行着，军阀们仍然乱哄哄地打仗，方正值司令的队伍开到了察哈尔的张家口，准备对付山西的阎锡山。这时有人告状，说方正值妻舅韩旅长跟阎锡山秘密来往,有叛变的可能。有人还截获了韩旅长给阎锡山的信件。韩旅长驻军在怀来县沙城镇(就是现在出长城干红葡萄酒的那个地方),这可是一个重要的防区。若是韩旅长果真要反水,张家口就成了拆除了院墙的人家,那方正值的部队就要前后受到夹攻。如此说,这件事就变得非常严重了。方正值这时正在生病,他躺在病床上听了密报,气得不行,就把张子和喊来,他气喘着说:"子和啊,真是让你说中了,这亲戚还真是靠不住啊。"他命令张子和带着司令部的警卫营去杀韩旅长。

张子和接了命令,就和警卫营长姚长河带着警卫营去了怀来县,姚长河是方正值的多年的亲信。张子和与姚长河以路过的名义来到了韩旅长的营房。疑神疑鬼的韩旅长在营房门口迎接了张子和与姚长河,张子和拉住韩旅长的手,有说有笑,亲热极了,只说吃顿饭就赶路。韩旅长放下心了,就在沙城镇的酒店里设宴招待张子和与姚长河一行。姚长河就在酒桌上抓捕了韩旅长。

依照姚长河的意思,就要当场枪毙了韩旅长,却被张子和拦住了。张子和悄悄对姚长河说:"姚营长啊,我知道你是要执行命令,可你想过没有,或许是方司令在气头上说的话,万一我们刚走,他就后悔了呢。人家毕竟是妻舅关系啊,自古家事清官难断,我们还是把韩旅长带回去,交给方司令处理吧。"

姚长河听了,觉得有道理,就绑了韩旅长押回张家口。沙城镇距离张家口一百里多一些,张子和让姚长河故意放慢脚程。姚长河不解,张子和长叹一声:"我就不瞒你了,方司令身有暗疾,他多年奔波,已经疾重难返了。我临出来时,观察方司令的面相,怕是他就是这几天的事情了。如果方司令去世,方司令的大儿子方之众必定要掌握部队。据我所知,方之众与韩旅长感情很好,我们如果急着赶回去,方司令现在病得神志不清,万一稀里糊涂地杀了韩旅长,这就等于是我们把韩旅长送上刀口的。方之众能不记恨我们吗？我们怕是有后祸啊，你说呢？"

姚长河听得目瞪口呆，说："参谋长，你真是个鬼精哟，想得多啊，你是不是有一万个心眼儿啊？"张子和淡淡一笑："兄弟，这种刀枪炮火的日子，想不多能行吗？多一个心眼儿就多一份安生啊。"姚长河点头称是，便让警卫营慢行，一百多里的路他们走了十六天，他们进了张家口城区时，果然看到军营里挂起了白旗，方正值真的去世了。

正如张子和所料，方正值的儿子方之众接管了军队，出任了司令。方之众没有杀韩旅长，只是拿掉了韩旅长的兵权，让他做了一个有职无权的高参。方之众仍让张子和留任在参谋长的位置上。

方之众当了司令，自然要处理方正值留下的家事，他是大太太生的，只留下了大太太随军，对方正值另外几房太太，都一概命令不再随军。方之众出资在张家口城内买了几套好房子，安置了方正值的那几房太太。这是张子和出的主意。

方之众娶过三位夫人，大夫人给他生了一个儿子，取名方定煌；二夫人给他生了一个儿子，取名方定辉；三夫人给他生了两个儿子，取名方定远、方定边。方之众这时已经四十多岁了，而且一直多病，天天吃药，他自知命不久长，想把权力交给二夫人生的儿子方定辉。这时，方定辉已经十八岁了。可是大夫人生的方定煌却也想争这个接班人的位置，而且方定煌已经二十三岁了。方之众犹豫不决，便让人找张子和来喝酒，请了两次，张子和都托病不来。方之众恼了，便再派人去把张子和从家里押了来。

在方之众的办公室里，已经摆了一桌酒菜，虚席等着张子和。张子和被绑着进了门，见了方之众就苦笑了："方司令啊，有您这样请客的吗？"

方之众大笑着起身，亲自给张子和松了绑，挥手让卫兵退出去，笑道："参谋长，我也是不得已啊。我知道你没病，你只是不想替我出主意了。"

张子和苦笑着摆手道："方司令，不是我不想出主意，这个主意我出不得啊。"

方之众笑道:"我还不曾讲什么事情,你怎么就知道出不得主意呢?"

张子和说:"司令一定是找我商量家事,而且是公子方定煌与公子方定辉的事情。"

方之众怔了一下,就嘿嘿地笑了:"参谋长啊,你果然是一个厉害角色。家父在世时曾讲,参谋长若生在古时候,也一定是孔明一般的人物啊。"

张子和苦笑着摆手:"什么孔明孔黑的,司令就不要取笑子和了。"

方之众笑道:"先饮酒。"

二人相对坐了,三杯酒下去,方之众叹气道:"不瞒参谋长,我身体一直不好,接过家父扔下的这个摊子,自知也干不了几年。我这些日子找了些郎中,暗中吃药,还不敢传扬出去,怕是乱了军心。我并不是惜命,只是这身后事我必定要先安排妥了才能放心啊。我的大儿子定煌自幼胸无大志,只知道声色犬马,将来也不会有大出息。定远、定边年纪尚小,我想把定辉培养一下,你看如何?"

张子和笑道:"司令只是担心,司令身后定辉和定煌及另外几个弟弟不和睦。"

方之众皱眉道:"正是。"

张子和叹道:"司令只想到其一,不曾想到其二。"

方之众盯着张子和问:"参谋长,你似乎还有什么话没有讲。"

张子和摆手:"不好讲,不好讲。"

方之众起身朝张子和跪下,声音就有些发颤:"参谋长,我是真心求教,你如何吞吞吐吐,这般行为呢?"

张子和急忙扶起方之众:"司令啊,您这是要折张某的寿呢。"

方之众重新坐了,看着张子和。

张子和轻声说道:"司令,如果换作是我,我就会杀掉定辉的母亲。"

方之众一惊:"为何?"

张子和叹道:"司令不妨仔细想想,您这种家庭最容易惹出祸事,定辉少爷虽然天性聪明，但毕竟历练不够，少不更事，您一旦有一个意外，那做主的岂不是二夫人吗？二夫人一向争强好胜，不肯苟且，那大夫人和三夫人还好得了吗？您的一家还想太平吗？杀了二夫人，您便将定辉少爷交与大夫人养，恶人您先做下了，大夫人便是做了好人，且大夫人为人宽厚，定会善待定辉，您还担心身后的事情吗？"

方之众"嗯"了一声，却久久沉思不语。

张子和道："我知道司令一向宠爱二夫人，可这是两回事情，不能笼统处置。您总不能因为一个女人，而给家里留下无穷后患吧。"

方之众长叹一声："可……二夫人并无过错啊。参谋长，你让我如何下得狠手啊？"说到这里，再无一句话了。

张子和苦笑一声："司令，刚刚我们只是饮酒，什么话也没有讲，子和若是讲了什么，也是醉话。司令不必耿耿于怀就是了。"说罢，独自饮了一杯酒，就起身告辞。

方之众伸手拦住了张子和："慢！"他起身在屋中踱步，深思了一刻，终于点点头，"参谋长，你去吧。我明白应该如何做了。"

张子和起身道："司令，此事还是要做得密实些才好。"

张子和俯身与方之众细语了几句，方之众"哦"了一声，张子和便出去了。

过了几天，方之众请二夫人来办公室，仍然是那张酒桌，摆了满满一桌子酒菜。二夫人知道丈夫宠爱自己，于是就撒娇使媚，奉承着丈夫喝酒。

几杯酒下去，方之众醉眼看着二夫人，二夫人徐娘半老，喝罢几杯酒，脸上就有了桃花的颜色，朝着方之众一脸的媚笑。方之众一时抵挡不住二夫人的目光，心下酸楚起来，便僵僵地扭过脸去看窗外。

窗外秋风怒吼，已经到了初冬的天气。漫天的落叶在地上滚动，发着脆脆的金属般的声响，撞了方之众满眼满耳。

方之众心下登时一硬，收回了目光，他干咳了一声，狠了狠心，皱眉问道:"夫人,如果我要你死,你能死吗?"

二夫人只觉得丈夫在玩笑,便笑道:"司令要我死,我能不死吗?"

"当真?"

"当真。我生是你的人,死是你的鬼嘛。"

方之众点点头,冷笑了:"说得好!"就大喊了一声:"来人啊。"

门就开了,有两个警卫走了进来,其中一个警卫手里端着一个盘子,上边放着一个药瓶和一条白绫。警卫将盘子放在桌上。

二夫人一脸疑惑,不解地看着两个警卫。

方之众正色道:"夫人,这是一瓶毒药和一条自缢的绫子,你现在就选一样吧。"

二夫人大惊失色,呼喊起来:"司令,你喝醉了吗?为什么要我死?"

方之众冷声道:"不为什么。你刚刚说过的,我要你死,你便去死。"

二夫人怔了怔,突然破口大骂:"你一定是听了张子和那个王八蛋的话了吧。"骂罢,热泪盈眶了。

方之众心下一酸,不忍再看,霍地站起身,调头走了出去。二夫人要跟着出去,却被两个警卫挡住了。

二夫人哀哀的目光盯着桌上的那瓶毒药和那条白绫:"这……是怎么回事啊……"

两个警卫虎视眈眈地盯着二夫人,其中一个说道:"夫人,不要让我们为难了,您就亲自动手吧。"

二夫人痛哭着问道:"你们告诉我,这是为什么啊?"

两个警卫虎着脸,一言不发。

二夫人自知求生已经无路,她痛哭了一会儿,就上吊死了。

两个警卫给二夫人收了尸首,刚刚要出去,张子和闪身进来,轻叹了一声:"二位,你们还走得了吗?"

两个警卫相互看看,其中一个苦笑道:"参谋长,我们知道自己的结果，只是我们的家人……"

张子和摆了摆手："这我都知道，我都已经安排妥当，断不会亏待了。你们放心去吧，我看着你们。"

两个警卫便分喝了那瓶毒药。

第二天，军营中传出消息，方司令的二夫人暴病而亡。

方之众厚葬了二夫人，她的儿子方定辉就过继给了大夫人齐氏。过继那一天，方之众请了一回大客，从城中请来了十几个厨师，营团以上的军官都来吃喜酒，酒席摆下了几十桌，张子和却没有来。或许张子和良心有些不安？

齐氏十分赏识张子和的才干，她给方之众建议提拔张子和做副司令，方之众同意。他让齐氏先跟张子和通通气，齐氏便把张子和找来说话。齐氏说明白了意思，张子和表情却淡淡的。齐氏不解，张子和笑了笑，淡淡地说："夫人啊，你和司令的好意我领了，可我想解甲归田了。"

齐氏惊问："参谋长，你干得好好的，这是为什么呢？"

张子和道："我想辞职后回到保定经商了。"

齐氏疑惑地看着张子和，她实在弄不懂张子和为什么一定要去经商。

张子和笑了笑说道："夫人啊，你莫要误会，我出来年头多了，说句文词儿，近来总是萌动思乡之情。我当年参军入伍，属于想混口饭吃，我深知自己不是行武的材料，并没有想过什么发达。做到今天这个份儿上，实属老司令和之众司令的厚爱。这些年我也有了些积蓄，真是想回去了，再则我也年纪不小了，这些年跟随老司令东征西战，难得有心思安定下来娶一个女人进门过日子。这次回去，子和也要择一个女子成家了，生儿育女，人之常情。夫人莫要再拦子和了。"

齐氏看张子和一脸的认真态度，不敢做主，急忙让勤务兵去请方司令。

方之众匆匆赶来了，听张子和说过了，便疑问道："参谋长，你为什么要走啊。你果然是这般想的吗？你要说清楚。"

张子和说:"司令啊,有什么说不清楚的呢?我这个人一生以阴谋为生,现在局势明朗,大局已经定下,也用不着我这些阴谋之术了,而经商却是阴谋用武之地。我过去没有经商,一则是因为没有本钱;二则老司令对我有知遇之恩,我走不脱。还有一个理由,我当年在保定是穷苦不过,才跑出来混世界的,现在富起来回去让人看看,心下总要舒服些。"说到这里,张子和笑了,"衣锦还乡,俗情俗理。司令应该理解子和这点儿心思嘛。"

方之众看他去意已决,便不好再留,长叹一声:"参谋长既然定下了心思,方某便不好相强了。只是此地一别,不知何时相见。"言语之下,方之众想到张子和过去的种种好处,心中便有了依惜之意。

张子和笑道:"天转地转人也转,张某退伍之后,便在保定城内安身立命。司令身为军人,必是东征西伐的日子,若是某天路经保定,若是一时心血来潮,能念及张某,张某必尽地主之谊。"

方之众大笑:"说的是。青山不倒,绿水长流,我二人总有相见的日子。明日晌午,我和夫人在军营里摆酒席为参谋长送行,团长以上的军官都到。"

张子和忙拱手笑道:"谢了,谢了。"

第二天中午,军营之中大摆了十几桌酒席,方之众到了,军官们也都到了,冷盘热炒都上桌了,却仍不见张子和的影子。方之众差副官去请,副官匆匆去了,回报说,张参谋长昨天夜里就已经走了。

当下就有一些军官生气了,抱怨张子和不讲礼数,有的则要去追赶张子和回来。方之众也有些动怒了:"此人如何这样不顾人情呢?总要告别一下才对嘛。"

齐氏却摆摆手,苦笑道:"司令,罢了,罢了。张参谋长一向机警过人,他大概是担心你反悔,不放他走路。既如此,大家入席吧。"席间,齐氏笑逐颜开地频频劝酒,方之众则闷闷不乐。

张子和回到保定后,便在保定西大街开了木器家具、布匹绸缎、烟酒茶糖等,共八家店铺。这一年,他择一个周姓的女子结婚了,据说是当年满城县县长周步天的侄女。第二年,周氏生下一子,取名张得平。

日子流水般过去。几年后,张子和又盘下几家店铺,便成为保定赫赫有名的富商。他经营的买卖几乎占据了保定西大街,还在保定的满城县和完县置办了许多田产。这时,他的哥嫂都已经破产,家里的土地也让大地主给兼并了,逐年落魄,便成了雇农。听人说张子和发达了,他们就想来攀附,却不好意思亲自来求告张子和,便让子女们来保定找张子和求助。张子和二话没说,给了他们一大笔钱,让他们回家去置田地。

日子仍旧匆匆忙忙地过着,转眼抗日战争爆发了,炮声轰隆,张子和没有随着一些商贾向重庆迁移,却仍旧留在保定经商,他的各个店铺都挂起了"太阳旗",日本人委任他做保定商会会长,他也愉快地上任了。有气节的商贾大都关门罢市,私下大骂张子和是铁杆汉奸。骂归骂,张子和仍是悠然自得地过自家日子。

一晃多年又过去了,抗战胜利,全国与汉奸清算,张子和却平安无事。许多人气愤,便去政府揭发他,政府的人却解释说,张子和先生当汉奸是受国民政府指派,是身在曹营心在汉。张子和先生在抗战期间给中央军和八路军都做了不少事情,多次出巨资支持过八路军,不但无过,而且有功呢。

人们这才恍然大悟,这张子和硬是两面吃香呢。

张子和继而做了国民党保定商会会长。

张子和死于抗日战争胜利后的第二年,得了绝症。死前,他使着性子发脾气,让刚刚结婚的独生儿子张得平变卖了完县和满城县的土地,并把城里的店铺全部都出售了,还鼓励张得平去赌博。张得平豪赌不到一年,便把家产输得精光,张子和便让张得平把家搬到完县李家庄。一个月后,张子和放心地死去了。

补记：

新中国成立后，张得平的家里已经没有了土地，也没有了店铺。划定阶级成分时，张得平被划成了贫农。张得平后来成了县里的农协副主席，他识文断字，农协撤销后就留在县里当了农业局的会计股长。日子刮风一般过着，张得平的两个儿子渐渐都长大了，都挺有出息，"文革"后都考上了大学，大儿子后来当过沧州市某县的副县长，二儿子大学毕业后则留校当了老师，现在也已经是教授了。

张子和哥嫂的后人们因为土地太多，大都被划成了地主或者富农。也有人说，张子和鬼精，他当时已经看透了天下大势，这是报复他哥嫂的阴毒的一招。谈歌却不这么看。张子和经过了那么多人生坎坷之后回到家乡，早已经是世事洞明、人情练达之人了，绝不会再记哥嫂的旧账了。他资助哥嫂，应该是属于张子和存留在心底那一份亲情所致。

谈歌查过新编的《完县县志》，人物志中并无张子和的词条。他的儿子张得平却有词条。张得平退休前是完县政协副主席。谈歌细问过编辑县志的几位编辑，他们告诉谈歌，凡上人物志的人，或是副县级以上的干部，或是在完县境内有过影响的人物。谈歌暗忖：张子和莫非没有过影响吗？

张得平的曾孙张响声先生曾经在保定市搞过房地产，钱挣了不少，近年成了一个挺有名的企业家。谈歌总想去采访一下，了解一下张家的其他情况，可是这位张董事长太忙。谈歌与他通过电话，张董事长说暂时没有时间，以后再说。谈歌听出是推托的意思了，只好作罢。

此篇笔记，只为记下张子和一笔。这个人物如何定论？谈歌不好臧否。

天香酱菜

天香酱菜是华北地区一种有名的酱咸菜，民国时的《中国食谱》有记载，梁实秋先生的散文中也曾经提到它，可见其当时颇有些名声。天香酱菜的主要原料是北方的白萝卜，也叫大萝卜，或者叫象牙萝卜，为草本植物，字面上称作：莱菔。

白萝卜是北方老百姓的家常菜。每到秋天收获后，白菜熬萝卜便是北方老百姓餐桌上的主要菜肴。"冬吃萝卜"是北方老百姓家喻户晓的一句话，也是北方老百姓流传甚广的一句营养口号。而萝卜主要的用途是腌制咸菜，待秋天收获后，老百姓便将它切成大的段状或者块状，再用清水洗净，撒上粗盐，码入缸内，蒙上盖子，置放在院中的角落里。半个月后，倒几次缸（据行家说是防止缸内长白醭），再过一个月或者四十天后便可取出食用。食用方法，不外乎从缸中捞出后洗净，切丝或者条块状，即可端上餐桌食用。讲究的人家再拌上酱油、醋、葱、姜、蒜等作料，之后食用；再讲究些的，再调些香油。这些年来，天香酱菜成了北方的名菜，而它的发源地竟是在河北保定。谈歌下面就讲这个酱菜的故事。

话说清朝光绪初年，保定西大街上有一处店铺专项经营木器家具。老板是一个二十多岁的女子，易县人氏，姓周名春儿，周春儿祖上几代专营木器家具，她做此行当算是祖传了。可是一个女子做店铺老板，总是有些不妥，那年月还没有妇女解放一说。事出有因：按自古以来各行各业的传业规矩，都是传男不传女，到周春儿父亲周大仓这一代，竟是无后。（女孩不算数？不算数。）周大仓脾气倔强，因与族人闹意气，不曾打算过继某一个族人的男孩子进家，也不曾想过把周春儿嫁出去，末了，他让周春儿招了一个倒插门的女婿杨凤鸣。第二年，周春儿生下了一个女儿，取名杨天香。杨天香出生第三年，周大仓中风死了。族人竟容不下杨凤鸣和周春儿，周春儿的木器厂便在当地开不下去了。周春儿和杨凤鸣辗转来到保定，在保定城里开了店铺，取名"杨周木器"，生意虽然不算火爆，却也马马虎虎过得下去。

　　转眼几年过去，虽然杨周木器的生意还在做着，可是经营的危机却出现了。之前，保定西大街只有三家木器家具店，现在却有了十几家，听说还有人要开。周春儿和杨凤鸣细细商量，想把生意做到南方去。杨凤鸣一时拿不定主意，周春儿也不好勉强他。而这个时候，杨周木器店里来了一位新伙计，名叫赵广林。这个赵广林后来竟改变了杨周木器店的命运。

　　赵广林是周春儿偶然拣来的。

　　那一次，周春儿从山东送货回来，正值年关将至，大雪飘飘，道路难行，周春儿坐着马车泥泥淖淖地往保定城赶路，途经高阳县城时，遇到了冻倒在路旁的赵广林。周春儿让车夫把赵广林抱到车上，拉回保定，带进了店中。几碗姜汤水灌下去，赵广林才渐渐醒过来。赵广林自话自说是河间府人氏，祖上以卖咸菜为生，在保定卖完了咸菜往回赶路，却被强人劫了，若不是遇到周老板，便是要冻毙在冰天雪地了。说罢，他便要挣下床来，给周春儿磕头，被周春儿拦了。

　　周春儿见赵广林言语朴实，心中有了怜悯之意，便让赵广林在店里养息两天。第三天，周春儿给了赵广林几文碎银，便让赵广林回家过年。赵广林却央告周春儿，自己父母双亡，家中已经没有亲戚，如果周春儿店铺中缺帮手，他可在店中做些杂役。赵广林一双泪眼相向，周春儿一时竟想不出拒绝的话来了。

　　周春儿思考了一下，觉得赵广林言谈话语之间，透着老实厚道，大概也是一个木讷之人，留在店中做些杂七杂八的事务，也并无不可，她便答应了。于是，赵广林便在周春儿的店铺里当了伙计，他的工作任务是替周春儿管理店中的杂务，也包括给周春儿一家做饭以及帮助看护杨天香。杨凤鸣嘴上没有讲什么，心中却有些不快，他觉得周春儿多事，但店中的大事小情都是周春儿当家做主，杨凤鸣也就不好多讲反对的话。而且此时的杨凤鸣已经有了外心，他在保定的柳家巷里寻了一个妓女名叫秀秀，两个人爱得如胶似漆，恨不得天天化在一处。他常常推说和生意上的朋友们吃酒，便住在秀秀那里了。此事，街中人已经传开，只是瞒着周春儿一个。

这一年，周春儿要去温州采购一些木料（史料记载，温州城内当时有一个很大的木材集散地）。周春儿已经听说南方的木材又涨价了，感觉到了生意的艰涩与难度。临行前，赵广林将一小罐腌菜也装在了车上。周春儿问及，赵广林说是他腌制的一些萝卜，带上在途中打尖用。周春儿并没有在意，也绝没有想到，这一罐咸菜会改变她以后的命运。

一路无话就到了温州，周春儿便匆匆地去了木材市场，走了一遭，才知道这年木材涨价的幅度竟大大超出了她的想象，几单预想的生意一律谈不下来。正值梅雨季节，周春儿的心思也阴得滴水了。她怏怏不乐地闷坐在客栈里漫无边际地胡乱寻思着，却没有一点儿办法。她正在呆滞，木材老板刘或奇竟找上门来了。刘或奇是周春儿的老主顾了，二人便有了一番商量。讨价还价，争争夺夺，也竟是没有一个结果。二人渐谈渐晚，天色不觉悄悄暗了下来，周春儿便让赵广林去街上沽了两壶老酒和一些下酒菜，与刘或奇对饮进餐。刚刚饮罢了一壶酒，几碟下酒菜已经吃光了，还剩下一壶酒晾在了桌上。周春儿让一旁伺候的赵广林出门寻下酒菜，赵广林出去了好一刻，空着两手回来，告知街中的餐食店已经打烊了。刘或奇刚刚要说作罢，赵广林却取出带来的那罐咸菜，罐子啵的一声启开，刘或奇鼻子一嗅，不觉惊呆了，舌头似冻住了，说不出话来了。周春儿自然也嗅到了，十分奇怪，弄不清楚这一罐咸菜如何竟溢出满屋子的芳香。

刘或奇回过神来，惊疑地笑道："周老板，您这是从何处弄来的美食啊？不曾入口，刘某已经是垂涎欲滴了哟。"

周春儿摆手道："刘老板说笑了，这是家人腌制的佐餐的小菜罢了。见笑了，见笑了。"

刘或奇伸箸夹一口尝了，不禁叫绝道："周老板，真是美食啊。"

周春儿也尝了一口，顿时感觉味道上佳。她笑着问赵广林："广林啊，味道果然不错。这是什么菜？是萝卜吗？你是怎么腌制的？"

赵广林垂手一旁侍立，微微笑了："周老板果然猜对了，就是萝卜。"

周春儿起疑道："萝卜也有这种味道？你怎么腌制的，说来听听。"

赵广林笑道："也实在没有什么神奇之处，去年秋天我收购了一些便宜的大萝卜，便酱腌了几罐，留在店里我们自己吃的。就是北方的酱咸菜的做法，无它。"

刘或奇的眉毛跳了跳，盯住赵广林问一句："赵师傅，味道这般鲜美，您有什么秘方？"只问了这一句，刘或奇自觉有些失言，立即摆手笑了，"刘某适才性急，多嘴了，赵师傅莫怪哟，我当然是不应该问这些的。"

赵广林笑道："说不上什么秘方，我们河间人祖上传下来的做法，都是如此酱腌菜蔬，并没有什么新鲜的招数。黄瓜、辣椒、茄子等都可酱腌，只是萝卜价钱便宜，我便从价钱上着意，只腌萝卜罢了。"

刘或奇"哦"了一声，若有所思，猛然间眼睛一亮，一拍桌子，对周春儿道："周老板啊，天大的商机就在眼前，您便是有生财之道了哟！"

周春儿怔了怔，笑道："刘老板一定是吃醉了，我会有什么商机呢？"

刘或奇笑道："您何不转行做这腌菜的生意呢？"

周春儿的心里也动了一下，脸上却是不在意的样子，笑道："刘老板又说笑了，这路寻常人家佐餐的咸菜，如何上得台面？"

刘或奇长叹一声："不好再瞒周老板，这几年刘某的木材生意惨淡经营，也确实不好做了，收购价钱年年看涨，利润留成越来越小。一味苦撑下去，怕是只有赔本到底了。刚刚吃过这位赵师傅的酱腌萝卜，味道鲜美之余，直让我突发奇想，这确乎是一个商机啊。可想，这温州地面之上，达官贵人及引车卖浆者流，佐餐之物多多食用者，无外乎榨菜一种。单调且不必说，味道也远远不及刚刚赵师傅腌制的咸菜鲜美，刘某在商道中摸爬滚打几十年了，出息说不上，可经验却是有的，恕我大胆放言，此类腌菜若能够大批生产，我便可在江浙一带包销，不出一年便可打开市场，届时财源必定滚滚，茂盛当然可见。周老板何乐而不为呢？"说到这里，刘或奇一双眼睛亮亮晶晶地盯住了周春儿。

周春儿爽然笑道："如似刘老板说得这般热闹，真的倒不妨一试。如花似锦的念头不敢妄想，真若是柳暗花明了，那便是我等的造化了。"她回头对赵广林笑道："广林啊，如此便是依仗你出一番力气了。"

赵广林微笑："周老板，这个的确不难。"

刘或奇摆手笑道："周老板还是没有回答刘某的话。周老板生产这路腌菜自然是好事，只是不知批量如何？"

周春儿一时语塞，目光盯向了赵广林。

赵广林笑道："刘老板，生意上的千件万件赵某实在不懂，而唯这一件刘老板确勿要担心，北方萝卜像野草一般，遍地都是，只要您吃得下，我们便是包下了。"

刘或奇看着周春儿，盯问了一句："周老板，赵师傅已经如此确凿说下，还要问您一句，此事如何？若是如刚刚赵师傅之言，只需我们南北两地合起手来，必定能成就北方腌菜的半壁利益江山。"

话讲到这个份儿上，周春儿便不好再掩饰心中兴奋了，她击掌笑道："好啊，既然刘老板胜券在握，周春儿如何打得退堂鼓呢？只是，其中必有许多意想不到的事由，我们若是下本钱投入这番生意，还有许多要认真研究之事，投下本钱，返回周期如何，这还须要细细商量细节才是。"

刘或奇笑道："这是自然，我们现在就商量此事。"

于是，刘或奇与周春儿，加上赵广林，三人就在客栈里商量具体操作事项，言来语去，直谈到了后半夜。三个人将具体实施方案都商定之后，刘或奇方才满心高兴地告辞了。

第二天，周春儿放弃所有预想的生意，急匆匆和赵广林打道回保定。路上，周春儿还是放心不下，她细心地过问了赵广林此菜的腌制方法，赵广林条条款款地仔细说了。周春儿将赵广林的一字一句细细地思量过了，却仍旧放心不下，她皱眉疑问道："广林啊，若如此简单，我们辛辛苦苦做出一来，旁人便可看着做出二来，如此我们一番劳作，不见得有几分利润，却不及旁人照猫画虎来得容易呢，岂不是要赔掉了工夫，又赚不到银子吗？"

赵广林粲然地一笑："周老板放心，此事说起来容易，那微妙之处并不是人人轻而易举便操作得了的呢。"

周春儿盯着赵广林疑问道："广林，你有什么微妙之处呢？"

赵广林笑道："无论如何，别人是腌不成这样子的。回去之后，我给老板演示一下便会知道。"

一路再无它话，二人就匆匆地回到了保定。不承想，店铺里却出了一件大事情，杨凤鸣不爱家私爱美人，竟席卷了家中的细软与那个相好的妓女秀秀私奔去了。店里的伙计也就相继散去了，只留下了号涩了嗓子的杨天香枯坐在店里，两只眼睛红肿着，木木地直盼着周春儿回来呢。周春儿见到这幅景象，如五雷轰顶，险些晕厥过去。

面对现实永远是当事人的唯一出路，周春儿只痛苦悲戚了两日，便把杨凤鸣抛在了一旁。她要赵广林快些去选厂址，她四处筹集开业的资金。

仅仅用了五天，周春儿便四处告贷，筹集了许多银两，仍嫌不多，她咬牙廉价盘出了木器店的铺面。赵广林在保定西郊选定了三十亩地，周春儿也相中了，讨价还价一番，当下买进并沿街张贴了文告，雇用了几个伙计，盖下了十几间坯房，圈了个院子。大门口挂上了一块新匾：周氏酱园。

赵广林又到河间的烧窑上，定做了六百口大缸。此事做定，他又马不停蹄到乡下的大户人家里收购了千余斤陈年的麦谷，磨成面粉，运回来全部蒸了馒头，然后将馒头堆到土坯屋子里，用米糠堆蒙住。屋子的门窗全部封闭，并轰轰地升起了炉火。正值夏日，酷热难挨，不几日，那馒头和米糠便开始发酵了，再几日，便成了稀酱。一股难闻之气在土坯屋子里冲撞着，终于蔓延出来，在院子里弥散着。赵广林便让伙计将这些稀酱运到太阳下暴晒。几天过去，那些稀酱便在烈日下晒成了脆脆的酱干儿。赵广林便让伙计们将酱干儿收藏到屋子里备用。

再一晃，凉风习习，秋天就到了，赵广林带人到乡下收购了十几万斤萝卜，流水一般运到了周氏酱园，又买了几百斤粗盐，百余斤花椒、大料。他又从乡下雇用了几十个精壮劳力，引进了城西一亩泉的水，每日将萝卜洗净，再将萝卜切成片状。然后，赵广林指挥着伙计们将酱干儿与切成片状的萝卜搅拌在一起，再用粗盐、大料、花椒搅拌均匀，装入缸内，之后每日倒缸（即把腌菜倒出，重新再装入缸内）一次，连续十天之后即用事先选好的河中卵石，结结实实地押在了腌菜上边，然后用缸盖封好。几百口大缸就整齐地排放在露天里了。之后，赵广林辞退了大部分伙计，只细心挑选留下几个候着。至此，赵广林算是松了一口气。

周春儿每日里就怔怔地看着赵广林这样忙来忙去，她的一颗心捏得紧紧的，自觉心下已经是汗津津的了。

如此又过了一个月，冬风渐渐强硬的时候，赵广林让伙计们启开了缸口，倒缸。周春儿迫不及待地奔跑到倒过的第一口缸前，忙不迭地伸出手取了几块腌菜，也不及去冲洗便放在了嘴里，咀嚼之后，她仰起头来大叫了一声，木怔怔地站了那里，一串泪水就迎风淌了下来。她张着口，似乎想喊些什么，却并无一字喊出来。

赵广林不知就里，慌慌地赶过来问道："周老板，您怎么了？"

周春儿终于高喊了一声："广林啊，正是那一个味道啊。"喊罢，放声大哭起来。哭声在周氏酱园的院子里飞响着,伙计们一个个听得呆若木鸡。

这天夜里,周春儿将赵广林喊进自己的屋子里,亲自烧好了一桌菜,桌上有一壶老酒,周春儿给赵广林斟上一杯,恭恭敬敬地捧给了赵广林。赵广林惊慌地站起,连椅子都带翻了,口吃起来:"周老……板,您这……是何意啊?"

周春儿长叹一声:"广林啊,我做梦也没有想到,你竟然有如此高超的手艺,这酱菜的生意算是做活了。这周氏酱园算是发达了啊。"说着,就哭得轰轰作响了。

赵广林见状,也动了情绪,他眼睛里就有了泪花:"周老板啊,您如何这么说话,当年若不是您出手相救,赵某人早已经冻饿毙命,做了郊外的野鬼。这大恩我今世不能再报……"说到这里,赵广林心中酸楚,便已泣不成声了。

周春儿擦了擦眼泪,笑道:"广林啊,今日是喜事,过去的事情不提,不提。咱们饮酒,饮酒啊。"

吃过了几杯酒,周春儿笑道:"广林啊,这咸菜如何腌制这般可口,你有何秘而不宣的方子啊?你曾经与我讲过,我仍是不大相信。"

赵广林摇头笑道:"周老板啊,并无什么秘方,真是简单得很嘛。我曾经告诉过您的,制作的经过您也都看到了,我哪里还有隐瞒呢。"

周春儿惊叹:"没想到会如此简单啊。"

赵广林摇头笑了:"简单,却又不简单。"

周春儿怔了一下,笑问道:"广林啊,我听你这话里藏着玄机呢?"

赵广林忙说:"周老板,断是没有玄机的。"

周春儿笑道:"广林啊,这酱萝卜已经成了,总得起个名字吧。"

赵广林笑道:"我也想过,不如就以小姐的名字,叫作天香酱菜吧。"

周春儿轻轻一叹:"好是好,不过却是埋没了你啊。"

赵广林摆手:"周老板,切莫提我,切莫提我。"

周春儿想了想,笑道:"这样,广林啊,明天你就是周氏酱园里的二老板了。"

赵广林忙摇头说:"周老板,这可万万使不得。广林就是您手下的一个伙计,我断无别的念头啊。"

周春儿沉下脸来:"广林,这是我定下的心思,你就不要推辞了。"

冬天将尽的时候,周春儿便雇了百余辆马车,周氏酱园里的十几万斤天香酱菜就源源不断地运到了浙江,交与刘或奇。不出刘或奇所料,天香酱菜极是畅销,周春儿一下子赚了不少,刘或奇自然也大大地赚了一笔。第二年的秋天,刘或奇亲自来保定结账,并预定第二年的货。周春儿当然要尽地主之谊,就在保定望湖楼酒店给刘或奇接风洗尘。席间,刘或奇一个劲儿地给赵广林敬酒,他一脸感慨地赞叹道:"天香酱菜成功问世,赵老板应该是首功啊。"

赵广林似乎喝得醉了,只是傻呆呆地笑。

回到店里,刘或奇就与赵广林同屋躺下了。他或许饮得多了,半夜坐起来喝茶,便也喊赵广林一并喝茶。一壶茶下肚,二人竟没有了睡意,说说笑笑地闲聊起来。刘或奇笑道:"赵老板啊,您真是一个有情有义的汉子,您若独立门户,岂不是发了大财。您没有想过自己开店铺吗?"

赵广林连连摆手笑道:"不行,不行。刘老板,我这个人天生愚笨,如何开得了店铺。刘老板玩笑了。"

刘或奇笑道:"有句话不知道当问不当问?"

赵广林爽然笑道:"刘老板,我二人交往几年了,承蒙您看得起我,广林心里格外敬重您,有何当问不当问的,您直言便是。"

刘或奇笑了笑,放低了声音:"这天香酱菜如何腌制?有无秘方?赵老板能否指点一二?"说罢,便把目光慎慎地盯紧了赵广林。

赵广林呷了口茶,嘻嘻笑道:"刘老板啊,从无什么秘方,其实简单得很。您且听我讲来。"就把酱菜的制作方法仔仔细细地讲给了刘或奇。

刘或奇听得仔细，用狠了心思，暗暗地在心下记死了。

第二天，刘或奇向周春儿告辞。周春儿和赵广林送刘或奇出城，回来的路上，周春儿阴下脸来问："广林啊，昨天夜里，你和刘老板很晚才睡下吗？"

赵广林笑道："是了，我二人昨日喝得多了，半夜起来喝茶来着。"

周春儿皱眉盯着赵广林："如此说，你把天香酱菜的方子告诉他了？"

赵广林点点头："刘老板问起了，我便一一说了。"

周春儿怔了怔，皱眉摇头，长叹道："广林啊，你真是老实哟，这方子如何可以告诉外人呢？这商道中事，大概自古就无君子可言讲。你在我这里已经有些年月了，这经商的路数，如何还没有心熟眼熟呢？"

赵广林笑道："这酱菜的腌制，本来没有什么稀奇。刘老板追问得紧，我一时口松，便讲了。周老板，您不必在意。"

周春儿看看赵广林一脸的厚道颜色，无奈地摇头叹息一声："广林啊，并非我介意这件事情，你让我说什么好呢？当年我看你或许看走了眼，你真不是一个生意中人啊！"

这一年，刘或奇竟是没有再购进周氏酱园的天香酱菜。有南方过来的人讲起，说刘或奇已经自己建了一个酱园，并派出许多采购，到北方大批量收购萝卜了。周春儿听罢，对赵广林苦笑道："广林啊，你言语不慎，果然是结出苦果子来了，刘老板已经自立门户了。我已经说过的，酱菜这路货色，制作极是容易。你做一，别人便会做二做三。俗话讲，教授了徒弟，便要饿死师傅了。"

赵广林皱眉摇头道："刘老板如何要这样呢？人算不及天算，刘老板若是要自立门户，怕是要吃亏了。"

周春儿听得奇怪，疑惑地问赵广林："他如何要吃亏呢？"

赵广林摇头苦笑而不答。

没了刘或奇这一个客户，周氏酱园的生意却仍然做得很好，南方北方的许多客户慕名纷至沓来，天香酱菜这一年全部脱销。周氏酱园又购置了五十亩地，扩展了酱园的面积。用现在的话讲，叫扩大再生产。

第二年，刘或奇土灰着一张脸来了保定，踏进了周氏酱园的大门，就大哭着给周春儿跪下了，慌得周春儿连忙搀起了刘或奇。赵广林也忙着去搀，却被刘或奇恼怒地推开了。

刘或奇哭道："周老板啊，人算不如天算，这温州地面是酱不出您这天香酱菜的哟。"他的目光有些怨毒地盯着赵广林。

赵广林尴尬地站在一旁，两只手不知所措干干地搓着，不知道说什么好了。

周春儿怔了一下，就呵呵地笑了，劝解道："刘老板啊，旧事莫要再提起了，你来了就好，来了就好啊。"

刘或奇就在周氏酱园住了两天，付下定金，预购了周氏酱园的三万斤天香酱菜。临行前，刘或奇单独跟周春儿讲了几句。

刘或奇苦笑道："周老板，您是一个老实人，刘某也真不应该瞒您。前年来保定，刘某的确一时鬼迷心窍，从赵老板那里讨要过方子，可赵老板外表忠厚，不料想他竟给了我一个假方子。我信以为真，便壮着胆子另起炉灶了，结果怎样？我照此方腌制的萝卜、黄瓜、蒜头，都无一例外地不是滋味，我几近赔了一个倾家荡产啊。周老板啊，刘某私下讨要方子固然不对，他赵老板可以拒绝刘某，却不应该用假方子对付我啊。此人外表宽厚与内心机巧大相径庭啊，周老板要多加提防才是啊。"

周春儿"哦"了一声，便频频点头："谢谢刘老板的提醒。"

送走了刘或奇，周春儿便把赵广林喊到自己的屋子里。屋子里已经摆好了一桌酒菜，赵广林笑道："周老板，如何这样？有什么喜事不成？"

周春儿淡淡一笑："广林啊，我们先饮罢了这杯中酒，再论及其他。"

三杯酒过去，周春儿正色道："广林啊，生意之道自古都讲一个诚字，这天香酱菜的秘方,你若不告诉刘老板,这是天理本分。若告诉他,便是要实话实说。你如何竟告诉他一个假方子呢?让他蚀了大本钱,险些破产。检讨这件事情,其间你总有些不仁不义的地方吧。"说到这里,周春儿的脸上就有了冷意。

赵广林怔了,双手一摊:"周老板,此话从何讲起呢?"

周春儿便将刘或奇的话讲了。

赵广林听罢,连连摇头,长叹一声:"周老板啊,您确是误会我了。广林并非奸诈之人,商道之中,我绝非行家里手。我告诉刘老板确是真方子,只是他忘记了一个道理。"

周春儿疑问:"什么道理?"

赵广林苦苦一笑:"什么道理,周老板还不明白吗?"

周春儿冷冷地问:"我委实不明白。广林,你明言讲来。"

赵广林悠然一叹:"周老板啊,您还要广林如何明言?说穿了机关,就是一个南橘北枳的道理,妇孺皆知嘛。如果刘老板认真思考一下,其实就是一方水土,一方菜蔬啊。除却保定城郊这一亩泉的水,别处的水是酱腌不出这种味道的咸菜来的。河间府虽是酱菜的发祥之古地,地界也与保定接壤,只因水质及不上保定,那酱菜的味道也就差之远矣。水土二字,千古不易,岂是人力可以为之。他刘老板精明透顶,也是商道中的高人了,他如何就参不透这一层浅薄的意思呢,真是让人感慨万千啊。"

周春儿惊讶地"啊"了一声,恍然大悟之下,便呆了。

又是两年过去了,杨天香已经长大了,周春儿的买卖就做得更大了。这时候,店里就不断有人给赵广林说亲,说过三个五个,赵广林都没有去相亲。账房先生老张有些替赵广林着急,就把这事情告诉了周春儿。周春儿听说了,怔了怔,就笑着点头说:"我知道了。我问问广林,他到底是个什么主意嘛。"

那天傍晚,周春儿让伙计把赵广林喊到她这里来。周春儿沏了一壶茶，坐在院子里候着。正值春夏之交，夜风习习，拂人心脾，四野虫鸣一片，叫得周春儿心下一时有些迷乱。

不一刻的工夫，赵广林来了，躬身问周老板何事？周春儿让他坐下，二人喝着茶，说了几句闲话，周春儿便问及赵广林的亲事。

赵广林一时红了脸，张张嘴，却无以作答，握着茶杯，摇头笑笑，垂下了眼帘。

周春儿呷了一口茶，微微笑道："广林啊，你孤身一人日久，现在也是中年了，找一个点灯说话的人也是应该的了。你如何不去相亲呢？"

赵广林抬起目光，尴尬地笑笑，却仍旧不说话。

周春儿展眉一笑："莫非广林有意中人了？那是周春儿多嘴了。"

赵广林苦笑一声："周老板要给我提哪门亲事啊？我确是看中了一个，却不知道人家是否有意啊。"说着，便仰起头，眯了目光觑着天空，重重心事的样子。

一轮明月已经跃上东天，几片云散漫地游动着，好似心有旁骛的模样，远处有隐隐的雷声悄悄响起，竟又是雨季到了。

周春儿笑道："广林，你想什么呢？"

赵广林回过神来，就叹道："周老板，我听说书先生讲过几句话，旁的忘记了，只记得云卷云舒，去留无意，是这个意思罢了。您说呢？"说着，便拿眼睛看着周春儿。

周春儿怔了一下，似乎听懂了赵广林话中的意思，脸就微微有些红了，笑道："广林啊，听你的话，含着机关似的，我愚钝些，还是听不大清楚。其实也就是一张窗户纸的事情，今日我不妨直言讲了，我们相处得久了，在一口锅里吃了多年的饭菜，有什么话你就说嘛。"说到这里，周春儿低了下头，缓了缓口气，软软地说道，"我是看中了你的，你若看中了，我们就把这事情办了。"

赵广林惊了一下："周老板，您……"

周春儿皱眉道:"或许你看不中我,我年长你几岁,且又是一个……"说着,就牵动了心事,眼睛就温温地湿了。

赵广林忙道:"周老板,我不是那个意思,若是广林没有误会您的意思,那么……我只是想说……赵广林何德何能,能让周老板……"

周春儿仍旧低着头,苦笑一声:"广林啊,你莫要再转弯子了。你心里是什么意思,还请你照直说来。若是你不同意,也好让我收了这份心思,免得经常夜里睡得也不踏实,总是让我心猿意马,也是一番难过至极的光景。"

赵广林笑了,脸红红地说:"周老板,广林早已经心向往之了。"

周春儿欢喜地抬头看着赵广林:"你果然是个有心意的?"

赵广林点点头,一脸郑重的颜色:"正是。"

周春儿目光一颤,转过脸去,放声大哭起来。

赵广林吓得慌了:"周老板,您别这样。广林不会讲话,惹您生气了。"

周春儿收了眼泪,摆摆手,不好意思地笑了:"我只觉得这些年委屈极了,心里总似堵了块旧棉絮,撕扯不清楚,没有一个舒展的日子。今天高兴,就是想哭一哭。再有,你就不要喊我周老板了,你既然都已经答应了刚刚说过的事情,从今往后,你就喊我春儿吧。"

赵广林的脸立时热热的了,吭哧了一下,便低声喊了一声:"春儿。"

周春儿脸红了,就别过头,低下声,款款地应了。

周春儿与赵广林定下了办喜事的日子,给城里的商家好友送去了请柬,周氏酱园里就开始张灯结彩了。周春儿的房间做了新房,粉刷一新。周春儿告诉酱园里的伙计们,她与赵广林成亲之日,酱园放假三天,伙计们的工钱照开。

可是谁也没有料到,就在办喜事的头一天傍晚,却出了枝节。那天周春儿已经亲手做了一桌子菜,就让杨天香去请赵广林过来。赵广林穿着一身新衣,随杨天香刚刚走出院子里,就听到酱园门口一片吵嚷声。赵广林惊疑道："出什么事情了？"就撇下杨天香匆匆赶过去了。

一个蓬头垢面、衣衫褴褛的汉子站在酱园的门口，要往里闯，看门的两个伙计已经拦住了这汉子。这汉子大喊大叫着周春儿的名字，惹得一些伙计们也围在了门前。赵广林分开众人，走到这汉子面前，不觉怔住了，他口吃地问道："您是……杨老板吗……"

那汉子抬头看着赵广林，点点头，哭道："广林啊，你还认得我啊。我就是杨凤鸣啊。"哭着，就歪倒在门前。

果然是杨凤鸣。

杨天香也赶来了，她惊叫了一声，先跑上前去，扶起了杨凤鸣。

人们后来才知道，那个妓女秀秀随杨凤鸣跑到了口外，欢欢喜喜地安了家，两个人也真是亲亲热热地过了几年小日子。可是到后来，日子越来越艰难了，二人卷走的那些钱财，也渐渐坐吃山空了。贫贱夫妻难做，秀秀便不耐烦了杨凤鸣，她又攀附了一个有钱的主儿，就把杨凤鸣闪了，而且还偷偷地把房子卖了。人财皆空的杨凤鸣无处可去，百思无计，便一路讨饭，辗转又回到了保定。

杨凤鸣狼狈不堪的样子，杨天香看得心酸，毕竟是亲生的父亲，那几年来攒下的怨恨，早就在杨凤鸣的哭声中被抛到一旁去了。她扶着杨凤鸣就放声哭了。这一哭，就惊动了酱园里所有的人，周春儿也跑了出来。她分开众人走过去，立刻瓷住了，怔怔地看着杨凤鸣。

杨凤鸣也看到了周春儿，他哭喊着："春儿啊。"就跪倒在周春儿的脚下了。周春儿懵懂地站在那里，脸色苍白，一言不发。

杨天香在一旁放声痛哭，众人听得心酸，都别过头去了。许久，周春儿长叹一声，看了看杨凤鸣，低声对杨天香说了几句。杨天香就搀扶着杨凤鸣进了屋子。人们看着周春儿脸色不好，都知趣地四下散去了。

院子里，只留下了周春儿和赵广林，二人呆呆地相互看着。四周寂静得很，只听得夜风丝丝缕缕地吹过来，在园中的树梢头上弄出一些乱心的声响。

赵广林轻轻地叹了口气，便转身进屋了。周春儿怔了一下，便跟着进屋，谁知赵广林却将门闩了。周春儿在门前落泪道："广林啊，这可如何是好呢？你要拿个主意嘛。"

赵广林在屋中涩涩地应道："周老板，这事让我再想想。"

这一夜啊，人们就看到周春儿的房间和赵广林的房间还有杨天香的房间里，灯火彻夜未熄。后来人们听到，周春儿在屋中与杨凤鸣你一句我一句地争吵了起来，后来就是杨凤鸣的哭声，再后来就听到周春儿和杨天香的哭声，直直地哭了一夜。

整个周氏酱园，一夜无眠。

第二天一早起来，周春儿红肿着眼睛去看赵广林，身后跟着杨天香。昨天夜里，她已经跟杨凤鸣商量定了。周氏酱园可以养活杨凤鸣终身，但周春儿不再与他做夫妻了。周春儿一早起来，是要告诉赵广林这件事的，今天的喜事照办。

赵广林的屋子里却空了。那一身新郎官的衣服也整整齐齐地叠了，端放在了炕上。周春儿心中倏地一紧，忙着跑出门去问伙计。一个伙计拿出一封信交给了周春儿，说道："赵老板一大早就走了，他留了封信给周老板。"

周春儿慌慌地接过信，拆开了，白纸黑字写着：

周老板：

　　杨老板回来了，我便不好在您这里做下去了。杨老板经过如此一场劫难，必定会痛改前非。周氏酱园的生意会越做越好的。我的身份一直没有告诉您，原是准备在结婚的那天再告诉您的，现在就讲给您吧。我自幼随父亲进宫学厨，十三岁做宫中的酱菜师傅。后来因为得罪了一位王爷，我便跑了出来。那年被人追杀，四处躲藏，冻饿在荒野，幸亏您搭救了我。这是广林没齿不忘的事情啊。与您相识一场，就此分手，天地茫然。广林心中也大有不忍啊。

是人为？是天定？广林怎敢妄说。

赵广林匆匆

周春儿看罢了信，惊得呆住了。她失声喊了一句："广林啊，你这是……"泪就急急地流了下来。

杨天香火冒冒地问看门的伙计："赵老板何时走的？你们如何不通报我娘一声呢？"

伙计慌慌地答道："赵老板是天蒙蒙亮的时候走的，我们也不知道周老板寻他。"

周春儿醒过来，擦了擦眼泪，喊道："快牵一辆车过来。"

伙计匆匆地牵过来一辆马车。

周春儿和杨天香坐上车去，伙计猛地扬鞭，两声脆脆的鞭响，车便蹿出了大门。

车沿着官道一路风风火火地追下去了，一直追到晌午时分，已经驰过了河间地界，仍不见赵广林的踪影。周春儿让赶车的伙计停下，怔怔地望着前边的道路发呆。

四野的风呼呼地刮过，道路茫然不知所终。

杨天香哀哀地问周春儿一句："娘，他还会回来吗？"

周春儿凄然一笑，反问道："你说呢？"

杨天香摇摇头："我不知道。"

周春儿仰天长叹一声："我想，他是不会再回来了。"说罢，周春儿朝着空空的四野长长地呼喊了一声："广林啊……"

四野无声。

周春儿泪如雨下。

……

再两年后，杨凤鸣病倒在床上，周春儿请过几个郎中，汤药丸药吃下去不少，也不见好转。挨了三个月，杨凤鸣便死去了。再五年后的一天，周春儿吃罢夜饭，皱眉说头疼得要紧，便早早上床歇了，第二日晌午时仍旧不起。杨天香去喊她，她也不动。杨天香上前去摸，周春儿的身子早已经冷了。

杨天香成了周氏酱园的老板。

赵广林像一阵风，从周氏酱园刮走了，再无下落。

补上几句：

谈歌查阅《保定方志》，上边记有周氏酱园的轶事。杨天香接手周氏酱园第三年，天香酱菜被直隶总督偶然知道，尝试后深为中意，便作为贡品送到北京，周氏酱园一时声名大振。再二十三年后，杨天香病故，周氏酱园易手，转到杨天香丈夫李景真手里。再五年后，李景真赌博输掉了周氏酱园。周氏酱园转到了保定车行把头冯大林手中，易名"冯氏酱园"。再十年后，抗日战争爆发，冯氏酱园歇业。日本人曾经在保定建立华北酱菜有限公司，冯氏酱园的一些技工曾经在华北酱菜有限公司制作酱菜。再八年后，冯氏后人冯定方筹集资金，重新恢复冯氏酱园。一年后投产，冯氏酱园更名为"冯氏酱菜厂"，招有工人一百五十人。新中国成立后，冯定方因向志愿军出售酸腐的酱菜，被职工检举，经调查，罪名成立，冯定方被政府枪毙。后冯氏酱菜厂公私合营，1954年更名为"保定市酱园公司"。保定市酱园公司现有职工一千三百人，其主要产品仍为天香酱菜，仍然主销华北地区并有出口。1996年，华裔英国人霍福民先生回国后，曾经到保定市酱园公司参观。霍先生说，他在1947年至1948年，曾经在冯氏酱菜厂当过工人。沧海桑田，物是人非，霍先生感慨不已，当场赋诗一首，曾经刊在当月《保定日报》的副刊上。现抄录如下：

  大白萝卜很平常，
  北方遍地都生长。
  物美价廉多收购，
  保鲜简单易贮藏。
  麦面蒸后当发酵，
  萝卜洗净切开晾。
  花椒大料入适量，
  葱姜选用要精当。
  酱盐与之搅拌匀，
  装入缸中晒太阳。
  如此之后四十日，
  酱菜出缸满院香。
  此菜只应天上有，
  人间得此神仙方。

  不大像诗，更像顺口溜，但霍福民先生的确将天香酱菜的制作方法大概写进去了。